KB048979

**모든
것의
종말**
1

The End of All Things

모든 것의 종말

1

존 스칼지 · 이원경 옮김

샘터

시리즈의 출발점인《노인의 전쟁》에서 주인공 존 페리는 75세 생일에 아내 캐시의 무덤에 작별을 고하고, 75세 이상만 지원 가능한 '이상한 군대' 우주개척방위군(CDF)에 입대한다. 절차에 따라 지구의 고국에서 사망자로 처리된 존 페리는 우주 기지에서 최첨단 유전공학 기술로 초인적 능력을 갖춘 강화된 젊은 신체로 다시 태어난다. 이제 지구와는 전혀 다른 환경에서 외계 종족에 맞서 살벌한 전투를 벌이게 된 그는 뜻하지 않은 상황에서 새로운 사실을 알게 된다. 자신처럼 우주개척방위군으로 지원한 군인 외에도 처음부터 인간 병기로 태어난 '유령여단'이라는 특수부대가 존재한다는 사실이었다. 이를 통해 작가는 앞으로 펼쳐질 흥미롭고도 무궁무진한 이야기들을 예고한다.

시리즈의 두 번째 소설《유령여단》은 재러드 디랙을 중심에 둔 삼인칭시점으로 전개되며, 우주개척연맹의 반역자 샤를 부탱 박사가 인류를 배신한 이유를 찾아간다. 디랙은 샤를 부탱 박사의 DNA를 조작해 탄생한 비밀병기이자, 우주에서 인류를 존속시키기 위한 임무를 부여받은 '유령여단' 제8훈련분대의 일원이다. 그는 임무 수행 중 자신의 기억과 공존하는 부탱의 기억 때문에 정체성의 혼란을 겪지만, 결국 이를 역이용해 부탱의 기억을 되살리는 데 성공, 인류에 대항하는 외계 종족들의 외교적 음모를 밝혀낸다.

3부작의 대단원인《마지막 행성》에서는《노인의 전쟁》에서 활약한 존 페리, 지구에서 죽은 그의 부인 캐시의 복제인간이자《유령여단》의 첩보 장교였던 제인 세이건, 그들의 양녀가 된 샤를 부탱의 딸 조이라는 독특한 가족 구성을 통해 거대한 전쟁에 휩싸인 우주에서 새롭게 태어난 특별한 가족의 이야기를 보여준다. 미개척 행성 로아노크에 개척민들의 지도자로 파견된 존과 제인은 인류의 배신과 외계 집단 콘클라베의 위협 사이에서 위기를 겪지만, 결국 얽히고설켰던 거대한 세력 사이에서 해결의 실마리를 찾아내고 개척행성의 독립된 평화를 보장받는다. 그리고 그들은 모든 것이 시작된 지구로 향한다.

《조이 이야기》는 시리즈의 마지막 편인 《마지막 행성》과 같은 시간대와 사건을 배경으로 펼쳐지는 '평행 소설'이자 외전이다. 이미 막을 내린 존 스칼지의 놀랍고도 기발한 우주개척연대기가 열일곱 살 소녀 조이의 시선으로 재탄생한 것이다. 존 페리와 제인 세이건이라는 두 영웅의 딸이자 오빈이라는 강력한 외계 종족이 숭배하는 열일곱 살 소녀 조이. 그녀의 일인칭시점을 통해 작가 존 스칼지는 베일에 싸여 있던 '노인의 전쟁' 3부작의 모든 진실을 공개한다.

《휴먼 디비전》은 '노인의 전쟁' 시리즈의 세계관을 배경으로 새롭게 시작되는 소설이다. 폭력과 경쟁이 난무하는 우주. 인류의 고향 지구는 개척연맹의 노력이 없었다면 이미 외계 종족의 손쉬운 먹잇감으로 전락했을 것이다. 하지만 인류의 우주 군사 조직으로서 수세대에 걸쳐 우주에서 지구를 수호해온 개척연맹은 인류가 모르는 많은 비밀을 품고 있었고, 우주선을 몰고 지구로 귀환한 존 페리의 등장으로 수십억 지구인들이 개척연맹의 참모습을 알게 되었다.

개척연맹은 지구를 위해 수없이 많은 전쟁을 치렀다고 주장하지만, 다시는 지구로 귀환하지 못할 신병들을 끊임없이 공급받기 위해 인류를 조종해온 것 역시 사실이다. 지구와 개척연맹 사이에 불신의 골이 깊어질 무렵, 전쟁 대신 평화로운 무역과 공존을 모색하는 외계인 연합 콘클라베가 등장한다. 개척연맹과 적대 관계인 이 집단은 지구를 끌어들이기 위해 줄기차게 손을 내밀고, 충격과 불안에 휩싸인 지구인들의 앞날은 점점 더 미궁에 빠져든다.

지구가 중대한 선택의 기로에 서자, 개척연맹의 생존 역시 절체절명의 위기에 놓인다. 이 난국을 타개하기 위해 외교적 수완과 정치적 계략이 총동원된다. 그리고 영리한 지략가 해리 윌슨 중위를 필두로 한 뛰어난 'B팀'이 가동된다. 이 특별한 외교단은 우주에서 맞닥뜨린 뜻밖의 사건들을 해결하면서 인류의 분열을 막기 위해 사투를 벌인다.

THE END OF ALL THINGS

차
례

마음의 생애

T H E   E N D   O F   A L L   T H I N G S

PART ONE

그럼 이제부터 내가 어쩌다 상자 속의 뇌가 되었는지 들려주겠다.

흠, 시작부터 조금 암울하군. 게다가 막막해.

사실 나는 그들이 나를 이렇게 만든 기술적인 부분은 잘 모른다. 뇌만 남은 상태로 정신이 들었을 때, 혹시라도 내가 궁금해할까 봐 그들이 수술 과정을 알려주는 동영상을 보여줬다면 좋았을 텐데 말이다. 아마 동영상은 이런 내용이었을 것이다.

여기서 우리는 모든 혈관과 말초신경을 들어냈습니다. 그런 다음 두개골과 척추를 제거했고, 이어서 생각을 추적해줄 고성능 소형 센서를 당신 뇌에 잔뜩 주입했습니다. 집중하세요. 잠시 후 테스트가 있겠습니다.

제기랄, 난 진짜 이런 거 젬병이다.

나는 글쟁이도 아니고 연설가도 아니다. 한마디로 이야기에 소질이 없다. 나는 우주선 조종사다. 이 점은 분명히 짚고 넘어가야겠다. 내가 겪은 일을 진술해달라고 개척연맹에서 요청했는데, 그 정보가 자신들에게 유용할 거라고 믿는 모양이다. 좋다, 하겠다. 기꺼이 돕겠다. 하지만 내 이야기가 문학 작품 같지는 않을 것이다. 엄청 산만할 것이다. 이리 샜다 저리 샜다 하면서 허둥댈 것이다. 머릿속에 떠오른 생각을 두서없이 늘어놓을 테니까.

물론 이건 어폐가 있는 말이다. 내겐 더 이상 머리가 없다. 십중팔구 그자들은 내 머리를 소각로나 뭐 그런 데 던져버렸을 것이다.

봐, 벌써부터 산만하잖아.

글다운 글이 되려면 누군가가 손을 봐야 할 것이다. 그러니 개척연맹의 이름 모를 편집자에게 한마디 하련다. 당신에게 경의를 표하고 사과의 말을 전합니다. 맹세코 나는 당신의 삶을 피곤하게 할 뜻이 없어요. 개척연맹이 정말로 원하는 게 뭔지, 나더러 뭘 어쩌라는 건지 모를 따름입니다.

'아는 대로 말씀해주시면 됩니다. 그냥 다 적어주십시오. 걱정 안 하셔도 됩니다. 저희가 알아서 정리할 테니까요.' 개척연맹에서 나한테 그렇게 말했다. 이름 모를 편집자가 해야 할 일이 아마도 그거겠지. 부디 즐겁게 정리하시길.

지금 여러분이 이 글을 읽고 있다면, 틀림없이 그 편집자가 훌륭하게 일을 해낸 것이다.

이 빌어먹을 사건을 어디서부터 이야기하면 좋을까? 내 어릴 적 기억 따위는 아무도 듣고 싶지 않을 것이다. 지극히 평범했다. 그럭저럭 행복했고, 특별한 일도 거의 없었으며, 훌륭한 부모님과 좋은 친구들이 곁에 있었다. 학교생활도 무난했다. 여느 사내애들처럼 온갖 떨떨한 짓을 하고 서툰 욕정에 몸부림치면서 이따금 시험공부로 날밤을 새웠다. 솔직히 그딴 이야기를 누가 듣고 싶겠는가. 나도 듣기 싫다. 내가 살았던 인생인데도 말이다.

그렇다면 면접을 봤던 일부터 시작하자.

그래, 거기서부터 시작하는 게 좋겠어. 그 면접 보고 일자리를 얻는 바람에 결국 머리 없는 괴물이 됐으니까.

아 참, 내 이름을 말해야지. 머리는 없지만 적어도 이름은 있잖아.

나는 레이프다. 레이프 다킨.

레이프 다킨이라고 불리는, 상자 속의 뇌.

반갑습니다, 여러분.

내가 그 면접을 본 건 순전히 대학 동창인 하트 슈미트 때문이었다. 그는 개척연맹에서 외교관으로 일하는 친구인데—나는 늘 외교관이 배은망덕한 직업의 전형이라고 생각했다—최근에 피닉스 정거장의 어느 술집에서 한가로이 여가를 즐기다 우연히 챈들러 호의 행정주임과 이야기를 나누었다. 챈들러 호는 피닉스 행성과 허클베리 행성, 이리 행성 사이를 세모꼴로 정기 운항하는 화물선이었다. 대단히 멋진 일은 아니지만, 일에 귀천이 있겠는가. 모두가 화려한 일만 할 수는 없는 법이다.

어쨌든 대화 도중에 행정주임은 챈들러 호가 피닉스 정거장에 도착했을 때 경찰관 같은 자들이 들이닥쳤다고 투덜거렸다. 챈들러 호의 조종사 중 한 명이 피닉스 행성에서 작은 사고를 친 모양이었는데, 자세한 내용은 지금도 잘 모르겠지만 공갈과 협박, 사기, 이중 결혼 혐의를 받았다고 한다. 나머지는 그렇다 쳐도 마지막 혐의는 좀 생뚱맞다. 요컨대 당시 챈들러 호는 비어버린 조종사 자리를 채워야 했다. 그것도 당장.

좋은 기회였다. 나도 우주선 조종사이고 일자리가 필요했기 때문이다. 그것도 당장.

"이 자료를 보니 조종사가 되기 전에 프로그래머였군."

행정주임이 내 이력서를 보고 말했다. 우리는 피닉스 정거장의 햄버거 가게에 앉아 있었다. 나는 하트에게서 그 일자리 이야기를 듣자마자 피닉스 행성에서 정거장으로 올라왔다. 거기 햄버거는 맛이 좋기로 유명했지만, 나는 맛집 탐방을 하러 간 게 아니었다. 이름이 리 한이었던 행정주임은 형식적으로 면접을 하는 인상을 풍겼다. 내가 애들 앞에서 귀여운 고양이를 무참히 죽였다는 고백을 하지 않는 한 면접은 무난히 통과할 듯싶었다.

"대학에서 컴퓨터 공학을 전공했거든요. 졸업 후에 2년 동안

이리 행성에서 프로그래머로 일했습니다. 주로 우주선 운항 및 유지관리 소프트웨어를 설계했죠. 챈들러 호에도 저희 프로그램이 탑재되어 있을지 모릅니다."

"맞아. 사용 중이지."

"그럼 제가 애프터서비스를 해드릴 수 있겠군요."

웃자고 한 소리였다. 그 농담을 한이 알아들었는지는 확실치 않았다.

"프로그래머로 일하다 조종사가 되는 경우는 드문데."

"실은 프로그래밍 때문에 조종에 관심이 생겼습니다. 제법 사교술이 뛰어난 프로그래머였던 저는 결국 피닉스 정거장으로 발령받고 여러 우주선에서 소프트웨어를 조정하는 일을 했습니다. 덕분에 우주선에서 많은 시간을 보내며 선원들과 이야기를 나누고 그들이 다녀온 우주 경험담을 들었죠. 프로그래밍 일을 오래 하다 보면, 온종일 책상 앞에 앉아 코드 입력하는 짓이 인생 낭비처럼 느껴진답니다. 문득 우주에 뭐가 있는지 보고 싶더군요. 그래서 부랴부랴 조종 훈련을 받기 시작했죠. 그게 7년 전입니다."

한이 대꾸했다.

"발전은 아니로군. 봉급 면에서는."

나는 어깨를 으쓱했다. 그 제스처가 자연스럽고 쿨하게 '어이, 돈보다 중요한 것도 있다네'라는 뜻으로 비치길 바랐다. '이봐, 난 지금 백수 아들 때문에 짜증이 난 부모랑 살고 있어서 뭐든 일자리가 필요하다고'가 아니라. 어쨌든 둘 다 사실이었다. 돈보다 중요한 건 얼마든지 있을 수 있다. 다른 선택의 여지가 없을 때는.

내 부모님을 나쁘게 말하려는 건 아니다. 다만 두 분은 내가 성공의 사다리를 올라가는 동안은 뒷바라지해주겠지만, 서른두 살 먹은 아들놈이 아르바이트나 전전하며 집에서 빈둥거리는 꼴은 못 보겠다고 선언했다. 물론 그분들이 나를 굶기진 않겠지만, 앞으로 내 인생이 편할 리는 없었다.

괜찮다. 내가 게을러서 백수 신세는 아니니까.

한이 말했다.

"여기 보니 지난 9개월 동안 실직 상태였군."

내가 대답했다.

"전에 여러 우주선에서 일했지만 지금은 그렇습니다."

"이유를 설명해주겠나?"

음, 이건 이실직고하는 수밖에 없었다.

"제 뒷담화를 하는 자가 있거든요."

"그게 누군데?"

"라스탄 폴스 호의 워너 오스트랜더 선장입니다."

내 대답을 듣고 한의 입술에 희미한 미소가 스친 듯했다.

"자세히 말해보게나."

"별 이야기 아닙니다. 저는 한때 바이칼 호의 이등운항사였는데, 그 배에 눌러앉은 일등운항사 때문에 승진할 가망이 없

16

었습니다. 때마침 라스탄 호의 일등운항사 자리가 비었다는 소식을 듣고 기회를 잡았죠. 하지만 라스탄 호에서 2년간 운항사가 여섯 번이나 바뀐 까닭은 알지 못했습니다. 그걸 알게 됐을 때는 이미 늦었죠. 결국 계약을 파기했습니다."

"금전적 손해가 컸겠군."

"한 푼도 아깝지 않았습니다. 더구나 그 배를 떠나면서 사무장에게 제 어머니 이름을 슬쩍 알려줬거든요. 제 어머니는 노동 변호사입니다. 그 후 오스트랜더를 상대로 집단 소송이 벌어졌는데, 한마디로 쌤통이었습니다."

이번에는 한이 활짝 웃었다. 내가 말을 이었다.

"하지만 그 바람에 오스트랜더가 여기저기 제 험담을 늘어놓기 시작했죠. 제가 조종사 자리를 구하지 못하게 말입니다. 말썽꾼을 누가 좋아하겠습니까."

"그래, 아무도 좋아하지 않지."

한이 고개를 끄덕이자, 나는 괜한 소리 해서 일자리 날아갔구나 싶어 속으로 신음했다. 한이 말했다.

"실은 나도 멋모르던 시절에 라스탄 폴스 호를 일 년 정도 탔다네."

나는 눈을 끔뻑이며 물었다.

"정말입니까?"

"응. 그래서 계약을 파기해야 했던 자네 심정이 이해가 돼. 나중에 언제 그 소송 이야기를 자세히 듣고 싶군."

나는 빙그레 웃었다.

"여부가 있겠습니까."

"솔직히 말하겠네, 다킨. 이건 오히려 자네한테 한 등급 떨어지는 삼등운항사 자리야. 게다가 단순한 화물 운송 업무지. 이곳 피닉스 행성과 허클베리 행성, 이리 행성만 줄기차게 오가는 일이야. 신나는 일도 아니고, 바이칼 호에서와 마찬가지로 승진 기회도 거의 없어."

"저도 솔직하게 말씀드리죠. 지난 아홉 달 동안 저는 중력 우물의 바닥에서 사는 신세였습니다. 더 있다가는 아예 처박혀서 나오지 못할 겁니다. 주임님은 지금 당장 새 조종사를 구해야 합니다. 안 그러면 운송 업무에 차질이 생겨 돈과 시간을 손해 볼 테니까요. 저는 이 행성을 벗어나야 오스트랜더의 음해가 없는 곳에서 다시 일등운항사 자리에 도전할 수 있습니다. 그러니 우리는 서로의 문제를 해결해줄 수 있을 겁니다."

"너무 큰 기대는 말라는 뜻으로 한 말일 뿐이야."

"허황된 기대 따위는 없습니다."

"좋아. 하루의 시간을 줄 테니 이곳에서의 일을 정리하게."

나는 발 옆에 놓아둔 승무원 가방을 손으로 툭툭 쳤다.

"정리는 끝났습니다. 이제 할 일은 제 친구 하트를 만나 이 면접을 주선해준 보답으로 한잔 쏘는 것뿐입니다."

"일이 금방 끝나면 두 시간 뒤에 36번 게이트로 오게나. 챈들러 호의 셔틀이 대기하고 있을 걸세."

"때 맞춰 가겠습니다."

"좋아."

한이 일어서서 손을 내밀며 한마디 덧붙였다.

"챈들러 호에 온 것을 환영하네, 운항사."

나는 그의 손을 잡았다.

"감사합니다. 승선하게 돼서 기쁩니다."

30분 뒤에 피닉스 정거장의 반대편 구역에서 하트를 만났다. 그의 상관인 아붐웨 대사를 위한 연회가 한창이었다.

"대사가 공로상을 받았어."

하트가 말했다. 그는 칵테일 음료를 두 잔째 마시고 있었는데, 결코 술이 센 편이 못 되는 터라 벌써 살짝 취기가 도는 눈치였다. 옷도 외교관 정복 차림이었다. 내가 보기에는 호텔 도어맨 같았다. 하지만 거의 일 년 내내 추리닝 바지만 입고 다닌 내가 무슨 지적질을 하겠는가.

"어떤 공을 세웠는데?"

하트가 대답했다.

"무엇보다 지구 정거장이 공격받았을 때 자기 부하 모두를 살렸거든. 지구 정거장 소식은 들었지?"

나는 고개를 끄덕였다. 개척연맹은 온갖 꼼수를 동원해 개척 행성 주민들이 나쁜 뉴스를 듣지 못하게 했지만, 아무리 애써 감춰도 뽀록나는 일은 있는 법이다. 예컨대 정체불명의 테러 집단이 지구의 유일한 우주정거장을 파괴하여 지구의 주요 외교 인사들을 비롯해 무고한 사람 수천 명을 학살했고, 지구 측이 이 습격을 개척연맹의 음모로 보고 모든 외교 관계와 경제 교류를 단절했다는 소식.

그런 뉴스는 감추기 쉽지 않았다.

개척연맹은 이 사건이 테러 집단의 소행이었다는 공식 성명만 발표했다. 나머지는 나의 옛 동료 선원들과 하트 같은 친구들에게서 들었다. 중력 우물의 바닥에서 살다 보면 공식적인 이야기만 귀에 들리게 마련이다. 반면 이 별 저 별 돌아다니는 사람들은 훨씬 더 많은 소식을 접한다. 직접 눈과 귀로 보고 듣는 이들은 공식 성명 따위는 믿지 않는다.

"자력으로 탈출한 사람도 더러 있었습니다."

방금 하트가 인사시켜준 그의 친구 해리 월슨이 말했다. 그는 개척방위군 소속 장교였다. 초록색 피부가 그 증거였다. 외모는 내 동생뻘로 보였지만 실은 120살쯤 되었을 것이다. 온몸이 시금치무침 같은 색이라는 것만 신경 쓰지 않으면, 유전공학을 이용한 초인적인 신체를 가져서 나쁠 게 없다.

"여기 있는 당신 친구 하트가 그런 경우죠. 알아서 탈출정을 타고 말 그대로 사방에서 화마가 날뛰는 지구 정거장을 벗어났습니다."

하트가 대꾸했다.

"과장 좀 하지 마."

윌슨은 단호하게 말했다.

"과장은 무슨. 정말로 사방이 불길에 휩싸였잖아."

하트는 손사래를 치고 나를 돌아보았다.

"지금 이 친구 드라마 찍고 있는 거야."

나는 씩 웃었다.

"진짜 드라마틱한걸."

윌슨이 다시 힘주어 말했다.

"화마가 우주정거장을 집어삼켰죠."

하트는 한숨을 쉬었다.

"지구로 내려올 때까지 거의 졸도 상태였어. 그게 차라리 다행이긴 했지만."

연회장 저편에서는 아붐웨 대사가 주최 측 사람들과 함께 한 줄로 서서 하객들과 악수를 나누고 있었다. 아붐웨 대사를 사진으로 본 적이 있는 나는 고갯짓으로 그녀를 가리키며 하트에게 물었다.

"공로상 수여식은 어땠어?"

윌슨이 먼저 대답했다.

"괴로웠습니다."

하트가 반박했다.

"그럭저럭 괜찮았어."

윌슨이 같은 말을 되풀이했다.

"괴로웠다니까. 메달을 수여한 그 자식은……."

하트가 잽싸게 끼어들었다.

"국무성 차관 타이슨 오캄포야."

윌슨은 하던 말을 이었다.

"덜떨어진 떠버리야. 지금껏 외교단에서 자기 목소리와 사랑에 빠진 인간을 숱하게 봐왔지만, 그자는 차원이 달라. 자기 목소리랑 결혼이라도 할 기세더라니까."

하트가 내게 말했다.

"그 지경은 아니었어."

윌슨이 하트에게 쏘아붙였다.

"그 자식이 주절대는 동안 아붐웨의 표정이 어땠는지 자네도 봤잖아?"

하트는 국무성 차관을 '그 자식'이라고 부른 것이 영 못마땅한 눈치였다.

"오캄포는 국무성에서 두 번째 실력자야. 그리고 아붐웨의 표정은 아무렇지도 않았어."

이번에는 윌슨이 내게 말했다.

"'제발 좀 닥쳐'라는 표정이었어요. 틀림없습니다. 저는 그 표정 많이 봤거든요."

나는 하트를 바라보았다. 그가 고개를 끄덕였다.

"사실이야. 해리는 아붐웨 대사의 '입 닥쳐' 표정을 누구보다 많이 봤지."

"호랑이도 제 말 하면 온다더니."

윌슨이 중얼거리고는 살짝 고갯짓을 하며 덧붙였다.

"저기 누가 이리 오는지 봐요."

나는 그쪽을 힐긋 보았다. 눈부신 개척연맹 외교관 정복 차림의 중년 남자가 젊은 여자를 대동하고 우리 쪽으로 오고 있었다.

내가 물었다.

"덜떨어진 떠버리?"

하트가 힘주어 말했다.

"국무차관 오캄포."

오캄포가 우리에게 다가오며 입을 열었다.

"안녕들 하신가."

윌슨이 아주 부드러운 말투로 대꾸했다.

"안녕하십니까, 오캄포 차관님. 뭘 도와드릴까요?"

그 말에 하트는 아주 조금 안도하는 눈치였다.

"음, 자네들이 나와 칵테일 사이에 서 있으니 내 대신 한 잔 가져다주면 고맙겠네."

하트가 잽싸게 나서다 자기 술잔을 떨어뜨릴 뻔했다.

"제가 가져다드리겠습니다."

"고맙네. 자네 슈미트 맞지? 아붐웨 대사 밑에서 일하는 친구."

오캄포는 윌슨을 바라보며 물었다.

"자네는 누군가?"

"해리 윌슨 중위입니다."

오캄포는 살짝 놀란 눈치였다.

"그래. 자네가 지구 정거장이 파괴될 때 미국 국무장관의 딸을 구한 장본인이로구먼."

"대니얼 로언 말씀이시군요. 네, 맞습니다. 물론 그녀도 외교관 자격으로 거기 있었습니다."

"그랬겠지. 하지만 국무장관 로언의 딸이라는 점이 중요하다네. 그 덕분에 미국도 현재 지구에서 개척연맹과 대화할 의사가 조금이라도 있는 소수의 국가들 중 하나니 말일세."

"제가 도움이 되었다니 기쁘군요."

하트가 돌아와 오캄포에게 칵테일을 건넸다.

"고맙네."

오캄포는 다시 윌슨에게 눈을 돌렸다.

"듣자 하니 자네가 로언 양과 함께 그 우주정거장에서 지구까지 스카이다이빙을 했다던데."

"맞습니다."

"짜릿한 경험이었겠군."

"땅바닥에 떨어져 짜부라지지 않으려고 노력했던 기억이 대부분입니다."

"그랬겠지."

이번에는 오캄포가 내게로 눈을 돌리더니, 내 후줄근한 옷차림과 발 앞에 놓인 승무원 가방을 보고는 내가 자기소개를 하길 기다렸다.

나는 눈치 빠르게 입을 열었다.

"레이프 다킨이라고 합니다. 초대받지 않은 손님이죠."

하트가 나섰다.

"제 친구인데 마침 피닉스 정거장에 왔다기에 불렀습니다. 화물선 조종사입니다."

오캄포가 물었다.

"아, 어느 우주선이오?"

내가 대답했다.

"챈들러 호입니다."

"이거 재미있군. 난 그 우주선을 탈 예정이라오."

"정말이십니까?"

"그렇소. 몇 년 만에 휴가를 얻어서 간만에 허클베리 행성의 코네티컷 산맥을 한 달간 여행하기로 했소이다. 내가 알기로 챈들러 호의 다음 행선지가 그 행성이라던데."

"제 생각에는 그냥 외교선을 타시면 될 것 같은데요."

오캄포는 빙그레 웃었다.

"국무성 외교선을 개인 자가용 타듯이 멋대로 부리면 모양새가 좋지 않을 거요. 챈들러 호에 승객용 특실이 두 개 있다고 들었소. 나랑 여기 있는 베라가……."

그는 자신의 보좌관을 고갯짓으로 가리키고 말을 이었다.

"거길 쓰기로 했소이다. 방의 상태는 좀 어떻소?"

"특실이요?"

오캄포가 고개를 끄덕이자 내가 말했다.

"잘 모르겠습니다."

하트가 한마디 거들었다.

"레이프는 불과 한 시간 전에 그 배에 고용됐습니다. 아직 승선도 못 해봤죠. 한 시간쯤 뒤에 셔틀을 타고 갈 겁니다."

그러자 베라가 오캄포에게 말했다.

"차관님도 같은 셔틀을 타실 겁니다."

차관이 내게 말했다.

"그렇다면 우리가 함께 첫 경험을 하는 셈이로군."

내가 대꾸했다.

"그러네요. 원하신다면 제가 기꺼이 두 분을 셔틀 게이트로 모시고 가겠습니다. 떠날 준비가 되면 알려주십시오."

"고맙소이다. 친절하시구먼. 준비가 끝나면 베라를 보내 알려드리겠소. 그럼 우린 이만 실례하겠소."

오캄포가 고개를 까딱하고는 칵테일을 든 채 걸어가자, 베라가 뒤따라갔다.

차관이 사라지자 윌슨이 내게 말했다.

"아주 외교적이시군요."

나는 화제를 바꿔 그에게 물었다.

"폭발하는 우주정거장에서 뛰어내린 겁니까?"

"제가 뛰어내릴 때는 아주 심각한 상황은 아니었습니다."

나는 이번엔 하트를 보고 말했다.

"자네는 아슬아슬하게 탈출정을 타고 벗어났단 말이지? 아무래도 내가 줄을 잘못 섰군. 신나는 우주여행은 이쪽인데 말이야."

윌슨이 한마디 했다.

"모르시는 말씀. 한 번 겪어보면 그런 말 절대 못 할 겁니다."

들은 대로 챈들러 호는 신나는 우주선이 아니었다.

하지만 그럴 수밖에 없었다. 앞서 말했듯이 챈들러 호는 세 모꼴 항로로 운항하는 화물선이었다. 이는 행선지가 세 곳이란 뜻인데, 한 행성에서 생산해 수출한 물자를 그다음 행성으로 실어다주는 식이었다. 예컨대 허클베리는 농업이 중심인 행성으로, 육지의 상당 부분이 온대 기후라 인간이 먹는 농작물 재배에 적합하다. 우리는 거기서 밀과 옥수수, 갈푸르트를 비롯해 다른 몇 가지 곡물을 실어 이리 행성으로 가져간다. 이리의 주민들은 굳이 더 비싼 허클베리의 농산물을 수입해 먹는데, 왜인지는 모르겠지만 거기 곡식이 몸에 더 좋다거나 뭐 그렇게 생각한다. 이유야 어쨌든 그들이 원하니 우리는 실어 나른다. 대신 이리에서는 그곳에 풍부한 각종 희귀 광물을 실어온다.

우리는 그것들을 피닉스로 가져가는데, 이 행성은 개척연맹을 지탱하는 첨단과학 제품 생산의 본거지이다. 그리고 거기서는 개인이 가정에서 프린터로 출력해 직접 만드는 것보다 공산품으로 수입하는 편이 더 저렴한 의료용 스캐너나 PDA 같은 기계류를 싣고, 전자장비 생산 기반이 몹시 열악한 허클베리 행성으로 가져간다. 이런 식으로 끊임없이 돌고 또 도는 것이다. 이 세모꼴 항로를 올바른 방향으로 돌기만 하면 제법 큰돈을 만질 수도 있다.

하지만 '재미'를 어떻게 정의하건 간에 썩 재미는 없다. 이들 세 개척행성은 매우 안정적이고 안전하다. 가장 최근에 인류가 정착한 허클베리도 개척 역사가 벌써 100년 가까이 되고, 제일 오래된 피닉스는 개척연맹 행성들 중에서 방어 태세가 가장 완벽하다. 따라서 이곳에서 무역선을 몰고 다니는 것은 신세계 탐험과는 거리가 멀다. 해적이나 악당과 마주칠 가능성은 거의 없다. 기이하고 새로운 외계인을 만날 리도 없으며, 아예 외계인을 구경할 일이 없다. 곡식과 광물, 기계를 실어 나를 뿐이다. 우주의 낭만 따위는 없다. 수입도 짭짤하고 편하지만 판에 박힌 우주 생활이 되풀이된다.

하지만 난 그런 건 아무래도 상관없었다. 이미 우주는 실컷 봤고, 그 사이 살짝 짜릿한 경험도 몇 번 했기 때문이다. 내가 바이칼 호에서 일할 당시 나흘 동안 해적들에게 쫓긴 적이 있는데, 결국 우리는 화물을 버려야 했다. 원하는 물건만 챙기면 해적은 더 이상 쫓아오지 않는다. 대개는 그렇다. 이따금 짐을 버려도 계속 쫓아올 때가 있는데, 약이 오른 해적들은 달아나는 화물선을 향해 분풀이 삼아 미사일을 날리기도 한다.

그래, 맞다. 해리 윌슨의 말대로 재미를 너무 기대해서는 안 된다.

아무튼 당장 나한테 필요한 건 재미가 아니었다. 일이 필요했다. 챈들러 호의 낡은 운항 시스템을 달래가며 이미 천 번은 오갔을 항로의 데이터를 욱여넣는 일이라도 상관없었다. 이 일이 끝날 때쯤이면 나에 대한 험담도 더는 따라다니지 않을 테니 따분하면 좀 어떠랴.

챈들러 호는 썩 크지 않은 우주선이었는데, 퇴역한 개척방위군 소형 전함을 상업용 화물선으로 용도 변경한 것이었다. 물론 애초에 상업적 목적으로 건조된 화물선도 있지만, 그것들은 값이 비싸고 주로 대형 운송 회사들이 만들어 운용했다. 챈들러 호는 몇몇 개인이 작은 조합을 만들어 공동으로 사들인 단 한 척의 화물선이었다. 그들은 퇴역한 소형 전함을 경매에서 매입해 챈들러 호라는 이름을 붙였다.

내가 면접 전에 챈들러 호에 대한 자료를 찾아보니(사전 조사는 반드시 해야 한다. 라스탄 폴스 호를 탈 때 그랬다면 그런 낭패는 보지 않았을 것이다) 경매에 나온 이 전함의 사진에는 '수리 요망'이라는 문구가 적혀 있었다. 현역으로 뛰던 시절에 흠씬 두들겨 맞은 것이었다. 하지만 다시 손을 본 이후로는 거의 20년 동안 별 탈 없이 운항해왔다. 이 배가 사고로 나를 우주 공간에 내팽개치는 일은 없을 것 같았다.

결국 오캄포 차관과 그의 보좌관(나중에 알고 보니 이 여자의 성은 브릭스였는데, 차관한테 들은 게 아니라 선원 및 승객

명단을 보고 알았다)을 모시고 셔틀을 탔다. 챈들러 호에서 그
들과 헤어진 뒤에는 행정주임 한과 내 직속상관인 일등운항사
클래린 볼덕에게 승선 신고를 했고, 이후 보급주임 세이들을
만나 숙소를 배정받았다. 그녀가 말했다.

"운이 좋군요. 독방을 쓰게 됐으니 말이에요. 적어도 이리에
도착해 선원 몇 명을 새로 들이기 전까지는요. 그 후로는 룸메
이트가 두 명 생길 겁니다. 그때까지 혼자만의 공간을 실컷 즐
겨요."

방에 들어가서 보니 크기가 청소도구 보관실만 했다. 억지로
욱여넣으면 세 명은 들어갈 수 있겠지만, 그랬다가는 산소가
부족해져 문을 닫을 수 없을 듯싶었다. 어쨌든 나는 그나마 편
히 지낼 만한 침대를 골랐다.

저녁에 식당에서 볼덕이 나에게 다른 간부들과 부서장들을
인사시켜주었다.

내가 식판을 들고 자리에 앉자, 화물부 부주임 치코 텔레스
가 물었다.

"설마 심심할 때 사기 치거나 뭐 그러진 않겠죠?"

한이 그녀에게 말했다.

"내가 이력을 철저히 조사해봤어. 이 친구는 깨끗해."

"농담이에요."

텔레스가 다시 나를 보고 물었다.

"당신이 오기 전에 있던 남자에 대해 아세요?"

"조금 들었습니다."

"안타까워요. 괜찮은 남자였는데."

볼덕이 이죽거렸다.

"부정과 사기와 이중 결혼을 눈감아준다면 그렇지."

"나한테는 그런 짓 한 적 없어요. 중요한 건 그거라고요."

텔레스가 나를 힐긋 보고 빙그레 웃자 나는 솔직히 말했다.

"농담인지 진담인지 감이 안 잡히네요."

볼덕이 말했다.

"치코는 입만 열면 말장난이야. 그러니 고민할 필요 없어."

텔레스가 입을 비죽거렸다.

"유머를 즐기는 사람도 있는 법이죠."

"말장난과 유머는 달라."

"어머, 몰랐네요."

텔레스는 별로 주눅 들지 않는 눈치였다. 내가 보기에 두 여자는 종종 이렇게 서로 놀리며 장난치는 듯했는데, 이는 나쁜 일이 아니었다. 간부들이 사이가 좋다는 건 이 우주선이 화기애애한 분위기란 뜻이었다.

텔레스가 다시 내게로 관심을 돌렸다.

"국무성의 높으신 양반들이랑 같이 셔틀을 타고 왔죠?"

"네."

"왜 우리 배를 탔는지 말하던가요?"

"오캄포 차관은 휴가차 허클베리에 가는 겁니다. 우리가 그리로 가는 걸 알고 자신과 보좌관이 묵을 특실 두 개를 빌렸다 더군요."

볼덕이 대꾸했다.

"나라면 그냥 국무성 외교선을 탔을 텐데."

"차관 말로는 그랬다간 모양새가 좋지 않을 거라더군요."

"그자야 당연히 남들 시선을 의식하겠지."

한이 말했다.

"세이들 말로는 오캄포가 티내지 않고 여행할 생각이라고 했다던데. 휴가 와서 고관대작 행세하기 싫다고 말이야."

"그 말을 믿어요?"

볼덕이 묻자 한은 어깨를 으쓱했다. 볼덕이 나를 보았다.

"자넨 그 사람이랑 말해봤지?"

"그럼요."

"행정주임 이야기가 납득이 가?"

나는 오캄포가 자기 목소리를 사랑한다는 윌슨의 이야기를 떠올렸다. 그리고 점잖은 대화가 끝난 뒤 셔틀을 타고 오면서 오캄포가 베라 브릭스에게 자기 말을 받아 적게 하던 광경을 떠올리며 대답했다.

"제가 보기에 티내지 않는 걸 좋아하는 부류는 아닙니다."

텔레스가 한마디 했다.

"어쩌면 자기 보좌관이랑 그렇고 그런 사이라는 걸 티내지 않으려는 속셈일지도 모르죠."

내가 대꾸했다.

"아뇨, 그건 아닙니다."

텔레스가 따졌다.

"왜죠? 설명해봐요."

나는 어깨를 으쓱했다.

"두 사람한테서 그런 낌새는 못 챘거든요."

"평소에 낌새를 잘 채나요, 다킨?"

"뭐 그럭저럭."

텔레스가 짓궂게 물었다.

"내 낌새는 어떤가요?"

"또 말장난이시군요."

볼덕이 한마디 했다.

"내가 뭐래. 말장난 환자라니까."

텔레스가 째려보았지만 볼덕은 개의치 않고 말했다.

"그나저나 휴가를 왜 허클베리로 가지? 우린 거기 가봤어. 자주. 절대 휴가를 보낼 만한 곳이 아니야."

내가 대답했다.

"코네티컷 산맥인지 뭔지 하는 곳을 여행하고 싶다던데요."

한이 말했다.

"점퍼는 챙겨 오셨나 모르겠군. 코네티컷 산맥은 북극권인데, 지금 허클베리 북반구는 겨울이거든."

"여행 가방이 여럿 있었습니다. 베라 보좌관은 오캄포가 옷

을 너무 많이 가져왔다고 불만이더군요. 아마 점퍼도 한두 장
은 있을 겁니다."

"그럼 다행이고. 안 그러면 실망스러운 휴가가 될 테니까."

하지만 알고 보니 휴가 따위는 없었다.

나는 의자에 앉아서 타오 선장과 리 한을 쳐다보았다. 나를
내려다보는 선장의 얼굴은 아주 못마땅한 표정이었는데, 그걸
보자마자 처음에는 속으로 투덜거렸다.

젠장, 이번에는 내가 또 뭘 잘못했담.

하지만 곧 내가 선장을 마주하고 있다는 사실에 어리둥절했
다. 삼등운항사인 내가 조종석에 앉아 있을 때는 선장이 선교
에 나와 있지 않았다. 대개 자고 있거나 선내에서 다른 업무를
보았다. 지난 사흘간 내가 조종석에 앉아 있을 때는 행정주임
한이 사령석에 앉았는데, 우리가 한 일은 거의 없었다. 도약 지
점까지의 항로는 피닉스 정거장에서 설정해준 터라, 내가 할
일은 우리 배가 어떤 이유로든 항로를 이탈하지 않게 하는 것
뿐이었다.

항행은 순조로웠다. 내가 근무 내내 졸았어도 마찬가지였을
것이다.

도약 지점까지는 12시간 남아 있었다. 그때가 되면 선장은
사령석에 앉고 볼덕이 이등운항사 슈라이버와 함께 조종을 맡
을 것이며, 나는 운이 좋으면 침대에서 자고 있을 터였다. 지금

선장이 선교에 있다는 건 뭔가 일이 꼬였다는 뜻이었다. 그리고 선장이 나를 내려다보고 있다는 건 그 일이 나랑 연관 있다는 뜻이었다. 무슨 일이지 나는 까맣게 몰랐다. 말했다시피 우리는 순조롭게 도약 지점으로 가고 있었다. 내가 잘못한 일이 있을 턱이 없었다.

"무슨 일이시죠, 선장님?"

모를 때는 물어보는 게 답이다.

타오 선장이 메모리카드 하나를 내밀었다. 나는 그걸 멀뚱멀뚱 바라보며 말했다.

"메모리카드로군요."

타오 선장이 대꾸했다.

"그건 나도 알아. 자네 도움이 필요해."

"알겠습니다. 어떻게 도와드릴까요?"

"과거에 운항 시스템 프로그래머로 일했지? 리한테 들었네."

"오래전 일입니다."

나는 한의 무표정한 얼굴을 힐긋 보았다.

"어쨌든 운항 시스템에 대해 잘 알겠군."

"최신 소프트웨어 프로그래밍은 해본 적 없지만, 어차피 같은 언어와 컴파일러를 사용하니 금세 따라잡을 수 있을 겁니다."

"암호화된 명령을 운항 시스템에 입력하는 것도 가능하지? 목적지 정보가 드러나지 않도록 말이야."

"그럼요. 기본적인 기능입니다. 전함이나 도약기가 나포될 때 그 목적지가 적에게 쉽게 드러나지 않도록 군용 운항 소프트 웨어에 탑재되었죠. 일반 화물선에서는 그런 안전 모드를 거의 사용하지 않는데, 의미가 없기 때문입니다. 어차피 개척연맹에 항로를 계속 알려야 하니까요. 그들은 항상 우리가 어디로 가는지 압니다."

타오 선장이 말했다.

"이 메모리카드에 암호화된 목적지가 들어 있다네. 그게 어딘지 알아낼 수 있나?"

"아뇨. 암호화된 거잖아요."

문득 내가 '잘난 체하는 왕재수'처럼 말한 것 같다는 생각이 들어 잽싸게 한마디 덧붙였다.

"제 말은 암호화 키가 없으면 곤란하단 뜻입니다. 불가능하죠."

"운항 시스템 안에는 있겠지."

"맞습니다. 하지만 그걸 우리한테 알려주진 않습니다. 운항 컴퓨터에만 행선지를 알려주는 것이 안전 모드의 목적이니까요."

"키 없이 풀 수 있나?"

"암호를 풀란 말씀입니까?"

타오가 고개를 끄덕이자 내가 다시 물었다.

"시간을 얼마나 주실 수 있습니까?"

"도약 지점까지 몇 시간 남았지?"

나는 모니터를 확인했다.

"12시간 23분 남았습니다."

"그전에 풀면 돼."

"안 됩니다. 한 달이라면 가능할 수도 있죠. 선장님께 이 메모리카드를 준 사람이 암호화 시스템에 접속할 때 사용한 패스워드나 생체 정보 따위가 있다면 가능할 겁니다. 그게 챈들러 호의 시스템에 들어 있습니까?"

"아니."

"그렇다면 열두 시간으로는 어려울 겁니다, 선장님."

타오 선장이 뚱한 표정으로 고개를 주억거리고 한을 바라보았다.

"무슨 일인지 여쭤봐도 될까요, 선장님?"

"안 돼."

선장은 나에게 메모리카드를 내밀며 말을 이었다.

"새로운 목적지를 운항 시스템에 입력해. 작업이 끝나고 새 목적지가 승인되면 한에게 알려주게나."

나는 메모리카드를 받아 들었다.

"1분 30초쯤 걸릴 겁니다."

"좋아. 끝나면 한에게 알려."

그녀는 더는 아무 말도 않고 떠났다. 나는 한을 바라보았다. 여전히 그는 지극히 무표정한 얼굴로 일하고 있었다.

"다킨 씨 아니오? 뜻밖이로군. 어서 들어오시오."

특실 안에서 오캄포 차관이 방문을 열고 눈앞에 서 있는 나를 보더니 옆으로 비켜섰다.

나는 안으로 들어갔다. 크기가 대략 내 숙소의 두 배, 즉 청소 도구 보관실 두 개만 한 방이었다. 오캄포의 가방들이 공간을 대부분 차지하고 있었는데, 베라 브릭스가 말한 대로 한 달짜리 여행에 걸맞을 짐이었다. 하지만 내 눈에는 오캄포가 옷차림에 무척이나 신경 쓰는 타입으로 보였고, 이런 과도한 짐이 처음도 아닌 듯했다.

"비좁아서 미안하오."

"제 방보다는 크네요."

"당연히 그래야지!"

오캄포는 곧 웃으며 덧붙였다.

"농담이니 언짢게 생각하지 말아요."

"언짢긴요."

"그래도 다행이오. 베라까지 여기 있었으면 움직이기도 어려웠을 거외다."

오캄포가 아주 작은 탁자 옆 의자에 앉아서 말을 이었다.

"자, 당신이 왜 왔는지 맞혀볼까요, 다킨 씨? 아마 몇 시간 전에 선장이 새로운 목적지를 가지고 당신을 찾아갔을 거요, 아니오?"

"그랬을 수도 있죠."

"틀림없어. 그리고 새 목적지는 비밀이라고 하니, 보나마나 당신과 승무원들은 이런저런 추측을 하며 즐거운 시간을 보냈겠지. 그 목적지가 어디며 왜 거기로 가는지, 누구의 명령도 듣지 않던 선장이 어째서 그 지시에 따를까 등등. 내 말이 맞지 않소?"

"대충 그런 셈입니다."

"그리고 장담하건대 다른 승무원들이 당신더러 나를 만나 물어보라고 등을 떠밀었을 거요. 당신과 내가 같은 셔틀을 타고 챈들러 호에 왔으니까."

"아닙니다. 선원들끼리 그 이야기를 한 건 맞지만, 아무도 저를 떠밀지는 않았습니다. 제 스스로 찾아온 겁니다."

"그렇다면 댁은 진취적이거나 어리석은 분이로군요, 다킨 씨."

"네, 맞습니다."

"둘 다일 수도 있고."

"그것도 맞습니다."

오캄포가 웃었다.

"선장한테 행선지를 말할 수 없다면 댁한테도 마찬가지란 걸 아실 텐데."

"압니다. 제가 여기 온 건 '어디'가 아니라 '왜' 때문입니다."

"이유가 궁금하시다."

"네. 개척연맹 국무성의 권력 서열 2위인 분이 북극 산지에 휴가를 간다는 핑계로 공식 외교 임무를 띠고 국무성 외교선 대신 화물선을 탄 까닭 말입니다. 어디서 누굴 만나 협상을 하시려는 건지는 모르겠습니다만."

"음."

잠시 후 오캄포가 말을 이었다.

"티 안 내고 잘 행동한 줄 알았는데."

"그러셨습니다. 하지만 밖에 있을 때와 승선해 있을 때는 사정이 다르죠."

"맞는 말이오. 앉아요, 다킨."

오캄포는 자기 침대를 가리켰다. 나는 거기 앉았다.

"이론적 시나리오부터 잠깐 이야기해봅시다. 괜찮겠소?"

"그럼요."

"요즘 개척연맹이 어떤 상황인지 알고 있소?"

"더 이상 지구와 썩 우호적인 관계가 아니라고 들었습니다."

오캄포는 코웃음을 쳤다.

"댁은 지금 본의 아니게 올해의 완곡한 표현으로 뽑힐 만한 발언을 했소. 실은 더 정확히 말하자면, 지구는 개척연맹을 증오하면서 우리 모두를 죽어 마땅한 악마로 여긴다오. 그들이 우주로 나가는 주요 거점인 지구 정거장을 개척연맹이 파괴했다고 믿는 거지."

"우리 짓이 아니잖습니까?"

"아니다마다. 하지만 습격에 사용된 전함들은 대부분 납치당한 개척연맹 우주선이었소. 댁도 그건 들어서 알겠지? 이 우주선 같은 화물선들이 납치되어 전함으로 바뀌었다는 소문 말이오."

나는 고개를 끄덕였다. 세간에 떠도는 믿기 어려운 풍문 중 하나였다. 우주 해적, 또는 해적인 척하는 자들이 화물선을 납치했지만, 놈들이 노린 것은 화물이 아니라 우주선이라는 소문. 그 우주선들을 이용해 외계인들의 거대 정치 연합인 콘클라베와 개척연맹의 여러 표적을 공격한다는 것이었다.

내가 그 진위를 의심한 건, 좀처럼 납득하기 어려웠기 때문이다. 물론 우주선들이 납치된 것은 사실이었다. 우주에서 그런 소식은 금세 퍼지기 마련이다. 하지만 화물선을 공격 무기로 사용한다는 건 말이 안 되었다. 더 쉬운 방법으로도 개척연맹과 콘클라베 모두를 공격할 수 있었기 때문이다.

그러나 지금 오캄포의 말은 그게 단순한 풍문이 아니라는 뜻이었다. 실제로 벌어진 일이었다는 것이다. 내가 개척연맹 울타리 안에서 안전하게 화물을 실어 나르는 일을 반길 이유가 또 생긴 셈이었다.

다만 지금 우리는 그 안전한 일을 하러 가는 게 아니었다.

오캄포가 말했다.

"원래 개척연맹 소속 우주선들이라 마치 개척연맹이 공격한 것처럼 보이지. 그래서 현재 우리와 지구의 거의 모든 국가는 외교 관계가 전면 단절되었소. 완전히 연을 끊지 않은 나라들조차 아주 신중하게 접근해야 하는 판국이오. 여기까지 내 말 이해하겠소?"

나는 또 고개를 끄덕였다.

오캄포도 고개를 끄덕여 화답했다.

"이런 상황에서, 다킨 씨, 한번 자문해봐요. 만약 개척연맹 국무성 2인자인 사람이 지구와의 외교 관계를 아주 조금이라도 트려고 한다면, 그리고 관계자 모두 정치적 모양새를 하고 만날 필요 없는 방식을 원한다면, 과연 어떻게 할 것 같소?"

내가 대답했다.

"휴가를 떠나는 척하면서 실제로는 화물선을 타고 비밀 장소에서 열리는 비공식적인 모임에 갈 수 있겠죠."

오캄포는 고개를 끄덕였다.

"그것도 방법일 수 있을 거요."

"하지만 그래도 화물선 선장은 납득시켜야 할 겁니다."

"납득시키는 방법은 여러 가지가 있겠지. 그중 하나는 개척연맹의 공식 요청일 텐데, 그걸 거절하면 해당 화물선은 개척연맹이 통제하는 모든 우주정거장에서 도킹을 거절당할 거요. 결국 개척연맹 영역 안에서 장사하긴 글렀다는 소리지."

"선장님이 협조하지 않았다는 이유로 말입니까?"

"음, 공식적인 이유는 얼마든지 만들어낼 수 있소이다. 우주정거장마다 각자 여건에 맞춰 서로 다른 이유를 댈 거요. 하지만 실제로는 협조 거부에 대한 개척연맹의 징계인 셈이지."

"그건 선장님도 좋아하지 않을 겁니다."

"당연히 그렇겠지."

"항로 변경으로 화물 운송에 차질이 생기면 이 배의 선주들과 선원들이 손해를 볼 텐데, 그 문제는 어찌 되는 겁니까?"

"만약 그런 일이 발생하면, 원칙적으로는 선주와 선원이 입은 손해를 개척연맹에서 전액 보상해줄 거요. 부가적으로 발생한 비용과 시간 손실에 대해서도 추가 보상이 따를 테고."

"정말입니까?"

"물론이오. 돈이 어마어마하게 들겠지. 그래서 이런 일이 흔치 않은 거요."

"이 이야기를 선장님께도 하셨습니까?"

"할 수도 있었지만 안 했소. 썩 좋아하지 않을 테니까. 어느 선장이 자기 배에 대해 지시받는 걸 좋아하겠소. 하지만 이제는 어쩔 도리가 없지. 다 듣고 나니 기분이 어떻소, 다킨 씨?"

"글쎄요. 무슨 일인지 조금 알게 됐으니 한결 낫겠죠. 방금 알려주신 것들이 사실이라면 말입니다."

오캄포는 고개를 저었다.

"난 아무것도 알려주지 않았소, 다킨 씨. 우린 그저 가능성에 대한 이야기를 나눈 것뿐이라오. 합리적인 가능성 말이오. 댁이 보기에는 그렇지 않소?"

나도 합리적이라고 생각했다.

이튿날, 나는 머리에 총을 맞았다.

하지만 그 전에 침대에서 떨어졌다.

침대에서 떨어졌다는 사실은 중요한 부분이 아니다. 중요한 건 어떻게 떨어졌느냐이다. 밀려서 떨어졌다. 더 정확히 말하자면, 나는 그대로 있었는데 챈들러 호가 밀렸다. 즉, 한순간 내 밑에 침대가 있었는데 다음 순간 내 밑에 침대가 없었고, 내 몸이 공중에 떠서 벽 쪽으로 날아갔다는 뜻이다.

그 상황에서 두 가지 생각이 떠올랐다. 솔직히 내 머릿속을 대부분 차지했던 첫 번째 생각은 '뭐야?'였다. 처음에는 허공에 떠 있던 몸이 곧 벽에 부딪쳤기 때문이다.

내 머릿속에서 당황하지 않은 부분에 떠오른 두 번째 생각은 이 우주선에 뭔가 심각한 일이 벌어졌다는 것이었다. 챈들러 호를 비롯한 거의 모든 우주선의 인공중력장은 놀랍도록 강력하다. 당연히 그래야 한다. 안 그러면 단순한 가속만으로도 인체가 젤리처럼 뭉개질 테니까. 또한 중력장은 선내에서 기울거나 흔들리는 것도 감소시켜준다. 따라서 사람들이 침대 밖으로 떨어질 만큼 선체를 강하게 밀려면 기본적으로 엄청난 에너지가 필요하다.

내가 침대 밖으로 밀려났을 때 밑으로 떨어지지 않았다는 사실도 중요하다. 이는 인공중력이 작동하고 있지 않았다는 뜻이다. 뭔가가 중력장을 고장 낸 것이다.

결론적으로, 우리가 뭔가에 부딪쳤거나 뭔가가 우리를 들이받은 것이었다.

앞서 '뭐야?'라고 생각했던 나의 뇌는 이제 '제기랄 우리 모두 죽을 거야, 우린 뒈졌어, 뒈졌다고, 씨팔 뒈졌어'라고 생각했다.

곧이어 전기가 나갔다.

이 모든 일이 1초 사이에 벌어졌다.

다행인 건 내가 자기 전에 소변을 봤다는 점이었다.

잠시 후 비상등이 켜졌고, 비상 중력도 가동되었다. 비상 중력은 정상 중력의 20퍼센트에 불과하고 오래가지도 못한다. 주변 사물을 끈으로 묶어 고정시킬 시간을 주려는 것일 뿐이었다. 방금까지 내 방 안에서 날아다니던 것들이―치약 튜브, 늘어놓은 옷가지, 그리고 내 몸이―바닥에 내려앉기 시작했다. 나는 바닥에 닿자마자 잽싸게 바지를 주워 입고 방문을 열었다.

곧바로 치코 텔레스가 복도를 따라 달려가는 모습이 보였다.

내가 물었다.

"무슨 일입니까?"

그녀가 나를 지나치며 대답했다.

"동력이 끊겼어요. 도약하고 나서 동력이 나가버렸다고요."

"아. 어쩌다가?"

"이봐요, 난 화물 담당일 뿐이라고요. 선교에서 일하는 당신이 말해봐요."

텔레스는 어디론가 달려갔다.

일리 있는 말이었다. 나는 선교로 달려가기 시작했다.

가는 동안 오캄포 차관을 만났는데, 잠을 별로 못 잤는지 잔뜩 헝클어진 모습이었다. 그가 물었다.

"무슨 일이오?"

"동력이 끊겼습니다."

"어쩌다 그렇게 된 거요?"

방금 내가 텔레스에게 물은 말이었다.

"지금 알아보러 선교로 가는 참입니다."

오캄포가 고개를 끄덕였다.

"나도 같이 가겠소."

썩 좋은 생각 같지는 않았지만, 나는 그냥 고개를 끄덕이고 오캄포가 따라오리라 예상하며 계속 달려갔다.

선교는 분주했지만 혼란스럽지는 않았다. 당직 승무원들이 각자 자리에 앉아 타오 선장에게 상황 보고를 하고 있었으며, 선장은 그들에게 계속 질문했다. 나는 정말로 뒤따라온 오캄포에게 고개를 끄덕인 다음 한에게 다가갔다.

그가 나를 보고 말했다.

"자넨 지금 비번이야."

"도울 일이 있을까 해서요."

"조종사는 이미 자리에 있어."

한은 고갯짓으로 볼덕을 가리켰다.

"다른 일도 도울 수 있습니다."

"좋아. 센서 담당 워맥한테 가서 도울 일 있는지 알아봐."

나는 센서를 살피고 있는 셰리타 워맥에게로 걸어갔다. 그때 한이 오캄포를 보고 말했다.

"차관님은 우리 배의 선원이 아닙니다. 여기 오시면 안 됩니다."

오캄포가 대꾸했다.

"혹시 도울 일이 있을지 몰라서 왔소."

"없습니다. 방으로 돌아가십시오."

갑자기 선장이 둘의 대화에 끼어들었다.

"잠깐. 가지 마시라고 해. 물어볼 게 있으니까. 반드시 대답을 들어야겠어. 거기 그냥 계십시오, 차관님."

오캄포가 대답했다.

"알겠소, 선장."

타오 선장은 고개를 돌려 워맥에게 지시했다.

"센서 상황 보고해. 도약한 뒤에 우리 배가 뭔가에 부딪쳤나?"

워맥이 대답했다.

"그런 것 같진 않습니다, 선장님. 만약 충돌했다면 우린 이미 죽었을 겁니다."

내가 한마디 했다.

"물체의 크기에 따라 다르죠. 미세한 먼지 따위에 부딪치는 일은 흔히 있으니까요."

워맥이 반박했다.

"그런 걸로 동력이 끊어지진 않습니다. 그 정도로 항로를 이탈하지도 않고요."

선장이 물었다.

"우리 배가 항로를 얼마나 벗어났나?"

워맥은 어깨를 으쓱했다.

"관성 센서가 망가져서 확실한 수치는 말씀드릴 수 없습니다. 외부 센서도 먹통이고요. 밖에 뭐가 있는지 알 수 없습니다, 선장님."

"센서가 고장 나기 전의 기록은?"

"전혀 없습니다. 밖에 아무것도 없었는데 갑자기 선체가 덜컹거리고 동력이 끊겼습니다."

워맥이 말을 멈추더니 진단 모니터에서 뭔가를 보고 눈살을 찌푸렸다. 나는 고개를 내밀고 모니터를 보았다.

선장이 물었다.

"왜 그래?"

내가 모니터에 뜬 데이터를 읽고 대답했다.

"외부 센서는 정상적으로 작동하고 있다는데요."

워맥이 말했다.

"하지만 아무것도 감지되지 않고 있습니다. 통신 장치도 작동해야 하는데 아무런 신호도 잡히지 않고요."

"누가 방해 전파를 쏘나 봅니다."

"그런 것 같네요."

워맥도 동의하고 타오 선장을 바라보았다.

선교에 침묵이 흘렀다. 선장이 고개를 끄덕이고는 다시 오캄포에게 눈을 돌리며 물었다.

"이 상황을 설명 좀 해주시죠?"

오캄포가 대답했다.

"내가 무슨 수로 설명하겠소?"

"지구 외교관들을 만날 거라고 하셨잖습니까?"

"지구와 콘클라베의 외교관들을 만나기로 했지."

이건 내가 들은 이야기와는 살짝 달랐지만, 당시 오캄포는 자신이 아무것도 알려주지 않았다고 했으니 뭐.

타오 선장이 물었다.

"어째서 외교관들이 우리 센서에 방해전파를 쏠까요?"

오캄포는 고개를 저었다.

"그럴 리 없소. 여긴 우리가 만나기로 한 장소요. 그들은 내가 이 우주선을 타고 온다는 걸 알고 있소. 이 배가 전함이 아니란 걸 안단 말이오."

한이 끼어들었다.

"해적일지도 모르죠."

선장이 반박했다.

"아냐. 해적들은 무역 항로를 따라다녀. 여긴 무역 항로가 아냐. 우리는 오캄포 차관의 외교관 친구들만 아는 비밀 장소로 가는 항로로 왔잖아. 안 그렇습니까, 차관님? 이번 여행은 일급기밀 아닙니까?"

'일급기밀'이라는 말에 빈정대는 기색이 역력했다.

선장의 질문에 언짢은 표정을 짓던 오캄포가 마침내 입을 열었다.

"작년부터 개척연맹 외교 임무에 관한 정보가 종종 새어나갔소."

타오 선장의 눈이 휘둥그레졌다.

"그게 무슨 뜻입니까?"

"국무성에 첩자가 있을지도 모른다는 뜻이오. 나는 이번 임무가 밖으로 새어나가지 않도록 만전을 기했소. 그런데도 허점이 있었나 보군."

"첩자가 있단 말입니까? 어디 첩자죠? 콘클라베? 지구?"

"둘 중 하나이거나 또 다른 집단이겠지."

"또 다른 집단?"

오캄포는 어깨만 으쓱했다. 타오 선장은 증오가 넘실거리는 눈으로 차관을 쏘아보고는 다시 워맥과 내 쪽으로 돌아섰다.

"동력이 나가기 전에 센서에 아무것도 잡히지 않았다는 거지?"

워맥이 대답했다.

"네, 선장님. 도약 지점까지 티끌 하나 없습니다."

"외부 센서는 여전히 먹통이고."

"그렇습니다. 정상적으로 작동해야 하는데 말을 안 듣네요. 이유를 모르겠습니다."

선장이 한을 보고 지시했다.

"에어록으로 사람을 보내 창밖에 뭐가 있는지 보라고 해주게나."

한이 고개를 끄덕이고 헤드셋 마이크에 짧게 말했다. 선실에 있는 선원 한 명을 에어록으로 보내는 듯했다. 지시를 하달한 그는 선장에게 말했다.

"방어 준비를 해야 합니다, 선장님."

선장이 대꾸했다.

"밖에 있는 자들이 우리 배에 들이닥칠 거라고 생각하는군."

"물론입니다. 선장님도 말씀하셨다시피, 누군지는 몰라도 저들은 일반적인 해적이 아닙니다. 아마 저들이 챈들러 호에서 노리는 건 챈들러 호 본체뿐일 겁니다."

타오 선장은 오캄포를 돌아보며 대꾸했다.

"아니. 뭔가 다른 꿍꿍이가 있어."

그때 워맥의 계기판에 신호가 떴다. 나와 워맥은 그쪽으로 눈을 돌렸다.

선장이 물었다.

"뭔가?"

내가 대답했다.

"외부 신호입니다."

워맥이 헤드셋을 머리에 쓰더니 잠시 후 선장에게 말했다.

"선장님을 찾는데요."

"스피커로 들리게 해."

워맥이 신호를 스피커로 돌리고 고개를 끄덕이자 선장이 말했다.

"내가 일라이저 타오 선장이다."

곧이어 쇠가 갈리는 것 같은 기분 나쁜 목소리가 들려왔다. 변조한 음성이 틀림없었다.

"타오 선장, 현재 너의 우주선에는 멜리어락스 시리즈 세븐 미사일 3기가 조준되어 있다. 첫 번째 미사일은 챈들러 호의 구조상 가장 약한 부분인 선체 중앙을 폭파할 것이다. 그로 인해 우주선이 파괴되진 않겠지만, 수많은 선원이 죽고 엔진까지 직통으로 길이 열릴 것이다. 두 번째 미사일이 엔진을 공격하면 그 우주선의 3분의 2가 순식간에 증발해버리고 선원들은 거의 전멸할 것이다. 나머지는 세 번째 미사일이 마무리할 것이다.

화물선인 챈들러 호는 방어 체계가 제대로 갖춰져 있지 않다. 설령 무기가 있다 해도, 우리가 이미 외부 센서를 무력화시켰다. 통신 장비도 마비된 상태이고, 어차피 이곳은 주거 지역이나 개척방위군 기지에서 몇 광년은 떨어져 있다. 무인 도약기 발사 장치도 이미 입자 광선포로 조준해놓았다. 동력은 끊어져 있으며, 이미 알지도 모르지만, 동력을 회복하기 전에 비상 배터리 전력이 소진될 것이다. 따라서 우리 미사일이 챈들러 호를 파괴하지 않더라도, 너와 선원들은 모두 동사하거나 질식해 죽을 것이다."

타오 선장이 말문을 열었다.

"일단 내 말부터 들⋯⋯."

"한 번 더 끼어들면 미사일을 발사하겠다."

선장이 입을 다물자 목소리가 다시 들려왔다.

"이것은 협상이나 교섭이 아니다. 이제 너희가 해야 할 일을 알려주겠다. 지시대로만 하면 너와 선원들은 앞으로 몇 시간 동안 생존할 수 있다.

잘 들어라. 밖에서 들어갈 수 있도록 에어록을 모두 개방한 다음, 전 선원을 화물실에 모이게 해라. 그러면 우리가 승선하여 배를 넘겨받을 것이다. 만약 우리가 승선할 때 화물실 밖에 선원이 있으면, 너희 우주선을 파괴하여 탑승자 모두를 죽일 것이다. 배를 넘겨주지 않으려고 우리를 공격하거나 방해하는 자가 있어도 우주선을 파괴하여 탑승자 모두를 죽일 것이다. 배를 버리고 달아나려고 하면 탈출정을 조준해 파괴하고 우주선을 파괴하여 남은 자들도 모두 죽일 것이다. 너와 선원들이 화물실에 모여 추후 지시를 기다리지 않고 딴 짓을 해도 우주선을 파괴하고 탑승자 모두를 죽일 것이다.

지금부터 5분을 줄 테니 이 지시를 알아들었다는 신호를 보내라. 그리고 다시 한 시간을 줄 테니 이 지시를 모두 이행하고 신호를 보내라. 두 신호 중 하나라도 보내지 않으면 우주선은 파괴되고 탑승자는 전원 죽을 것이다.

이상이다."

타오 선장이 워맥에게 물었다.

"그 통신 채널은 아직 멀쩡하지?"

워맥이 대답했다.

"네. 다른 건 죄다 여전히 먹통입니다."

선장이 오캄포를 보고 말했다.

"이자들은 차관님 친구가 아닌 것 같군요."

오캄포가 대답했다.

"아니지. 그들이라면 이런 식으로 우릴 맞이했을 리 없소."

"그 친구들은 어찌 됐을까요?"

"모르겠소. 십중팔구 그들도 공격받았을 거요."

선장이 한을 보고 물었다.

"다른 선택의 여지는 없나?"

한이 대답했다.

"저들 말대로 미사일이 우릴 겨누고 있다면 전혀 없습니다. 누군지는 몰라도 저들 말이 맞아요. 우리에겐 변변한 무기가 없습니다. 저들을 따돌릴 수도 없고요. 그리고 비상 전력을 모두 생명 유지 장치에 집중한다 해도 오래 못 버팁니다."

"만약 미사일 이야기가 거짓이라면?"

"그렇다면 탈출정들을 발사한 다음, 승선한 놈들과 싸우다 부득이한 경우 이 배를 자폭시켜야겠죠. 저 자식들과 함께 골로 가는 겁니다."

내가 한마디 했다.

"싸웁시다, 선장님."

왜 그런 말을 했는지 모르겠다. 방금 전까지만 해도 나는 싸울 마음이 없었다. 순간적으로 머릿속에 떠오른 생각이었다. 리

한이 말한 대로였다. 놈들이 누구건 간에 함께 골로 가자. 설령 몽둥이를 들고 싸워야 한다 해도 멀거니 있는 것보다는 낫다.

선교를 둘러보니 다들 고개를 끄덕이고 있었다. 모두 싸울 각오였다.

타오 선장이 나를 보고 빙그레 웃고는 고개를 끄덕였다. 내 뜻을 이해했고, 존중한다는 뜻이었다. 하지만 그녀는 다시 한을 보고 말했다.

"계속 이야기해."

"하지만 저들은 이미 우리 배의 동력을 끊었습니다. 우린 눈치도 못 챘는데 말입니다. 게다가 통신 장비와 외부 센서까지 마비시켰죠. 우리가 모르는 뭔가가 있는 겁니다. 그게 아니더라도 상황은 달라지지 않습니다. 설령 우리가 놈들과 싸워 물리친다 해도, 그 와중에 인명피해가 발생하고 우리 배가 더 망가질 것은 불을 보듯 뻔합니다. 결국 모두 탈출정을 타고 목숨을 부지하는 수밖에 없겠죠. 그렇게 되면 저놈들은……."

한은 우리를 공격한 자들을 가리키듯 밖을 향해 손짓하며 말을 이었다.

"아무도 남아 있지 않은 이 우주선을 차지할 겁니다. 결국 우리는 큰 도박을 하고 아무것도 얻지 못하는 셈이죠."

타오는 당직 운항사인 볼덕에게 물었다.

"도약으로 여길 벗어날 가능성은 없나?"

볼덕이 고개를 저었다.

"곤란합니다. 우리 배는 행성 근처로 진입했기 때문에, 최적의 상황에서도 사흘은 가야 안전한 도약 지점에 다다를 수 있습니다."

한이 한마디 거들었다.

"어차피 엔진이 멈춰서 도약은 불가능합니다."

선장이 물었다.

"언제 다시 가동할 수 있나?"

"기술주임 엘러가 24시간쯤 걸린다고 합니다. 비상 동력은 6시간이 한계라 선원들을 탈출정에 태워야 할 겁니다. 선내에 남은 자들은 동력이 완전히 회복되기 전까지는 숨 쉬기가 어려울 테고요."

"배를 잃지 않을 방법이 없다는 거로군."

한은 아주 잠시 머뭇거리다 거의 곧바로 대꾸했다.

"현실적으로 그렇습니다. 설령 우리를 공격한 자들이 가만히 있는다 해도, 선원 대부분을 탈출정에 태워야 할 겁니다. 그리고 현실적으로 저놈들이 가만히 있을 리 없습니다. 이미 우리한테 한 짓을 보면 말이죠."

타오 선장이 잠시 침묵하는 동안, 오캄포를 비롯해 선교에 있던 자들 모두가 적에게 회신을 보내야 할 시간이 흘러가는 것을 의식하며 초조하게 기다렸다.

"니미럴."

마침내 선장이 투덜거리고 워맥에게 지시했다.

"저들의 요구를 받아들인다고 응답해. 한 시간 안에 에어록을 모두 개방할 거라고. 선원들이 화물실에 모이면 다시 연락하겠다고 해."

워맥은 눈을 끔뻑이며 침을 삼키고는 고개를 끄덕였다. 그리고 계기판으로 눈을 돌렸다.

선장은 한에게도 지시했다.

"선원들에게 화물실로 모이라고 해. 시간이 촉박하니 서두르라고."

한은 곧바로 지시를 전했다.

잠시 후 타오 선장이 오캄포를 보고 말했다.

"차관님의 요청을 거절할 걸 그랬다는 생각이 들기 시작하는군요."

오캄포가 대꾸하려고 입을 벌렸지만, 선장은 이미 그를 무시했다.

까만 복장에 무기를 든 외계인 세 놈이 무릎이 뒤로 꺾이는 다리로 걸으며 타오 선장에게 다가왔다. 한 놈은 권총처럼 생긴 무기를 들었고, 나머지 두 놈은 자동소총의 일종으로 보이는 길쭉한 무기를 들었다. 나머지 외계인 부대는 화물실 안에 넓게 펼쳐져 챈들러 호의 선원들을 쉽게 겨냥할 수 있는 곳에 자리를 잡았다. 놈들이 마음만 먹으면 순식간에 우리 모두를 쓸어버릴 수 있었다.

"대체 저들은 누구죠?"

치코 텔레스가 내게 속삭였다. 그녀는 한데 모인 선원들 사이에서 내 옆에 서 있었다.

내가 대답했다.

"르레이입니다."

"우호적이진 않네요. 적어도 이자들은 말이에요."

"네."

개척연맹이 특정 전투를 널리 알리는 일은 흔치 않지만, 나는 지난 십여 년 동안 우리가 르레이를 몇 번이나 혹독하게 괴롭혔다는 것을 익히 알고 있었다. 따라서 우리가 이 상황을 무사히 벗어나길 기대하는 건 무리였다.

세 르레이가 타오 선장에게 다가왔다. 그중 가운데 놈이 말했다.

"너희 조종사들을 불러라."

놈은 자기들 언어로 말했지만, 옷에 달린 작은 기계가 통역해주었다.

선장이 대꾸했다.

"이유를 말하시오."

그러자 르레이가 무기를 쳐들더니 선장 옆에 서 있던 리 한의 얼굴을 쐈다. 저중력 속에서 붕 떠오른 한은 한참이 지나서야 갑판에 떨어졌다.

선원들이 내지른 비명 소리가 잠잠해지자 르레이가 다시 말했다.

"조종사들을 불러라."

타오 선장은 침묵으로 일관했다. 르레이가 다시 무기를 쳐들고 이번에는 선장의 머리를 겨냥했다. 나는 앞으로 나서려 했다. 내가 뭘 하려는지 눈치챈 텔레스가 갑자기 내 팔을 붙잡고 소곤거렸다.

"괜히 뻘짓 하지 말아요."

그때 누군가가 말했다.

"멈춰."

나는 그 목소리 쪽으로 고개를 돌렸다. 오캄포 차관이었다. 그가 챈들러 호의 선원들 사이에서 앞으로 나왔다.

"그럴 필요 없소, 트반 사령관."

르레이가 고개를 돌려 오캄포를 바라보았다. 타오 선장도 마찬가지였다. 그녀도 나처럼 오캄포가 이 외계인의 이름과 직위를 불렀다는 것을 알아차린 것이었다.

트반이 고개를 끄덕여 인사하고 말했다.

"오캄포 차관님. 당신이 직접 조종사를 불러내 주시면 고맙겠습니다."

"알겠소."

오캄포는 손가락으로 선원들 사이에 있는 나를 정확히 가리켰다.

"저자가 조종사요. 데려오시오."

트반 양쪽에 있던 르레이 병사 둘이 내게 다가왔다. 텔레스가 내 앞을 가로막아 섰다. 다가오던 르레이 병사 중 한 놈이 무기를 쳐들고 그녀를 겨누었다.

"너 이 개자식!"

타오 선장이 오캄포에게 소리치자, 챈들러 호의 선원들도 동요하기 시작했다.

"조용히 하시오!"

오캄포가 우렁찬 목소리로 말했다. 오랜 세월 외교관으로 활약하며 단련한 연설조의 목소리, 자기가 말하면 당연히 모두가 귀를 기울일 거라 믿으며 자신만만하게 호령하는 목소리였다.

먹혀들었다. 심지어 나에게 다가오던 르레이 병사들조차 걸음을 멈추고 오캄포를 돌아보았다.

그는 한 손을 높이 들어 다시금 정숙을 요구했다. 선원들이 목소리를 낮추고 웅얼대기 시작했다.

오캄포가 큰 소리로 말을 이었다.

"여러분은 살아남을 거요. 다시 한 번 말하겠소. 여러분은 살아남을 거요. 하지만 지금부터 내 말을 잘 듣고 시키는 대로 해야만 살 수 있소. 그러니 조용히 경청하시오."

이제 챈들러 호의 선원들은 쥐 죽은 듯 고요해졌다.

"리 한의 죽음은 유감스러운 일이오. 르레이 사령관들은 자신의 명령에 이의를 제기하거나 거부하는 상황에 익숙하지 않소. 여러분이 저항하거나 명령에 불복종하지 않는다면 더 이상의 죽음은 없을 거요. 물론 여러분의 관점에서 보면 이 상황이 해적 짓이나 반역 행위로 비칠 거요. 장담하건대 그건 진실과는 너무도 동떨어진 착각이오. 더 길게 설명할 시간이 없는 것이 유감스러울 따름이오.

간단히 말하겠소. 나는 챈들러 호와 조종사 한 명을 요구하는 바이오. 이 우주선과 여기 있는 운항사 다킨을 데려가겠소. 나머지 간부들과 선원들은 조속히 챈들러 호의 탈출정을 타게 해주겠소. 탈출정들이 발사되고 나면, 앞으로 사흘 뒤 챈들러 호가 도약하자마자 곧바로 긴급 무인 도약기를 피닉스 정거장과 개척연맹에 보내 이 행성과 여러분이 탄 탈출정의 정확한 좌표를 알려줄 거요. 다들 알다시피 개척연맹은 이런 종류의 구조 임무를 위해 도약 가능 거리에 구조선을 항시 대기시켜놓고 있소.

따라서 여러분은 늦어도 나흘이나 닷새 뒤에는 구조될 거요. 탈출정은 최대 적재 상태로 7일은 버틸 수 있으니, 여러분이 구조될 시간은 넉넉할 거요.

다시 말하겠소. 여러분은 살아남을 거요. 하지만 그러기 위해서는 더 이상의 저항은 금물이오. 싸우려들어도 안 되고, 따지려들어도 안 되오. 만약 그랬다가는 여기 있는 르레이 부대가 주저 없이 여러분 모두를 사살할 거요. 나는 여러분이 가족과 친구들을 다시 만나게 되길 바라오. 개척연맹의 세상으로 무사히 돌아가길 바라오. 내 뜻에 따라주기만 하면 그렇게 될 거요.

자, 어서 시작하시오."

타오 선장이 오캄포에게 소리쳤다.

"난 당신 못 믿어!"

"그러시겠지."

오캄포가 트반에게 고갯짓을 했다.

트반이 선장의 머리에 총을 쐈다. 즉사한 타오는 그 자리에 쓰러졌다.

오캄포는 비명 소리가 잠잠해지길 기다렸다.

"반발하면 안 된다고 분명히 말했소. 이제 모두 르레이의 지시에 따라주시오."

그는 챈들러 호의 선원들에게 등을 돌리고 트반 사령관에게 따라오라고 손짓했다.

르레이 병사 둘이 다시 내 쪽으로 다가오자, 텔레스는 싸우려는 듯 긴장했다.

내가 그녀에게 말했다.

"그러지 말아요."

텔레스가 대꾸했다.

"놈들이 당신을 죽일 거예요."

"당신이 막아서면 놈들이 당신을 죽일 겁니다."

"우린 어차피 죽은 목숨이에요."

"나라면 탈출정에 운을 걸어보겠습니다."

르레이들이 다가오는 동안 나는 텔레스의 어깨를 한 손으로

잡고 말을 이었다.

"고마워요, 치코. 나를 위해 싸워주려 한 거 잊지 않겠습니다. 진심입니다."

텔레스가 물었다.

"당신도 나를 위해 그래줬겠죠?"

"물론이죠. 지금 그러려고 합니다."

나는 르레이들에게 고개를 끄덕여 갈 준비가 됐다고 알려주었다. 그중 한 놈이 내 어깨를 붙잡자, 우리는 텔레스와 챈들러 호의 선원들에게서 멀어지기 시작했다.

나는 챈들러 호의 선원들을 잘 몰랐다.

하지만 나 혼자 살아남을 것을 알기에 벌써부터 죄책감이 밀려들었다.

내가 오캄포 쪽으로 끌려가는 동안 그가 트반에게 하는 말이 들렸다.

"챈들러 호에 얼마나 손상을 입혔소?"

트반이 대답했다.

"선체에 구조적인 문제가 생길 정도는 아닙니다. 일부 시스템을 교란하고 고장 내는 걸로 충분했으니까요."

"좋소. 챈들러 호의 기술주임 말로는 스물네 시간이면 동력을 재가동할 수 있다던데, 당신네도 그 시간 안에 고칠 수 있소?"

"더 빨리 할 수 있습니다. 이런 일이 처음도 아니니까요. 차관님도 잘 아시잖습니까."

"물론 잘 알지."

"이제부터는 계속 저희와 함께 다니실 테니 편하실 겁니다."

"고맙소, 트반 사령관. 나도 같은 생각이오."

"나머지 선원들은 어떻게 할까요?"

"탈출정에 태우겠다고 내가 말했잖소. 그렇게 하시오."

"탈출정들을 잃는 건 좀 아까운데요."

오캄포는 어깨를 으쓱했다.

"꼭 필요한 건 아니잖소?"

"그렇긴 합니다."

"그렇다면 아까울 것도 없지. 한 가지 일러둘 게 있소. 탈출정 한 대는 파괴해야 하오. 내 시신을 찾을 수 없게 해야 알리바이 가 그럴 듯해지니까. 산산조각 난 탈출정을 보면 다들 내가 죽 었다고 믿겠지."

"지당한 말씀입니다."

잠시 후 트반이 다시 물었다.

"보좌관은 어쩌실 겁니까? 그 여자도 탈출정에 태울까요?"

오캄포가 대답했다.

"탈출정을 탈지 우리랑 같이 갈지 선택하라고 하시오. 탈출 정 쪽이 좋지 않다는 걸 얼마나 넌지시 알려줄지는 사령관이 알아서 하시고."

"모른단 말입니까?"

"이번 일 말이오? 당연히 모르지. 비밀작전이라는 거 잊었소?"

"그냥 우릴 따라오라고 명령해야겠습니다. 그 편이 덜 복잡하니까요."

"좋을 대로 하시오."

오캄포는 르레이 사령관의 어깨를 두드렸다. 트반은 챈들러 호의 선원들을 탈출정 격납고로 인도하러 갔다. 잠시 후 오캄포가 내 쪽으로 돌아섰다.

"자, 다킨 선생. 오늘은 자네에게 행운의 날이라네. 어쨌든 목숨은 부지하게 됐으니 말이야."

내가 물었다.

"긴급 무인 도약기는 없는 거죠?"

"챈들러 호 선원들의 존재를 개척연맹에 알려줄 무인 도약기 말인가?"

"네."

오캄포는 고개를 저었다.

"없지. 그런 건 애초부터 없었다네."

"결국 챈들러 호의 탑승자 모두를 탈출정 안에서 질식사 하게 만들 셈이로군요."

"그럴 가능성이 가장 높겠지. 이 항성계에는 주거 지역이 거의 없다네. 앞으로 일주일 동안은 아무도 지나가지 않을 걸세. 어쩌면 일 년 내내."

나는 따지듯이 물었다.

"왜죠? 대체 왜 이러는 겁니까?"

"내가 왜 반역자가 됐는지 묻는 건가?"

"그런 셈이죠."

"자초지종을 다 이야기하려면 너무 길다네. 지금은 그럴 시간이 없어. 그러니 진짜 중요한 문제 하나만 언급하지. 개척연맹과 인류, 둘 중 어느 쪽에 충성하겠느냐 하는 거라네. 그 둘이 다르다는 건 자네도 알 거야. 그리고 나는 내가 인류에 충성한다는 것을 깨달았지. 개척연맹의 시대는 종말로 치닫고 있다네, 다킨. 내 목적은 개척연맹이 붕괴할 때 인류까지 덩달아 끝장나지 않게 하려는 것뿐이야."

나는 챈들러 호의 선원들 쪽을 손으로 가리키며 말했다.

"당신이 인류에 충성한다면 증명해보세요. 저들은 인간입니다, 오캄포 차관님. 저들을 구해주세요. 피닉스 정거장에 무인 도약기를 보내 저들의 위치를 알려주란 말입니다. 탈출정 안에서 죽게 내버려두지 말라고요."

"동료들을 구하려 애쓰다니 가상하군. 나도 자네의 소원을 들어주고 싶네, 다킨. 진심으로 그럴 수 있다면 좋겠어. 하지만 지금은 곤란해. 내가 저들을 버렸다는 걸 개척연맹이 알면 안 되거든. 내가 죽은 줄 알아야 해. 저들이 사실대로 보고할 수 없어야 가능한 일이지. 미안하네."

"당신은 나한테 조종을 맡길 생각이죠? 저들을 구해주지 않으면 나도 당신을 돕지 않겠습니다."

"생각이 바뀌게 될 걸세."

오캄포가 르레이 병사 한 명에게 고개를 끄덕였다.

놈이 내 다리를 걸어차 화물실 바닥에 쓰러뜨리고 힘껏 짓눌렀다.

뭔가가 내 뒤통수를 눌렀다. 총 같았다.

총이 발사되는 진동과 함께 뭔가가 내 두개골 뒤쪽을 강타하는 느낌이 들었다.

그 뒤로는 아무것도 기억나지 않는다.

PART TWO

이제 내가 정말로 상자 속의 뇌가 된 이야기를 할 차례다.

앞부분은 하나도 기억나지 않는다. 누가 스턴건(전기 충격으로 상대를 마비시키는 총—옮긴이) 같은 걸로 내 뒤통수를 직격했다. 나는 의식을 잃었다. 놈들은 기절한 나를 르레이 전함으로 데려갔고, 거기서 일종의 의사가(최소한 의사였길 바란다) 나를 인위적인 혼수상태에 빠뜨렸다. 그것이 첫 단계였다. 사흘 뒤 도약하는 동안 나는 의식이 없었다. 목적지에 도착했을 때도 의식이 없었다.

다음 단계가 진행되는 동안에도 의식이 없었다. 다행이었다.

그다음은 회복기였는데, 이 시기는 매우 중요하다. 사람 머리에서 뇌를 꺼내 산 채로 상자에 넣어 두면 상당히 큰 정신적 외상이 뇌에 남기 때문이다. 생각해보면 누구나 고개를 끄덕일 이야기다.

결국 나는 18일 동안 의식이 없었다.

여기서 의식이 없다는 말은 '아무것도 의식하지 못한다'라는 뜻이다. 나는 꿈을 꾸지 않았다. 내가 꿈을 꾸지 않은 건 의학적으로 수면 상태가 아니었기 때문이다. 당시 나한테 벌어지고 있던 일은 수면과는 다르다. 수면은 뇌가 휴식을 취하며 하루의 피로를 씻는 과정이다. 나한테 벌어지고 있던 일은 그와는 전혀 다른 것이었다. 잔잔한 호수에서 느긋하게 헤엄치는 것이 수면이라면, 나는 사방 어디에도 육지가 보이지 않는 폭풍의 바다 한복판에서 물 위로 고개를 내밀려고 발버둥치고 있었다.

나는 꿈을 꾸지 않았다. 그 편이 차라리 나았던 것 같다.

회복기 내내 딱 한 번 물 위로 고개를 내밀었다. 음, 내 기억으로는 한 번뿐이었다. 질척이는 늪 밖으로 힘겹게 의식이 끌려나오던 느낌이 기억난다. 그리고 생각했다. 다리가 느껴지지 않아.

잠시 후. 아무것도 느낄 수가 없어. 그러고는 다시 늪 속으로 잠겼다.

다시 의식을 되찾았을 때는 뭔가를 똑똑히 느꼈다.

솔직히 말해서, 내 평생 처음 겪는 최악의 우라질 두통이었다.

그걸 어떻게 표현하면 잘 표현했다고 소문이 날까. 이건 어떨까. 머리는 찢어질 듯 아프고 숙취는 만땅인데, 나를 에워싼 유치원 꼬맹이 서른 명이 목이 터져라 울어대고, 번갈아가며 얼음송곳으로 내 눈을 찔러대는 상황?

거기에 6을 곱한 만큼의 고통.

좋게 말해서 그 정도였다.

이 끔찍한 두통에서 벗어날 최선의 방법은 입 다물고 꼼짝 않고 누워 눈을 감은 다음 죽여달라고 기도하는 것이었다. 아마도 이 고통에 시달리느라 당연히 금세 알아챘어야 할 몇 가지 사실을 한참 뒤에야 감지한 것 같다.

우선 어둠. 도무지 이해할 수 없는 기묘한 어둠이었다.

자, 눈을 감아보라. 지금 당장. 완전히 캄캄한가?

어이쿠, 이런. 내가 눈을 감으라고 했을 때 눈을 감은 사람은 마지막 질문을 읽지 못했겠지. 이래서 내가 작가가 못 된다니까.

다시 해보자. 잠시 눈을 감았다가 떠라. 이제 눈을 감았을 때 완전히 캄캄했는지 스스로에게 물어보라.

물론 답은 '아니요'일 것이다. 빛이 약간이라도 있는 방이나 장소에서는 아무리 눈을 꽉 감아도 그 빛이 눈꺼풀을 통해 들어오게 마련이다. 암실에서 모니터 화면으로 이 글을 읽는다면 화면의 잔상이 망막에 남을 것이다. 그리고 설령 암실에서 귀로 듣기만 한다 해도, 눈의 물리적 성질 때문에 결국 뭔가가 보이게 된다. 눈을 비비면 시신경이 눌려 갖가지 허상과 색깔이 뇌 속에 나타난다.

빈틈없이 완벽한 어둠이란 없다.

하지만 내가 느낀 어둠은 그랬다.

빛이 없는 게 아니었다. 아무것도 없었다.

그리고 그런 어둠을 깨닫자마자 그런 정적도 느꼈다. 완벽한 어둠이 없듯 완벽한 정적도 없다. 달팽이관의 털이 느끼는 환청이 머릿속에 울리듯, 어떤 식으로든 소리가 있게 마련이다.

아무것도 없었다. 완벽하고 선명한 공허였다.

문득 내 입을 맛볼 수 없다는 것을 깨달았다.

내가 보지 못한다고 무슨 변태 보듯이 나를 보지 마라. 그런 눈으로 날 쳐다보면 재미없다.

잘 들어라. 사람은 자기 입을 맛본다. 그런 생각은 해본 적 없다고? 그건 내 알 바 아니다. 어쨌든 사람은 늘 자기 입을 맛본다. 입 안에 혀가 있기 때문이다. 혀에는 정지 스위치가 없다. 지금도 다들 자기 입을 맛보고 있을 것이다. 내 이야기를 듣고 양치질을 하거나 껌을 씹어야겠다고 생각한 사람도 있을 테고. 원래 입은 맛이 썩 좋은 편은 아니니까.

사람은 자기 입을 맛볼 수 있다. 무의식적으로 그러기도 한다.

나는 아주 골똘히 그 생각을 했다. 제기랄, 아무것도 맛볼 수가 없었다.

이때부터 나는 돌아버리기 시작했다. 눈이 안 보이는 게 뭔지는 누구나 안다. 사람들이 종종 겪는 일이니까. 시력을 잃기도 하고 심지어 눈을 잃을 때도 있다. 물론 눈을 재생하거나 인공 눈을 끼우면 되지만, 눈이 안 보이게 되는 일은 언제든 생길 수 있다. 귀가 안 들리는 것도 마찬가지다.

하지만 씨팔, 자기 입을 맞볼 수 없는 사람이 어디 있냐고!

그래, 좋다. 이때부터 나는 정말로 '젠장, 젠장, 젠장'을 거의 무한반복하기 시작했다.

왜냐하면 그 후로 내가 느끼지 못하는 온갖 것들이 생각났기 때문이다. 손도 발도 팔도 다리도 자지도 입술도 느껴지지 않았다. 코로 들어오는 냄새도 없었다. 콧구멍을 지나 콧속으로 흐르는 공기의 느낌도 없었다. 몸이 비틀거리는 느낌도 없었다. 더위나 추위도 느껴지지 않았다.

긴장해서 침을 삼키는 느낌도, 겁이 나서 겨드랑이에 땀이 차고 이마에 땀방울이 맺히는 느낌도, 심박이 빨라지는 느낌도, 심장이 뛰는 느낌도 없었다.

아무 느낌도 없었다.

똥을 지릴 정도로 두려웠지만, 괄약근 조절 기능을 상실한 느낌도 없었다.

오로지 고통만 느껴질 따름이었다. 때마침 두통이 몇 십 배는 더 심해졌기 때문이다.

그래서 나는 굶주린 개가 고깃덩이에 집중하듯 두통에 집중했다. 내가 느낄 수 있는 건 오직 그뿐이었으니까.

결국 정신을 잃었다. 아무것도 느끼지 못하는 걸 내가 너무 느끼고 있다고 내 뇌가 판단한 것 같다.

차마 아니라는 말은 못 하겠다.

다시 정신이 들었을 때는 당황하지 않았다. 그게 조금 자랑스러웠다. 이제는 내가 처한 상황을 차분하게 이성적으로 파악하려고 노력했다.

첫 번째 가정: 나는 죽었다.

어리석은 생각 같아서 치워버렸다. 만약 내가 죽었다면, 물론 아무것도 느끼지 못할 것이다. 하지만 아무것도 느끼지 못한다는 걸 인식할 수도 없을 것 아닌가. 난 그저…… 존재하지 않을 테니까.

어쩌면 이것이 내세일 수도 있었다. 하지만 그럴 것 같지는 않았다. 나는 썩 종교적인 인간은 아니지만, 지금껏 내가 들었던 내세는 대부분 이런 텅 빈 공허는 아니었다. 만약 신 또는 신들이 존재하고 이것이 그들이 만들어놓은 영원한 삶이라면, 난 이런 내세 경험은 썩 달갑지 않았다.

따라서, 죽진 않은 듯했다.

일단 한 걸음은 내디뎠어!

두 번째 가정: 일종의 혼수상태에 빠져 있다.

비교적 합리적인 판단 같긴 하지만, 사실 나는 혼수상태의 의학적 특징들에 대해 아는 바가 전혀 없다. 혼수상태에 빠진 사람들이 그 상황에서 사물에 대한 생각을 할 수 있을까? 모르겠다. 밖에서 보기에는 정신 활동이 거의 없는 듯한데. 이건 나중에 다시 생각해보기로 했다.

세 번째 가정: 혼수상태는 아니지만 어떤 이유로 내 몸속에

갇혀 감각을 상실했다.

얼핏 보기에는 이게 가장 그럴듯한 설명 같지만, 내가 대답할 수 없는 두 가지 질문이 떠올랐다. 첫째, 애초에 내가 어쩌다 이런 곤경에 처했을까? 나는 의식이 있고 내가 누군지 알지만, 최근 일들에 대한 기억은 확실치 않았다. 침대에서 떨어져 선교로 달려간 일은 기억나는데, 그 후의 일은 죄다 흐릿했다.

이건 내가 어떤 사고를 당했다는 뜻이었다. 사고나 부상의 기억이 그 사건 자체의 정신적 외상 때문에 지워지는 경우가 종종 있다고 들었다. 이번에도 그런 것 같았다. 뭔지는 모르지만 좋지 않은 상황이었다.

뭐, 특별히 새로운 뉴스도 아니었다. 나는 공허 속을 떠다니는 의식이었다. '상태가 좋지 않아요'라는 쪽지는 이미 받은 셈이었다.

하지만 그게 두 번째 질문이었다. 설령 내가 끔찍한 상태라 해도—아마 그렇겠지만—감각은 있어야 하는 거 아냐? 생각 말고 다른 것들을 느낄 수 있어야 마땅하잖아? 하지만 아무것도 느낄 수 없었다.

제기랄, 더 이상 두통조차 없었다.

"깨어났군."

목소리였다. 정체를 가늠하기 어려운 음성이 사방에서 아주 또렷이 들려왔다. 나는 너무 놀라서 옴짝달싹하지 못했다. 어차피 움직일 수 있는 처지도 아니었지만.

"여보세요?"

나는 말을 했다. 아니, 할 수만 있었다면 그랬겠지만 그럴 수 없었기에 아무 일도 일어나지 않았다. 두려움이 밀려들기 시작했다. 내게 문제가 있다는 것을 너무나 또렷이 느꼈기 때문이다. 누군지는 모르지만 이 목소리가 나를 또 공허 속에 홀로 내버려둘까 봐 겁이 났다.

다시 사방에서 음성이 들려왔다.

"지금 너는 말을 하려고 한다. 너의 뇌가 입과 혀에 신호를 보내려는 것이다. 소용없는 짓이다. 그냥 말을 생각해라."

나는 생각했다. 이렇게?

목소리가 대답했다.

"그렇다."

안도감이 밀려들었다. 울 수만 있다면 울었을 것이다. 온갖 생각과 감정이 치밀어 올라 밖으로 터져 나오려고 몸부림쳤다. 나는 잠시 흥분을 가라앉히고, 이 상황에 필요한 한 가지 생각에 집중했다.

난 어떻게 된 겁니까? 왜 말을 못 하죠?

내 질문에 음성이 대답했다.

"입도 없고 혀도 없어서 말을 못 한다."

어째서요?

"우리가 그것들을 제거했으니까."

한참 뒤에 나는 생각했다.

이해가 안 갑니다.

음성이 같은 말을 되풀이했다.

"우리가 그것들을 제거했다."

입과 혀에 문제가 생겼나요? 내가 사고라도 당한 겁니까?

"아니. 그것들은 지극히 멀쩡했다. 사고 따위는 없었다."

나는 다시 생각했다.

이해가 안 갑니다.

"우리는 너의 몸에서 뇌를 꺼냈다."

돌이켜보면, 이 순간 내가 얼마나 어리둥절했는지 설명하기란 쉽지가 않다. 나는 방금 들은 말에 대한 혼란과 불신을 표현하려고 기를 썼다. 하지만 머릿속에 떠오른 생각은 고작 이것이었다.

뭔 개소리야.

음성이 같은 말을 반복했다.

"우리가 너의 몸에서 뇌를 꺼냈다."

왜 그랬습니까?

"우리가 너에게 시킬 일에 몸뚱이는 필요 없기 때문이다."

여전히 잘 이해가 가지 않았다. 이 모든 상황이 조금이라도 감이 잡히길 기다리며 수수께끼 같은 대화를 이어나가는 수밖에 없었다.

무슨 일을 시키려는 겁니까?

"우주선 조종이다."

76

그러려면 입이 필요합니다.

"아니, 필요 없다."

다른 선원들과 어떻게 대화합니까?

"다른 선원은 없다."

이때 뭔가가 내 뇌로 밀려들었다. 기억 비슷한 것이었는데, 진짜 기억은 아니었다. 챈들러 호의 선원들에게 벌어진 일을 지금은 모르지만 한때 알았었다는 생각, 그리고 뭔지는 모르지만 그게 좋은 일은 아니었다는 생각이었다.

나머지 선원들은 어디 있습니까?

"죽었다. 모두."

어떻게요?

"우리가 죽였다."

다시 두려움이 차올랐다. 음성이 한 말은 사실이었다. 틀림없었다. 하지만 그 사건이 머릿속에 그려지지 않았다. 분명히 한때는 알았었다. 알고 싶어 미칠 지경이었다. 하지만 내 마음속에는 알려줄 것이 전혀 없었다. 공포의 벽이 다가올 따름이었다.

왜 죽였습니까?

"필요가 없었기 때문이다."

우주선을 조종하려면 선원이 필요합니다.

"아니, 필요 없다."

어째서요?

"네가 있기 때문이다."

나 혼자 우주선 전체를 제어할 수는 없습니다.

"해야 한다. 안 그러면 넌 죽는다."

나는 짜증스럽게 생각했다.

빌어먹을, 난 움직이지도 못한다고요.

"그건 문제될 것 없다."

움직이지도 못하는 놈이 무슨 수로 우주선 전체를 제어하고 조종한단 말입니까?

"지금 너는 이 우주선이다."

갑자기 다시 모든 게 혼란스러워졌다.

잠시 후 나는 생각했다.

무슨 말씀입니까?

음성이 같은 말을 되풀이했다.

"지금 너는 이 우주선이다."

내가 우주선이라고요?

"그렇다."

내가 챈들러 호란 말입니까?

"그렇다."

니미럴, 대체 그게 무슨 소립니까?

"우리는 너의 몸에서 뇌를 꺼내 챈들러 호와 통합시켰다. 이 우주선은 이제 너의 몸이다. 너는 네 몸을 다루는 요령을 익히게 될 것이다."

나는 방금 들은 이야기를 이해하려고 노력했지만 참담하게 실패했다. 상대가 지껄인 것들이 하나도 머릿속에 그려지지 않았다. 내가 우주선이 된다는 건 상상이 가지 않았다. 이런 복잡한 기계 덩어리를 나 혼자 다룬다는 게 상상이 가지 않았다.

만약 못하면요? 이 우주선을 다루는 요령을 익히지 못하면 어떻게 됩니까?

음성이 대답했다.

"그럼 넌 죽는다."

이해가 안 갑니다.

나는 또 같은 생각을 했다. 내가 얼마나 막막하고 난감한 심정인지 확연히 드러나길 기대했다. 그게 핵심일 테니까.

음성이 대꾸했다.

"네가 이해하고 말고는 중요하지 않다."

그 말에 내 뇌의 한 부분이 곧바로 쏘아붙였다.

좆까, 개새끼야.

하지만 상대에게는 전달되지 않은 것 같았다. 적어도 음성이 대꾸하지는 않았다. 그래서 나는 음성에게 다른 질문을 했다.

나한테 왜 이런 일을 시키는 겁니까?

"이 우주선은 조종사가 필요하다. 너는 조종사다. 너는 이 배를 안다."

그렇다고 내 우라질 두개골에서 뇌를 꺼낼 필요는 없잖아요.

"그럴 필요가 있다."

왜요?

"그건 네가 알 필요 없다."

내 생각은 다릅니다!

"네 생각 따위는 중요치 않다."

말해주지 않으면 난 이 배를 조종하지 않을 겁니다.

"조종하지 않으면 죽는다."

난 이미 상자에 담긴 뇌란 말입니다. 죽건 말건 상관없어요.

멋진 반격이란 생각이 들었다. 하지만 곧 끔찍한 고통이 시작되었다.

아까 그 두통? 이 고통에 비하면 그건 따끔거리는 수준이었다. 마치 올가미처럼 조여대는 전기 충격에 온몸이 뒤틀리는 느낌이었다. 몸이 다시 생긴 것 같은 신기한 느낌조차 이 끔찍한 고통에서 눈을 돌리게 하지는 못했다.

객관적으로는 고작 몇 초 지속되었을 뿐이다. 주관적으로는 그 사이 한 살은 더 먹은 것 같았다.

고통이 멈췄다.

"지금 너는 몸이 없지만, 너의 뇌는 그걸 알지 못한다. 여전히 뇌신경은 모두 살아 있고, 뇌가 너로 하여금 고통을 느끼게 하는 방법들은 전부 우리가 제어하고 있다. 고통을 가하는 건 아주 간단하다. 이미 다 프로그램되어 있기 때문이다. 우리가 마음만 먹으면 반복해서 돌릴 수도 있다. 또는 그냥 너를 모든 감각이 사라진 상태로 영원히 어둠 속에 버려둘 수도 있다. 그러니 잘 생각해라. 이 배를 작동하고 조종하지 않으면 넌 죽는다.

하지만 그 전에 죽음이 얼마나 오래 지연될 수 있는지, 그 사이 얼마나 큰 고통을 겪을 수 있는지 깨닫게 될 것이다. 그러고 나면 틀림없이 생각이 바뀔 것이다."

당신 누구야?

"우리는 네가 죽을 때까지 들을 목소리일 뿐이다. 우리가 시키는 대로 하지 않는다면 말이다."

말투 한번 더럽게 거만하네. 이건 음성에게 한 말이 아니라 혼자만의 생각이었다. 왜 그런 생각을 했는지 모르겠다. 존재하지도 않는 내 몸뚱이에 발전소 하나만큼의 전기가 흐른 듯한 고통을 겪고서 살짝 머리가 돌았을 수도 있다.

음성은 아무 반응도 없었다.

이번이 두 번째였다. 내가 음성을 향해 생각하지 않으면 내 생각은 전달되지 않았다.

흥미로웠다.

음성에게 물었다.

시킨 대로 하면 어떻게 됩니까?

"그러면 이 일이 끝날 때 몸을 돌려받을 것이다. 단순한 거래다. 시킨 대로만 하면 다시 너로 돌아가는 것이다. 거절하면 죽는다. 고통스럽게."

나더러 뭘 하라는 겁니까?

"이미 말했다시피, 이 우주선을 작동하고 조종해라."

어디로요? 목적이 뭐죠?

"그건 나중에 알려준다."

지금 난 뭘 하면 됩니까?

"생각해라. 어떤 선택을 할지 생각하고, 그 선택이 어떤 결과를 가져올지 생각해라. 하루를 줄 테니 어둠 속에서 생각해라. 긴 하루가 될 것이다. 그럼 이만."

나는 다급히 생각했다.

기다려.

하지만 음성은 이미 사라졌다.

그리하여 하루 동안 생각했다.

첫 번째 생각: 난 죽지 않았다. 틀림없다. 이제 종교적 갈등은 필요 없다. 걱정거리 목록에서 작은 것 하나는 지워졌다. 고작 하나뿐이지만, 지금은 그것도 감지덕지다.

두 번째 생각: 나를 납치한 자들이 챈들러 호를 습격해 선원들을 죽이고 내 몸에서 뇌를 꺼냈으며, 이제 자신들의 목적을 위해 나 혼자 이 우주선을 조종하라고 요구한다. 거부하면 날 죽일 것이다.

세 번째 생각: 지옥에 떨어질 놈들. 나는 이자들에게 아무것도 할 수가 없는 처지다.

심심풀이 삼아 나를 고문하는 것도 마다하지 않을 놈들이다. 방금 내가 당한 일을 생각해보면 의심의 여지가 없다. 나는 이점을 심각하게 고려해야 한다.

네 번째 생각: 왜 나지?

다시 말해, 다른 사람이 아니라 왜 하필 나를 납치한 걸까? 나는 챈들러 호의 삼등운항사였다. 더구나 말 그대로 갓 승선한 신참이었다. 나 말고 다른 사람을 선택할 수도 있었다. 그랬다면 이 배의 운용 방법과 기능 따위를 잘 아는 자를 데려왔을 것이다. 굳이 나를 선택할 까닭이 없었다.

'너희 조종사들을 불러라.'

이 말이 내 무의식 밖으로 튀어나와 내 앞에 서서 당시의 정황을 알려주려 했다. 내 기억은 여전히 엉성했다. 그 말을 들은 기억은 나는데, 누가 언제 했는지는 가물가물했다. 그걸 알아내려면 뇌를 괴롭혀야 할 터였다.

다행히도 내겐 시간이 있었다.

그리고 얼마 후 영상 하나가 퍼뜩 머릿속에 떠올랐다. 검은 옷차림에 무릎이 뒤로 꺾여 있는 형체가 타오 선장에게 명령을 내렸고, 그녀가 이유를 따지자 놈이 리 한을 쏴 죽였다.

르레이였다. 르레이가 나를 납치한 것이다. 이자들이 누군지 답이 나왔다. 하지만 왜 하필 나였는지는 여전히 의문이었다. 선장은 나를 조종사로 지목하지 않았다. 그녀는 어느 누구도 지목하지 않았다. 다른 사람 짓이었다.

오캄포 차관이야.

갑자기 그 개자식이 나를 가리키는 광경이 내 의식 속에 불쑥 나타났다. 마치 그 순간을 다시 경험하는 것처럼 또렷했다.

그러자 곧 나머지 일들도 모두 기억났다. 순식간에 내 기억의 빈자리들이 전부 거칠고 고통스럽게 꽉꽉 채워졌다.

멈춰야 했다.

챈들러 호의 선원들에 대한 비통함을 멈춰야 했다. 거기서 사귄 몇몇 친구들과 비록 내가 알지는 못했지만 그렇게 죽을 이유가 없던 모든 사람들에 대한 안타까움을 멈춰야 했다. 그들 대신 내가 살아남았다는 괴로움을 멈춰야 했다.

시간이 좀 걸렸다. 하지만 앞서 말했듯이, 내겐 시간이 있었다. 서둘지 않았다.

이윽고 마음이 진정되자 다시 내 문제를 고민하기 시작했다.

왜 나를 데려왔을까? 오캄포 차관이 나를 알았기 때문이다. 그는 우리가 챈들러 호에 승선하기도 전에 이미 나와 인사를 주고받았다. 우리는 셔틀을 함께 타고 왔으며, 나는 챈들러 호의 항로가 변경되었을 때 그를 찾아가 이유를 따져 물었다.

그는 내가 조종사라는 걸 알고 있었지만, 개인적으로도 나를 알았다. 아마도 타오 선장과 베라 브릭스를 제외하면 챈들러 호에서 아는 사람은 나뿐이었을 것이다.

단순히 내가 조종사라는 걸 알기에 나를 골랐을 수도 있다. 그는 선내에 다른 조종사들이 있다는 걸 알고 있었지만―아마 선교에서 볼덕을 봤을 것이다―가장 먼저 머릿속에 떠오른 사람은 나였다. 이미 나를 만났으니까. 나를 알고 있었으니까. 혹은 안다고 생각했거나.

어쩌면 단지 내가 조종사라서 선택한 건 아니었을지도 모른다. 누군지도 모르는 선원보다는 아는 사람이 낫다고 생각했을 수도 있다. 어쩌면 개인적인 친분 때문에 나를 구해줬는지도 모른다.

정말 그랬을까? 그래서 나도 오캄포가 선장에게 내린 명령에 대해 물어보려고 스스럼없이 그의 방을 찾아가지 않았을까? 내막을 알아차린 나를 보고 오캄포가 조금은 감동받았던 건 아닐까?

맞아, 그럴 수도 있다. 오캄포는 나를 알기 때문에 나를 선택했을지 모른다. 내가 맘에 들어서 그랬을지도 모른다. 어쩌면 나를 구해주려는 생각이었을 수도 있다. 나한테 호의를 베푼다고 생각했을지도 모른다.

내 뇌의 한 부분이 말했다.

몸뚱이에서 뇌를 끄집어내려고 선택한 건 내가 알기로는 호의가 아냐.

나는 생각했다.

좋은 지적이야, 뇌.

혼잣말을 하는 내 꼴이 우스웠지만 신경 쓰지 않았다. 중요한 것은 내가 어떻게 생각하느냐가 아니라 오캄포의 속내가 무엇이며 그가 나를 어떻게 생각하느냐였다. 오캄포가 나를 중요하게 여긴다고 우쭐댈 생각은 없다. 그가 트반 사령관에게 베라 브릭스를 탈출정에 태울지 말지 알아서 하라고 지시하던 모습을 다시 떠올려보았다. 수년간 함께 일해온 자기 보좌관을 그런 식으로 팽개치는 오캄포가 고작 며칠 알고 지낸 나를 굳이 신경 써줄 까닭이 없었다.

그렇다면 뭔가 다른 꿍꿍이가 있을지 모른다.

그게 뭘까? 목적이 뭐지?

아직은 알 수 없었다.

하지만 그건 중요하지 않았다. 중요한 건 이제 내가 나의 잠재적 이점들을 차근차근 따져보기 시작했다는 점이다. 그중 하나는 오캄포가 어떤 이유에서건 간에 챈들러 호를 조종할—챈들러 호가 될—사람으로 나를 선택했다는 점이었다.

그게 첫 번째 이점이었다.

또 다른 잠재적 이점은, 오캄포가 나에 대해 모르는 것들이었다.

그는 내 이름을 안다. 내 얼굴도 안다. 내가 조종사인 것도 안다.

그리고…… 그게 다였다.

이게 무슨 의미일까?

무의미할 수도 있었다. 또는 나를 챈들러 호의 시스템에 묶어버릴 때, 내가 그 시스템의 특성이나 운용법에 대해 얼마나 아는지 저들이 몰랐을 거라는 의미일 수도 있었다.

내 뇌의 한 부분이 또 말했다.

너무 흥분하지 마. 넌 지금 상자 속의 뇌라고. 그리고 저들은 네가 하는 짓을 모두 볼 수 있어. 지금도 네가 이런 생각을 하는 걸 보고 있을지 몰라.

나는 내 뇌의 그 부분에게 투덜댔다.

맥 빠지게 하는구먼.

뇌가 대꾸했다.

적어도 난 혼잣말을 주절대진 않아. 그리고 어차피 너도 내 말이 맞다는 거 알잖아.

옳은 지적이었다. 나를 혼자 생각하게 내버려 둔 것이 내 반응을 보려고 저들이 던져준 시험의 일부라는 점은 나도 인정할 수밖에 없었다. 만약 놈들이 지금 내 생각을 추적할 수 있다면, 틀림없이 그 정보를 가지고 나를 죽일지 고문할지 결정할 터였다.

하지만 그건 아니라는 느낌이 들었다. 하루 동안 혼자 생각하게 한 데는 전혀 다른 목적이 있다는 느낌이 들었다. 나를 지배하려는 속셈이었다. 나를 겁주고, 내가 얼마나 쓸쓸하고 무력한 신세인지 상기시키려는 속셈이었다. 목숨을 부지하려면 지시에 무조건 따라야 한다는 걸 깨닫게 하려는 것이었다.

솔직히 말하자면, 그들의 생각은 틀리지 않았다. 나는 쓸쓸했다. 살려면 놈들의 지시에 따라야 했다. 겁에 질려 있었다.

하지만 지배당하기는 싫었다.

그래, 나는 혼자다. 그래, 무서워 죽겠다.

하지만 정말로, 정말로 단단히 약이 올랐다.

그리고 그걸 내 무기로 삼기로 마음먹었다.

만약 내가 이 생각을 하고 있을 때 저들이 듣고 있었다면, 당장이라도 나를 죽일 수 있었다. 차라리 그 편이 나았다. 안 그러면 내 시간뿐만 아니라 놈들의 시간도 쓸데없이 낭비하는 셈이니까.

하지만 저들은 듣고 있는 것 같지 않았다.

그래야 한다고 생각하지 않는 것 같았다.

이건 또 다른 잠재적 이점이었다. 저들은 나를 언제든 처리할 수 있다고 믿었다.

물론 틀린 생각은 아니었다. 나는 상자 속의 뇌일 뿐이고, 저들은 마음만 먹으면 언제든 나를 죽이거나 고문할 수 있었다. 그들이 보기에 나는 철저히 무력한 존재였다.

하지만 내가 저들에게 필요하다는 건 분명한 사실이었다.

그들은 챈들러 호를 조종할 사람이 필요했다. 그게 나였다.

그리고 나밖에 없었다. 나머지 선원들은 모두 탈출정 안에서 질식해 죽었다. 나를 마음대로 다룰 수 있다고 확신한 저들은 굳이 예비 조종사를 남겨두지 않았다.

이는 그들이 이런 일을 처음 해서 뭘 모르기 때문이었거나, 지금껏 여러 차례 해오는 동안 납치한 조종사들의 반응이 늘 똑같았기 때문일 것이다.

나는 르레이 사령관이 했던 말을 떠올렸다. 그는 자기네 정비공들이 이런 일에 익숙해서 금세 배를 수리해 재가동할 수 있다고 했다. 또한 그들은 그럴싸한 거짓말로 선원들을 배 밖으로 내쫓아 원하는 것을 손쉽게 얻었다.

결국 처음 하는 짓이 아니었던 것이다. 틀림없었다.

전부터 해온 짓이었다. 그리고 어쩌면 지금 나 같은 신세인 조종사들이 더 있을지도 모른다. 저들은 조종사들이 어떻게든 몸을 되찾으려고 뭐든 시키는 대로 할 거라고 예상했다. 그런 반응에 너무 익숙해져서 다른 반응의 가능성은 생각조차 하지 않았다.

그래서 나는 저들이 지금 내 생각을 읽고 있지 않으리라 믿었다. 그럴 필요가 없다고 생각했을 것이다. 내 짐작이 틀릴 수도 있지만, 나는 그 가정을 밀고 나기기로 했다.

덕분에 자유롭게 생각할 여유가 생겼다. 계획도 세울 수 있었다. 내가 가진 또 하나의 이점이었다. 적어도 당장은.

그리고 내가 가진 마지막 이점.

나는 내가 이미 죽은 목숨이라는 걸 알고 있었다.

내 몸을 돌려주겠다는 저들의 약속이 거의 백 퍼센트 뻥이라는 걸 안다는 뜻이다. 그들은 절대로 약속을 지킬 리 없었다.

놈들은 챈들러 호의 선원들을 학살했다. 무인 도약기를 피닉스 정거장으로 보내 선원들을 구해주라고 내가 애원했을 때 오캄포는 단칼에 거절했다. 놈들은 선원들을 거짓말로 속여 제 발로 죽으러 가게 만들었다. 그런 자들의 약속을 어떻게 믿겠는가.

저들은 나를 내 몸속으로 돌려보내 줄 뜻이 전혀 없었다. 장담하건대 내 몸뚱이는 이미 사라졌을 것이다. 소각로 안에서 재가 되었거나 우주 공간으로 버려졌을 것이다. 혹은 기회만

되면 인육을 즐겨 먹는 걸로 악명 높은 르레이의 식탁에 올랐을지도 모른다.

부글부글 끓는 거대한 솥 안에 잠긴 내 몸을 상상해보았다.

오싹한 게 나름 재미있었다.

어찌 됐건 내 몸뚱이는 끝장났다. 틀림없다.

그리고 오캄포와 르레이 무리가—또는 그들을 조종하는 자가—나한테 무슨 짓을 시킬 셈인지는 몰라도, 그 일이 끝나자마자 스위치를 내려 나를 죽이리라는 것도 불을 보듯 뻔했다.

물론 놈들이 네게 맡길 일이 자살 임무일 수도 있었다. 내가 보기에는 그럴 가능성이 농후했다. 적어도 그들은 내가 돌아오지 않을까 봐 전전긍긍하지는 않을 것이다.

내 운명이 챈들러 호 선원들의 운명과 다를지도 모른다는 헛된 기대 따위는 하지 않았다. 언제 죽느냐의 문제일 뿐이었다. 그리고 '언제냐'의 대답은 간단했다. 놈들이 세운 계획에 나를 써먹고 난 뒤.

그때까지는 나한테 시간이 있다는 뜻이었다. 놈들의 정체를 알아내고(오캄포와 르레이 병사 무리 외에도) 무슨 계략을 꾸미는지 밝혀낸 다음, 그걸 중지시킬 방법을 찾아 한 놈도 남김없이 몰살해버릴 시간.

다만 오캄포는 제외였다. 그자를 개척연맹 영역으로 도로 데려갈 방법이 있다면 그럴 작정이었다. 그가 어떤 음모에 연루되어 있는지 개척연맹에서 몹시 궁금해할 테니 말이다.

그리고 오캄포는 쉽고 편한 죽음으로 생을 마칠 자격이 없었다.

내 뇌의 한 부분이 또 말했다.

몸뚱이도 없는 뇌 주제에 꽤나 야심차군.

나는 대꾸했다.

할 일이 이것뿐이거든.

사실이었다. 지금 내게 있는 것은 생각들과 시간뿐이었다. 아주 많은 시간.

그래서 하릴없이 시간을 보냈다.

어느 순간 잠이 들었던 것 같다. 외부 지표가 되어줄 것이 전혀 없을 때는 정말로 잠을 잤는지 알기가 어렵다.

꿈을 꾸지 않았다는 건 안다. 그건 다행이었다.

그리고 어느 순간 음성이 돌아왔다.

"네가 처한 상황을 생각할 시간은 충분히 줬다. 이제 결정할 때가 됐다."

옳은 말이었다. 내가 결정을 내릴 시간이었다.

죽을지 살지 결정하는 건 아니었다. 그건 이미 진작 결정했으니까.

지금 내가 결정하려는 것은 음성 앞에서 어떻게 행동할지였다.

주눅 들고 겁먹은 듯이 굴까? 반항하는 것처럼 뻣뻣하게 굴면서 그래도 부탁은 들어주겠다고 할까? 그냥 묵묵히 음성이 하란 대로 할까?

이건 중요한 결정이었다. 왜냐하면 지금 내가 어떻게 응답하느냐에 따라 우리 관계가 달라질 테고, 장차 내게 허락될 것들과 내 뜻대로 할 수 있는 일이 생길지도 모르기 때문이었다.

만약 잘못된 태도를 선택하면 나쁜 결과를 초래할 터였다. 너무 사근사근하게 굴면 저들은 지금도 기계나 다름없는 나를 진짜 기계 다루듯이 할 것이다. 너무 반항적으로 굴면 앞으로는 쉬는 시간마다 의식을 잃게 될 것이다. 둘 다 내가 원하는 게 아니었고, 특히 후자는 끔찍했다. 의식을 잃는 건 한 번으로 족했다.

음성이 물었다.

"어떻게 결정했나?"

나는 대뜸 생각했다.

질문이 있습니다.

원래 이러려던 건 아니었지만, 뭐 좋다, 어떻게 되나 보자.

"여기서 질문은 적절치 않다."

바꿔 말하죠. 당신이 시키는 대로 하겠습니다. 그렇게 결정했습니다. 하지만 몇 가지 궁금한 걸 알려주면 고맙겠습니다. 질문에 대답하라고 강요할 수 없다는 건 압니다. 하지만 대답해준다면 내가 당신을 더 잘 도울 수 있을 겁니다.

잠시 침묵이 흘렀다.

"질문이 뭔가?"

세 가지입니다.

이것도 즉흥적으로 튀어나온 말이었다. 하지만 질문 세 개 정도는 생각해낼 수 있겠지?

금세 머릿속에 퍼뜩 하나가 떠올랐다.

우선, 당신에게 이름이 있습니까?

"그게 왜 궁금하지?"

당신을 '내 머릿속의 목소리'라고 생각하는 것이 불편해서 그럽니다. 우리가 협력하려면 당신 정도는 이름을 알아야 좋겠죠.

음성이 대답했다.

"'통제'라고 부르면 된다."

네, 좋습니다. 안녕하세요, 통제.

통제는 말없이 기다렸다. 그래, 좋아.

둘째, 언제 한번 오캄포 차관님을 만날 기회를 줄 수 있습니까?

"어째서 그와 이야기하려는 거지?"

그분께 엉뚱한 부탁을 하려는 건 아닙니다. 저는 이미 당신을 돕기로 결정했습니다. 하지만 제가 챈들러 호에서 끌려올 때 그분은 인류를 돕기 위해 이 일을 한다고 말씀하셨습니다. 그 이야기를 좀 더 듣고 싶습니다. 그 말의 의미를 이해하고 싶거든요.

"네가 이해하고 말고는 중요하지 않다."

압니다. 물론 당신이 이런 부탁을 들어줄 의무는 없지만, 제 생각은 좀 다릅니다. 저는 당신을 돕기로 했습니다. 하지만 제가 상황을 이해하면 훨씬 더 잘 도울 수도 있습니다. 오캄포 차관님은 훌륭한 분입니다. 제가 존경하는 분이죠. 그분이 이 일을 하시는 데는 반드시 이유가 있을 겁니다. 그 이유를 알면 제 마음이 한결 편해질 것 같습니다. 그래서 좀 더 여쭤보고 싶습니다.

통제가 대꾸했다.

"지금은 오캄포 차관을 만나게 해줄 수 없다. 하지만 네가 앞으로 일을 잘하면 고려해볼 수는 있다."

고맙습니다.

"이 문제를 또 거론하면 안 된다."

물론입니다. 생각해보겠다고 이미 말씀하셨으니 그걸로 족합니다.

"마지막 질문은 뭔가?"

제 몸을 돌려주겠다고 약속해주시겠습니까?

"약속한다."

네. 좋습니다. 약속하신 겁니다. 앞서 저는 당신을 돕겠다고 했습니다. 당신이 시키는 일은 뭐든 할 겁니다. 당신은 제가 지시대로 하면 제 몸을 돌려주겠다고 했습니다. 그건 거래였습니다. 하지만 거래는 약속과는 다릅니다. 거래는 어느 누구와도 할 수 있습니다. 약속은 신뢰하는 사람과 하는 것입니다. 당신이 제게 약속을 한다면, 그건 제가 당신을 믿을 수 있다는 뜻입니다. 그리고 제가 더 이상 당신을 믿을지 말지 고민하지 않아도 된다는 뜻입니다. 또한 제가 당신이 시키는 일을 더 잘할 수 있다는 뜻입니다.

또다시 침묵이 흘렀다.

비록 처음에는 즉흥적으로 시작했지만, 이 세 가지 질문은 의미심장했다.

정보. 신뢰. 친밀한 관계 형성.

나는 이름을 알려달라고 했고, 비록 '통제'는 이름이라고 하기에 조금 뭣하지만, 알려줬다는 데 의미가 있다. 형식적인 관계에서 조금 더 사적인 관계로 발전한 것이다. 오캄포를 만나게 해달라는 요청은 우리의 거래를 더욱 확장시켰고, 상자 속의 뇌가 된 모든 조종사들이 강요당한 천편일률적인 거래를 나에게만 해당되는 특별한 거래로 변모시켰다.

그리고 '통제'의 약속을 요구한 것은 더욱 친밀한 둘만의 거래를 위해서였다. 서로에게 이익이 되는 거래. 신뢰가 담긴 거래.

물론 시험이기도 했다.

마침내 통제가 말했다.

"약속하겠다."

이제 나는 통제에 대해 알아야 할 것을 모두 알았다.

그리고 통제는 그 사실을 전혀 몰랐다.

제 질문은 끝났습니다. 당신이 준비되면 저는 언제든 시작할 준비가 되어 있습니다.

"그럼 시작하자."

내 주위에 챈들러 호의 선교가 나타났다.

더 정확히 말하자면 컴퓨터가 만들어낸 챈들러 호의 선교 영상이었다. 더 깨끗하고 더 선명하며, 꼭 필요한 부분들만 나와 있었다.

"뭔지 알아보겠지?"

물론입니다.

훈련 목적으로 쓰이는 표준 선교 시뮬레이션 프로그램이었다. 챈들러 호의 선교 구조에 맞춰놓은 것이었는데, 이 역시 꽤 평범해 보였다.

선교에서 일해본 사람에게는 익숙한 프로그램이었다. 나도 실제로 조종석에 앉아 운항했을 뿐만 아니라 이 프로그램으로 200시간가량 훈련했다.

또한 내가 개발에 참여한 프로그램이라서 한눈에 알아보았다.

물론 그건 조금 오래된 몇 년 전 버전이었다. 이 프로그램은 업데이트 버전인 듯했다.

재빨리 둘러보니, 내가 작업했던 프로그램에서 크게 달라지진 않았다. 심지어 그 버전의 새로운 정식 릴리스도 아닌 것 같았다. 사소한 버그 몇 가지를 수정한 포인트 릴리스인가? 개척연맹의 주류 기업들과 연계되어 있을 리 없는 집단이 어떻게 이런 프로그램을 구하지? 이 프로그램은 십중팔구 훔친 것이었다. 나는 전에 다녔던 회사의 사장을 대신하여 살짝 분노했다.

물론 내가 전직 프로그래머였다는 사실을 통제에게 말할 생각은 없었다. 오캄포가 몰랐으니 통제도 알 리가 없었고, 지금 그걸 알려줄 이유도 없었다. 통제는 이미 나를 바보 취급하고 있었다. 자신이 하는 말을 내가 순순히 믿는다고 생각했다. 굳이 그 생각을 고쳐줄 필요는 없을 듯했다.

나는 통제를 향해 생각했다.

이건 선교 시뮬레이터 프로그램입니다.

"예전에 선교 시뮬레이터 프로그램이었지. 물론 앞으로도 그럴 테고. 하지만 챈들러 호를 작동할 수 있도록 우리가 조정해놓았다. 너는 이 안에서 우주선의 모든 시스템을 제어하는 요령을 익혀야 한다."

어떻게요? 시뮬레이터 프로그램은 가상현실 공간으로 설계되지만, 실제 손과 몸동작에 따라 작동합니다. 저한테는 손도 없고 몸도 없습니다.

"이제 있다."

내게 가상의 몸이 생겼다. 내 눈은 정확히 머리 높이에 있었고, 마치 진짜 목이 있는 것처럼 마음만 먹으면 시선을 돌릴 수도 있었다. 밑을 내려다보니 알몸 상태인 인체 영상이 있었다. 손을 움직이는 상상을 하자 양 옆에서 손이 올라왔고, 손바닥을 보니 손금과 지문이 있어야 할 자리들이 밋밋했다.

그때 나는 하마터면 기절할 뻔했다. 너무 고마웠다. 이런 가짜 몸이라도 아예 몸이 없는 것보다는 나았다.

그렇긴 하지만······.

내 뇌의 한 부분이—아마도 전에 나한테 툴툴거렸던 그 부분이—퉁명스럽게 말했다.

에계, 겨우 이게 다야?

나는 그게 무슨 뜻인지 알았다. 이 망할 자식들이 내 몸에서 뇌를 꺼내 나 혼자 챈들러 호를 조종하게 만들고는, 더 이상 내겐 없는 사람 몸의 영상을 준 게 어이없다는 뜻이었다.

뭐랄까, 비효율적인 짓 같았다. 애써 내 몸을 없애버렸으면, 더 이상 인체에 구속되지 않는 장점을 활용하는 최첨단 조종 장치라도 만들었어야 하는 것 아닌가.

내 뇌의 그 부분이 말했다.

저들은 효율성을 높이려고 너를 몸 밖으로 꺼낸 게 아냐.

그래, 맞다. 나도 방금 전에 그 생각을 했다. 놈들의 목적은 공포와 통제였다.

아무리 그래도 이건 일종의 낭비였다.

나는 다시 마음을 가다듬고 선교의 시뮬레이션 영상을 둘러보았다.

저랑 같이 선교로 올라가실 겁니까?

"아니. 가서 사령석에 앉아라."

나는 고개를 끄덕였다. 선장이 앉는 사령석에는 각 부서에서 보내는 정보를 보여주는 스크린이 있는데, 그런 정보들은 한꺼번에 뜨거나 한 번에 하나씩 떴다. 여느 선장들처럼 타오 선장도 선교 승무원들로부터 보고받는 것을 선호했다. 그들은 선장이 바로 알 수 있도록 정보를 요약해서 보고했기 때문이다. 물론 선장이 스크린으로 모든 정보를 받아 직접 요약할 수도 있었다. 이는 나도 그럴 수 있다는 뜻이었다.

또한 선장은 승무원들에게 지시를 내리지 않고 직접 스크린으로 우주선을 제어할 수 있었다. 물론 그런 선장은 거의 없는데, 순식간에 일이 너무 복잡해지기 때문이었다. 더구나 선교 승무원들의 의욕을 떨어뜨리는 최고의 방법은 선장이 그들이 할 일을 대신 하는 것이었다. 사실 모든 부서 업무에 능통한 선장은 없다. 그러려고 하는 자도 거의 없다.

하지만 나는 앞으로 그래야 했다.

곧 가상 사령석에 앉아 선장 스크린을 올렸다.

준비됐습니다.

가상 스크린이 켜지자, 모든 부서의 창들이 격자무늬로 떴다. 그중 하나를 두 번 두드려 전체화면으로 키우면 완전 대화형으로 작동한다. 한 번에 창 하나만 전체화면이 될 수 있지만, 전체화면 크기의 부서 창들을 죽 연결하여 손으로 넘기면 빠르게 접근할 수 있다. 지극히 기본적인 방식이었지만, 문제는 내가 그것들을 일일이 살피면서 다루어야 한다는 점이었다.

나는 선장 스크린의 시작 화면을 유심히 바라보았다.

일부가 비어 있는데요.

"배의 몇몇 기능은 더 이상 네가 제어할 필요가 없다. 이 우주선 안에 생명체는 너밖에 없을 텐데, 네가 사는 공간은 단단히 밀폐되어 우리가 통제하니 생명 유지 장치는 네가 건드리지 않아도 된다. 통신 시설도 마찬가지다. 그것들을 비롯해 선체 관련 기능 몇 가지는 우리가 제어한다. 그 밖에 네가 제한적으로 다룰 수 있는 기능도 일부 있으며, 그런 기능들의 유지관리는 앞으로 우리가 맡을 것이다. 이 우주선에서 네가 신경 써야 할 기능은 운항과 무기, 그리고 도약을 포함한 추진뿐이다."

덕분에 제가 할 일은 간단하군요.

나는 운항, 추진, 무기의 창을 전체화면으로 키워 셋을 연결했다.

준비됐습니다.

"이제 너에게 시뮬레이션 임무를 전송하겠다. 주로 운항에만 집중하면 되는 간단한 임무다. 시작하자."

첫날 시뮬레이션 훈련은 열 시간을 했는데—적어도 시뮬레이션 시계로는 그랬다—운항이 너무 간단해서 조종사인 나로서는 졸면서도 할 수 있을 정도였다. 통제가 나를 위해 특별히 선택한 시뮬레이션이 아니라 단순히 시뮬레이션 목록에서 아무거나 가져온 게 아닐까 싶었다.

따분했다.

하지만 그럭저럭 견딜 만했다. 첫날 내가 해낼 수 없는 일은 전혀 없었다. 일반적인 운항과 마찬가지로 컴퓨터에 정보를 입력하고 문제가 될 수 있는 상황에 대처하면 그만이었다. 첫 시뮬레이션 훈련은 아주 순조로웠다.

가장 까다로웠던 일은 시뮬레이션상의 챈들러 호를 몰고 우주에 떠다니는 바위 덩이를 피해 가는 것이었다. 챈들러 호의

레이저로 파괴할 생각도 해봤지만—바위가 썩 크지 않았다—아직은 그럴 단계가 아닐 거라 생각했다. 더구나 그걸 파괴하면 훨씬 더 작은 돌덩이들이 생겨 탐지하기 어려워질 테고, 다른 우주선들이 충돌할 위험도 있었다. 물론 대부분의 우주선은 미세한 충돌을 견딜 수 있지만, 안 그래도 되는데 굳이 다른 사람에게 골칫거리를 안겨줄 필요는 없지 않은가?

그래서 챈들러 호를 돌려 바위를 피해 갔고, 그 바위의 현재 위치와 방향을 기록해놓았다. 내가 통신 장치를 제어할 수 있었다면 시뮬레이션상에서 근처 우주선들에게 정보를 보냈을 것이다. 대신 조만간 기회가 오면 다른 우주선들에게 그 정보를 보내라고 표시해놓았다.

이 모습을 통제가 지켜보고 있었는지는 알 수 없었다. 이 시뮬레이션을 비롯해 이날 몇 번의 훈련 내내 통제는 말이 없었다. 중간에 내가 왜 아무 말도 없냐고 묻자 통제가 대답했다.

"너는 혼자 우주선을 조종하게 될 것이다. 일단 임무가 시작되면 우리뿐만 아니라 어느 누구와도 대화할 수가 없다. 따라서 침묵에 익숙해져야 한다."

너무 무료해지면 어떡합니까? 인간의 정신은 운항 시스템을 다루는 것 말고 다른 자극이 필요합니다.

"지금껏 그런 문제는 한 번도 없었다."

그 대답을 들으니 내가 이 일을 처음 하는 사람이 아니라는 확신이 섰다.

나처럼 곤경에 빠진 다른 사람들을 생각해보았다. 할 수만 있다면 몸서리를 쳤을 것이다.

지금 이런 상황에 처한 사람이 나 말고도 있을 거라는 생각이 들었다. 어쩌면 통제는 나를 훈련시키는 동안 다른 우주선에서 다른 사람들과도 시뮬레이션 훈련을 하고 있을지 몰랐다. 나는 그걸 반드시 알아내리라 다짐했다.

마침내 통제가 말했다.

"오늘 훈련은 끝이다. 내일 다시 계속하겠다."

그게 몇 시간 뒤입니까?

통제가 인간인지 아닌지도 알 수 없었고, 우리가 있는 곳은 인류의 전진기지가 아닐 가능성이 높기 때문에, 하루가 얼마나 길지 나로서는 알 도리가 없었다.

1분쯤 지나서야 통제가 대답했다. 몇 시간이 지나야 날이 바뀔지 계산한 것 같았다.

"앞으로 12시간 정도."

저는 이제 뭘 하죠?

"하고 싶은 거 하면 된다."

조깅하고 싶습니다.

통제는 대꾸하지 않았다. 나는 그가 누군지는 몰라도 유머감각이 썩 좋진 않구나 싶었다.

제가 할 일이 뭐 없을까요?

"심심하면 오늘 돌린 시뮬레이션을 재실행해서 다시 훈련해도 된다. 사실 그게 바람직하다."

다른 건 없습니까? 읽을거리나 볼거리, 음악 같은 것 말입니다.

"없다."

오락거리를 제공해주면 안 되겠습니까? 뭐든 상관없습니다. 계속 조종 훈련만 하면 결국 능률이 떨어지게 될 테니까요.

"능률이 너무 떨어지면 처벌을 받을 것이다. 그러고도 능률이 저하되면 우린 너를 죽일 것이다."

음, 갑자기 훈련이 하고 싶네요.

통제는 대꾸하지 않았다. 시뮬레이션 밖으로 나간 듯싶었다.

넌 침묵에 익숙해져야 한다.

나는 오늘 훈련하던 도중에 통제가 했던 말을 스스로에게 되풀이했다. 어차피 싫든 좋든 점점 침묵에 익숙해지고 있었다.

가상 사령석을 내려다보니, 선장 스크린에 뜬 작은 메뉴 탭에 오늘 수행한 임무들이 표시되어 있었다. 마음만 먹으면 재실행할 수 있었다.

하지만 그냥 일어서서 가상 선교 주위를 몇 바퀴 달렸다. 이어서 팔굽혀펴기와 무릎구부리기, 윗몸일으키기를 조금 했다.

분명히 말하건대, 실제로 운동하고 있다는 착각 따위는 하지 않았다. 나는 내 가상 신체를 느낄 수 없었다. 심지어 이날 스크린을 두 번 두드리고 옆으로 미는 동작을 수없이 하면서도 손이 마비된 것처럼 무감각했다. 난 몸짱이 되려고 운동을 한 게 아니었다. 어차피 그럴 몸도 없었다.

통제가 시키는 일 말고 다른 걸 하고 싶었다. 내 시간에는 내가 좋아하는 일을 하고 싶었다. 일종의 반항인 셈이었다. 매우 소심한 반항.

나름 효과는 있었다. 마침내 피곤해진 것이다. 나는 한숨 자려고 가상 바닥에 드러누웠다.

이제 보니 가상 눈꺼풀은 없었다.

상관없었다. 금세 잠이 들었다.

이번에는 내가 잤다는 것을 분명히 알았다.

이틀 후, 나는 선교 시뮬레이션을 깨고 탈출했다. 물론 진짜 탈출은 아니었지만.

그날 밤, 혹은 내가 밤일 거라고 추측한 시간에, 훈련이 끝나고 통제가 떠난 뒤 벌어진 일이었다. 이날 돌린 시뮬레이션 중 하나를 재실행하고 있었는데, 챈들러 호를 몰고 가서 우주정거장에 도킹시키는 임무였다. 내가 지금껏 시뮬레이션과 현실에서 수백 번까진 아니어도 수십 번은 해본 조종이었다. 어려울 게 전혀 없었다.

그래서 누구나 시뮬레이션 훈련이 지루해질 때 하는 짓을 했다. 어차피 옆에서 잔소리할 놈도 없으니까.

나는 파괴하기 시작했다.

우선 챈들러 호로 우주정거장을 들이받았는데, 순전히 과학적 호기심 때문이었다. 이 시뮬레이션에 반영된 고전 물리학이 그 충돌을 얼마나 실감나게 구현할지 궁금했다.

결과: 나쁘지 않았다. 비록 제한적이지만 어느 정도 외부 센서 제어가 가능해서, 챈들러 호가 우주정거장을 파고드는 순간 폭발과 함께 금속과 유리 파편이 날리고 감압 때문에 챈들러 호와 우주정거장이 멋지게 우그러지는 광경을 볼 수 있었다. 하지만 챈들러 호의 엔진에 과부하가 걸린 것을 센서들이 알려주지 않아 하마터면 한바탕 아수라장이 벌어질 뻔했다.

그래서 시뮬레이션을 다시 돌렸다. 이번에는 멀리 떨어진 상태에서 챈들러 호를 맹렬히 가속해 우주정거장에 충돌시켰다.

이번에는 챈들러 호가 폭발했다. 스크린에 뜬 제어 창이 모두 빨갛게 번쩍이다가 꺼졌다. 선체 구조에 문제가 생겼다는 명백한 신호였다. 이 시뮬레이션은 경제적 손실이나 인명 피해 상황을 알려주지 않았지만, 챈들러 호에 부딪힌 구역에 있던 사람들이나 챈들러 호의 선원들은 생존하지 못했을 듯싶었다.

내 뇌의 한 부분이 말했다.

챈들러 호의 선원들은 이미 생존하지 못했어.

나는 그 말을 무시해버렸다.

세 번째 시도에는 만약 우주정거장을 공격하면 무슨 일이 벌어질지 궁금했다. 지금껏 훈련한 시뮬레이션에서는 무기 시스템을 작동할 필요가 없었기 때문에, 통제가 내 곁에 있을 때는 무기에 손대지 않았다.

어쨌든 제어 권한이 있는 나는 얼마든지 무기를 가동할 수 있었다. 그래서 어떻게 되는지 보려고 이번에는 우주정거장에 미사일 세 발을 발사했다.

잠시 후 손상 감지기들이 빨갛게 빛났다. 우주정거장에서 쏜 미사일 열 발이 챈들러 호의 여러 주요 지점을 타격해 각종 무기와 엔진, 선실, 외부 센서를 파괴한 것이다. 1초쯤 지나자, 스크린의 제어 창이 모두 꺼졌다. 챈들러 호가 방금 커다란 잔해 구름으로 바뀌었기 때문이다.

나는 생각했다.

음, 무례한걸.

웃을 수만 있다면 웃었을 것이다.

그 후로도 몇 번 더 시뮬레이션을 실행해 우주정거장을 공격하고, 그곳에 정박해 있는 다른 우주선과 셔틀 들을 공격하면서, 미사일로 습격하는 여러 가지 전술들을 시험해보았다. 매번 결과는 거의 똑같았다. 챈들러 호는 미사일 세례를 받고 가루가 되었다.

좋아, 알았어. 이번엔 다르게 해보자.

나는 시뮬레이션을 다시 실행했다.

이번에는 우주정거장에 돌진하거나 미사일을 쏘지 않았다. 그냥 챈들러 호를 도킹 지점으로 진입시키고 기다렸다. 잠시 후, 훈련 목적을 달성했다는 '임무 완수' 표시가 떴다.

그때 우주정거장을 향해 미사일을 퍼부었다. 특히 무기 시스템을 노렸는데, 눈에 보이는 것뿐만 아니라 우주정거장 데이터를 검색해 겉으로 드러나지 않은 것들도 겨냥했다. 그리고 미사일들이 동시에 모든 무기를 타격하도록 타이밍을 맞췄다.

뜻대로 됐다. 곧이어 우주정거장의 무기들이 전부 멋지게 폭발하기 시작하자, 나는 챈들러 호의 엔진을 가동하고 그 아수라장으로 돌진했다.

그리고 챈들러 호가 우주정거장 표면에 닿는 순간, 이상한 일이 벌어졌다.

모든 게 사라졌다.

챈들러 호가 파괴되었음을 알려줄 선장 스크린뿐만 아니라 모든 것이 사라졌다. 방금까지 있던 시뮬레이션이 수초 동안 사라진 것이다.

그 사이 나는 완벽한 어둠 속에서 대체 무슨 일이 벌어진 걸까 궁리했다.

이윽고 내 주위에 선교 영상이 다시 나타났다.

나는 방금 무슨 일이 있었는지 깨달았다. 내가 시뮬레이터를 깬 것이다.

그 순간, 정말이지 내 뇌가 터질 것만 같았다.

지금 그 선교 시뮬레이터는 내 세상의 전부였다. 나는 그 안에 살면서 시뮬레이션을 돌리는 일만 했다. 거길 떠날 수도 없었다. 나는 그 안에 있었지만, 통제가 내게 준 시뮬레이션을 돌리는 일 말고는 아무런 제어 권한이 없었다. 시뮬레이션 밖으로 나갈 수도 없고, 그걸 폐기하거나 프로그램 코드를 변경할 수도 없었다. 나는 그 안에 갇혀 있었다. 거긴 내 감옥이었다.

하지만 시뮬레이터를 깨자 내가 밖으로 튕겨져 나갔다. 몇 초 동안 나는 다른 곳에 있었다.

거기가 어디일까?

음, 프로그램이 깨지면 무슨 일이 벌어지지? 그 프로그램을 가동하는 시스템 안으로 돌아가게 된다.

물론 글자 그대로 시스템 안은 아니었다. 내 의식은 컴퓨터 같은 것에 흡수되어 있지 않았다. 당연하지 않은가. 내 의식은 변함없이 뇌 안에 있었다.

하지만 앞서 내 감각들은 선교 시뮬레이션 안으로 떨어졌다. 내가 보거나 느낄 수 있는 것은 모두 그 안에 있었다. 시뮬레이터가 깨진 몇 초 동안 나는 다른 곳에 있었다. 시뮬레이터를 가동하는 시스템 안에.

아무것도 보이지 않았다. 금세 가상 선교가 다시 나타난 걸 보면, 시뮬레이터가 깨진 것이 이번이 처음은 아닌 듯했다. 조종사가 상황을 파악하거나 시뮬레이션이 가동되는 컴퓨터의 인터페이스를 보기 전에 곧바로 선교 시뮬레이터가 다시 가동되도록 통제, 또는 누군가가 재실행 설정을 해놓은 것이었다.

하지만 그렇다고 조종사가 절대로 시스템에 접근할 수 없는 것은 아니었다.

나는 도킹 시뮬레이션을 다시 돌렸다.

프로그램이 깨지는 것을 통제가 알았다면 버그가 어디 있는지—그중 일부라도—알아냈을 것이다. 따라서 버그의 위치를 알고도 손을 보지 않고 그냥 시뮬레이터가 바로 재가동하도록 설정했거나, 코드를 수정하긴 했는데 기존 코드와 새 코드가 아귀가 잘 맞지 않아 수정 과정에 새로운 버그가 생겼을 수도 있다.

통제가 지켜보는 동안 시뮬레이션에 문제가 발생하지 않는다면, 새로운 버그가 있다는 걸 통제는 알 리가 없었다. 그리고 통제가 지켜보고 있을 때 방금 내가 한 짓을 할 자는 없다. 쓸데없는 장난 쳤다고 전기 고문을 당할 테니 말이다.

즉, 통제는 이런 문제가 있다는 사실을 모르는 것이었다.

하지만 반복되지 않는 일시적인 문제도 가끔 나타난다. 그런 것들은 프로그래머가 고치기 가장 어렵다.

나는 이 문제가 동일하게 반복되는지 보려고 앞서 했던 방식 그대로 시뮬레이션을 진행했다.

반복되었다.

그래서 다시 돌렸다.

이번에는 프로그램이 깨지자, 선교 시뮬레이터가 탑재된 시스템이 부팅될 때 나타나는 진단 및 변경 창의 실행 명령을 생각했다.

아주 열심히 생각했다.

그러자 2초 뒤, 창이 떴다.

진단 및 변경 창이 뜬 것이다. 비주얼 유저 인터페이스 초기

형태 그대로 조악하고 실용적인 구성이었다.

아름다웠다.

내가 시스템 안으로 들어왔다는 뜻이다.

더 정확히 말하면, 챈들러 호의 시스템 안으로 들어온 것이다.

부분적이긴 하지만 어쨌든 들어왔다.

마치 영화 속에서 영웅적인 해커가 마술 같은 코드 몇 줄로 모든 것을 열어버리는 장면과 비슷했다.

안타깝게도 내가 처해 있는 상황은 그것과는 사뭇 달랐다. 나는 마술 같은 코드를 가진 영웅적 해커가 아니었다. 상자 속의 뇌일 뿐이었다.

하지만 나는 프로그래머다. 적어도 예전에는 그랬다. 그리고 나는 이 시스템을 알고 있었다. 이 프로그램을 알고 있었다.

그리고 계획이 있었다. 다시 누군가가 나타나기 전까지 약간의 시간도 있었다.

그래서 계획을 실행에 옮겼다.

내가 뭘 어떻게 했는지 일일이 설명하면 다들 따분해할 것이다. 물론 시스템과 하드웨어, 코드를 잘 아는 프로그래머에게는 엄청 멋지고 한없이 매력적으로 보일 테고, 내가 한 일과 시스템 보안에 대한 토론을 벌일 수도 있을 것이다. 어차피 풀어내지 못할 코드는 없으므로 기본적으로 모든 시스템을 뚫을 수 있다고 침을 튀길 것이다. 물론 실제로는 자신이 아는 코드, 더 정확히 말하자면 자신이 안다고 생각하는 코드만 풀어낼 수 있지만.

나머지 사람들은 눈이 게슴츠레해지고 죽도록 지루해할 것이다.

아마 대부분 그럴 것이다.

그러니 나머지 사람들을 위해 짧게 이야기하겠다.

우선 그 일은 초반 작업에만도 하루가 넘게 걸렸다.

실은 2주나 걸렸다. 작업하는 동안 줄곧 나는 통제나 혹은 누군가가 챈들러 호의 시스템을 들여다보길 기다렸다. 내가 그 안을 돌아다니며 이것저것 바꿔놓고, 들어가서는 안 되는 곳들을 들어가려 했다는 증거를 발견하길 기다렸다. 결국 놈들이 나를 처벌하기로 결정하는 순간이 오길 기다렸다.

그런 일은 일어나지 않았다.

솔직히 말하자면, 발각되지 않은 게 조금 실망스러웠다.

허술한 보안 때문이었다. 죄다 너무 허술했다. 챈들러 호를 빼앗은 자들은 컴퓨터 시대 초기에 이미 구닥다리가 되었을 기초적인 수준의 보안 장치만으로 시스템을 활짝 열어놓다시피 했다. 여기 있는 자들은 모두 믿을 수 있고 아무도 장난치지 않을 거라고 확신해서 보안을 걱정하지 않았거나, 그냥 멍청한 놈들이어서 그랬을 것이다.

어쩌면 둘 다이거나! 정말 불쾌할 정도로 보안이 허술했다.

하지만 그게 나한테는 이로웠으며, 안 그랬다면 난 이미 죽었을 테니 오히려 감사할 따름이다.

첫 2주 동안은 너무나 두려웠다. 내가 하는 일이 훤히 드러나는 상황이었기 때문이다. 최대한 감추려고 노력은 했지만, 한 번 보면 누구라도 금세 발견했을 것이다. 통제만이 아니라 누구든 내 과외 시간을 들여다봤다면, 내가 특정 시뮬레이션을 몇 번이나 똑같은 방식으로 복습하는 것을 보고 내가 무슨 짓을 하는지 알아챘을 것이다.

즉, 통제가 시뮬레이션을 지켜보고 있을 때 프로그램이 깨지면 놈이 코드를 수정할 테고, 그로 인해 내가 프로그램을 빠져나갈 때 사용하는 버그가 망가질 수 있다는 뜻이었다. 결국 나는 다시 갇힐 터였다.

그래서 통제가 시뮬레이션을 지켜볼 때는 아주, 아주, 아주 조심했다. 경솔한 짓은 절대 하지 않았으며, 무조건 원칙대로만 했다.

고문이나 처형의 빌미가 될 것을 들키지 않으려면 놈들이 시키는 대로 열심히 하는 척해야 했다. 오히려 그게 고문이었다.

그 2주는 말 그대로 내 인생 최악의 2주였다. 나를 납치한 자들이 내가 그들이 시킨 일을 끝낸 뒤에 나를 죽일 속셈이란 건 이미 알고 있었다. 하지만 그걸 안다고 해서 몰래 하는 해킹의 불안이 누그러지지는 않았다. 언제든 발각될 수 있다는 걸 알면서도 계속 그 짓을 하려니 죽을 맛이었다.

자신이 이미 죽은 목숨이란 걸 안다 해도, 누가 보지만 않는다면 목숨을 부지할 기회를 줄지 모를 일을 할 때는 불안해지게 마련이다.

놈들은 보지 않았다. 단 한 번도. 그럴 필요가 없다고 생각했으니까.

그게 너무나 고마웠다.

동시에 너무나 한심해 보였다.

내가 하려는 일에 당해도 싼 놈들이었다. 물론 뭘 할지는 아직 생각하지 못했다.

하지만 그게 정해지면, 동정 따위는 없다.

내가 2주 동안 한 일은 '파란 알약' 만들기였다.

그 말이 어디서 유래되었는지는 나도 잘 모른다. 오래전부터 회자된 말이다. 찾아보라(빨간 알약은 현실을 각성하게 해주는 것, 파란 알약은 현실을 잊게 해주는 것을 의미하는 문화적 상징—옮긴이).

어쨌든 그건 내가 챈들러 호의 컴퓨터 시스템에 뭔가를 덧씌웠다는 뜻이다. 거의 똑같은 복제물.

챈들러 호의 컴퓨터 시스템을 복제하여 미세 조정하고, 선교 시뮬레이터를 비롯해 외부에서 들어오는 모든 것을 붙였다. 그렇게 만든 복제 시스템은 실제 컴퓨터 시스템과 모양도 똑같고, 반응도 똑같았으며, 제어 기능도 동일했다.

하지만 진짜는 아니었다.

실제로 챈들러 호를 구동하는 시스템은 복제 시스템 밑에 있었다.

그 시스템은 내가 완전히 제어하고 있었다. 시뮬레이션 밑의 실제. 오로지 나만 아는, 시뮬레이션 아래 존재하는 현실. 다른 자들은 모두 그 시뮬레이션이 실제인 줄 알고 있었다.

이게 바로 '파란 알약'이었다.

그로부터 한 달 동안은 날마다 온종일 선교 시뮬레이터로 점점 더 복잡한 시뮬레이션 훈련을 했다. 곡예비행을 하며 무기를 사용하는 임무가 점점 늘었다.

나를 훈련시키는 목적이 뭔지는 모르지만, 무기 사용이 필수적인 임무인 것은 틀림없었다. 자기들 대신 나를 전장에 보내려는 속셈이었다. 저들이 내가 전투에서 살아남길 바라는지는 알 수 없었다. 물론 살아남지 않길 바랄 가능성이 더 높지만.

놀랄 일도 아니었다.

이 기간 내내 나는 끊임없이 통제에게 말을 걸었다. 놈을 이 일에 동참시키고, 나에 대해 뭔가를 느끼게 하고, 놈이 상자 속에 넣은 존재를 보게 만들기 위함이었다.

썩 성공적이지는 않았다.

물론 그걸 기대하지도 않았다.

나는 통제가 생각하는 존재여야 했다. 돕기로 결심한 자. 통제를 믿기로 마음먹은 인간.

그걸 망칠 수는 없었다. 통제건 누구건 나를 감시하는 자의 기대에 철저히 부응해줘야 했다. 나를 자기들 마음대로 할 수 있다고 계속 으스대게 해줘야 했다.

놈들은 나를 실망시키지 않았다.

그러는 동안 하루는 시뮬레이션 훈련이 끝난 뒤 통제가 자리를 비웠을 때, 나는 자유롭게 챈들러 호를 돌아다녔다.

알고 보니 챈들러 호는 대대적인 쇄신이 진행되는 중이었다. 무엇보다 실제 무기들이 다시 장착되고 있었다. 챈들러 호가 되기 전에 이 우주선은 개척방위군의 소형 전함이었는데, 퇴역하면서 무기를 모두 제거하고 해체했다.

이제 각종 시스템이 원상복귀하고 있었다. 그래서 인부들이 배 안을 분주히 들락거렸다. 나는 전에는 그들의 존재를 인식하지 못했다. 당연하지 않은가? 나는 시뮬레이션 안에 갇힌, 상자 속의 뇌니까.

하지만 이제는 배 안에서 일어나는 모든 일을 보고 들을 수 있다.

인부들은 대부분 사람이 아니었다. 내가 보기에는 애초에 챈들러 호를 습격했던 병사들과 마찬가지로 거의 브레이였다.

하지만 이따금 사람 한 명이 나타나 무기 설치에 대해 조언을 하거나 지시를 내렸다. 늘 그 사람이었다.

오캄포는 아니었다. 여자였다. 그렇다고 오캄포의 보좌관 베라 브릭스도 아니었다. 사정은 잘 모르겠지만, 오캄포 말고도 이 음모에 연루된 인간이 더 있었던 것이다.

무기를 설치하는 인부들을 지켜보던 나는 내가 운이 좋았다는 사실을 깨달았다. 앞으로 2주 후면 무기 설치 작업이 끝나고 무기들이 챈들러 호의 컴퓨터 시스템에 연결될 터였다. 만약 이 작업이 더 일찍 끝났거나 내 계획이 늦게 실행됐다면, 나의 행위는 발각되었을 것이다. 아슬아슬하게 위기를 모면한 셈이었다.

어쩐지 내가 이 우주에서 제일 행운아 같았다. 하지만 곧 여전히 상자 속의 뇌라는 사실을 떠올렸다.

내 생각을 하니 챈들러 호에서 발견한 또 다른 것이 떠오른다.

나.

선교에 놓인 진짜 관처럼 생긴 커다란 직사각형 상자 안에 내가 있었다. 상자 윗부분은 투명했다. 높이 달려 있는 선교 카메라를 통해 상자 안이 똑바로 내려다보였다. 내 뇌가 있었다.

뇌의 표면에 부착된 전자 장치들도 보였는데, 십중팔구 뇌 속으로도 연결되어 있을 터였다. 뇌에서 뻗어 나온 전선들이 상자 옆면의 접속부로 이어져 있는 것도 보였다.

내 뇌가 떠 있는 액체는 변색되었는지 살짝 분홍빛을 띠었다. 뇌에 연결된 튜브들은 혈액이나 그걸 대체하는 물질을 빨아들이고 배출하는 듯했다. 양분과 산소를 흡수하고 노폐물을 내보내는 장치가 틀림없었다. 그 튜브들도 상자 내벽의 접속부로 이어져 있었다.

카메라를 바꿔 다른 각도에서 보니, 그 전선과 튜브가 들어가는 또 다른 상자가 있었다. 의사로 보이는 르레이 두 명이 날마다 그 상자로 다가가 진단을 하는 것 같았다. 안에는 여과 장치와 샘플 추출 밸브, 내 뇌의 상태를 점검하는 고정형 컴퓨터, 그리고 뭔가 이상한 물체가 있었다. 처음에는 그게 뭔지 알 수가 없었는데, 르레이 한 놈이 실수로 상자에 부딪치자 나머지 르레이가 그걸 보고 고함을 질렀다.

챈들러 호의 컴퓨터에는 지금껏 알려진 수백 개의 외계 언어를 통역해주는 장치가 있었다. 여느 화물선에 탑재된 통역 장치와 마찬가지로 그것도 사용되는 일이 거의 없는데, 대부분 인간들과 거래하기 때문이다. 하지만 통역이 필요한 경우를 위해 기본적으로 설치해놓는다. 두 번째 르레이가 첫 번째 놈에게 한 말을 그 장치가 통역해주었다.

"조심해. 잘못하면 우리 셋 다 날아간다고."

첫 번째 르레이가 대꾸했다.

"그럼 적어도 우리 몸뚱이 일부는 고향에 돌아가겠군."

"난 귀향의 기쁨을 누릴 수 있는 상태로 고향에 돌아가고 싶어."

두 번째 르레이가 한쪽 모니터에 케이블을 삽입했다. 내 뇌의 상태를 확인하고 문제가 있으면 조정하려는 것 같았다.

아마 그 순간 모니터에는 내 뇌가 갑자기 불안하게 활동한다는 데이터가 떴을 것이다.

폭탄 때문이었다.

저들이 나에게 폭탄을 부착한 것이다.

놈들이 나를 살려 보낼 뜻이 없다고 판단하고 내가 반항할 경우에 대비해.

이 지옥을 정말로 탈출하겠다고 내가 마음먹을 경우에 대비해.

PART THREE

"지금껏 시뮬레이션 훈련을 훌륭히 해냈다."

통제가 말했다. 내가 처음 정신이 들어 내 몸이 뇌만 남았다는 사실을 깨닫고 석 달이 넘게 지난 어느 날이 었다.

감사합니다. 제게 해주신 약속에 부응하려고 노력했을 뿐입 니다.

"잘했다. 훈련 성적을 놓고 볼 때, 현재 너는 가장 뛰어난 조종사들 중 한 명이다."

그럴 수밖에 없었다. 프로그램이 깨져서 놈들이 시스템 내부의 문제를 찾아내 고치는 일이 없도록 아주 조심스럽게 정확히 지시대로만 훈련한 덕분이었다. 내가 만든 파란 알약 시스템은 매우 안정적이었지만, 쓸데없이 모험을 할 필요는 없었다.

통제가 지켜보지 않을 때 챈들러 호의 오락 데이터베이스에 담긴 동영상을 보고 음악을 들은 것도 도움이 되었다. 그 덕분에 인간 세계에서 완전히 동떨어진 채 컴퓨터만 보는 신세를 비관하지 않고 멀쩡한 정신을 유지할 수 있었다. 멀쩡한 정신이 훈련 목표 달성에 도움이 되는 건 놀라운 일도 아니다.

물론 통제가 곁에 있을 때는 그런 걸 드러내지 않았으며, 아예 생각조차 하지 않았다.

이제 나는 내가 통제를 향해 생각할 때만 그가 '듣는' 까닭을 어느 정도 이해하게 됐다. 뇌를 읽는 소프트웨어가 대화 의도를 감지하면, 뇌에서 끊임없이 흘러나오는 쓸데없는 중얼거림과 혼잣말은 최적화된 대화를 위해 걸러졌다. 나 자신에게 하는 생각들은 모두 차단되었다. 하지만 인간은 누구나 살다 보면 속으로만 하려던 생각을 무심코 입 밖으로 내뱉는 바람에 하루를 망치는 경우가 허다하다. 그래서 나도 통제가 곁에 있을 때는 머릿속을 비우려고 노력해야만 했다.

기쁜 소식이군요.

그렇게 생각하고 여느 때처럼 기다렸다.

"열심히 훈련한 보상으로 너의 요청을 들어주기로 했다."

제 요청이라뇨?

"오캄포 차관을 만나게 해달라는 요청 말이다. 그걸 허락해주기로 결정했다."

그분이 저를 만나러 오십니까?

"그렇다고 볼 수도 있지. 이 시뮬레이션 안에서 화면으로 만나게 해주겠다."

결국 챈들러 호로 오지는 않는다는 뜻이었다. 뭐, 상관없었다.

오늘 오십니까?

"아니. 오늘은 훈련을 해야 한다. 하지만 곧 만나게 된다."

고맙습니다. 정말 감사합니다.

적어도 이 말은 진심이었다.

"고마워할 필요는 없다. 이제 오늘 훈련을 시작하자."

실제 임무는 언제 주실 겁니까?

"그건 왜 묻지?"

당신은 줄곧 저를 훈련시켰습니다. 당신 말대로 저는 훌륭히 해냈고
요. 임무를 수행할 준비가 됐습니다.

"얼른 하고 싶은가 보군."

그렇습니다.

"너의 몸을 되찾으려고."

그게 중요하지 않다고 말하면 거짓말일 겁니다.

이 역시 진심이었다.

"아직은 너에게 줄 정보가 없다. 때가 됐다고 판단하면 우리
가 너에게 임무를 부여할 것이다. 아직은 때가 아니다."

알겠습니다. 살짝 조바심이 나서요.

"그럴 필요 없다. 곧 바빠지게 될 것이다."

곧이어 통제는 내가 개척연맹 전함 세 척을 동시에 상대해야
하는 시뮬레이션을 실행했다.

전에 했던 것인데, 조금 바뀐 부분이 있었다. 세 전함을 모두 파괴하는 것이 목적이 아니었다. 그들이 최대한 많은 무기를 나한테 쏘게 함으로써, 다른 우주선 세 척이 도약해 왔을 때 그들의 방어 수단이 바닥나게 하는 것이 목적이었다.

기본적으로 이 훈련에서 나는 미끼였다.

최근에는 내가 미끼가 되는 훈련이 잦았다.

솔직히 내 눈앞에 펼쳐지는 그 시뮬레이션들의 패턴이 마음에 들지 않았다.

평소에 쥐 죽은 듯 고요하던 선장 스크린 통신창에 불이 들어왔다. 나는 그 화면을 가상 선교에서 제일 큰 모니터로 돌렸다.

통제가 약속한 대로 화면에 오캄포 차관이 나타났다.

"다킨, 자네 거기 있나?"

그는 챈들러 호에서 묵었던 특실보다 훨씬 더 작은 방 같은 곳에서 자신의 PDA를 보며 묻고 있었다.

나는 생각했다.

네.

"좋아, 다행이군. 자네 목소리만 들려서 말이야. 저들이 영상도 보여주면 좋을 텐……."

그가 갑자기 말을 멈췄다. 영상이 없는 까닭을 방금 깨달은 것이다. 투명한 상자 속에 담긴 뇌 말고는 그에게 보여줄 몸 따위는 없었다.

하지만 나는 오캄포의 얼굴이 붉어지는 것을 화면으로 보았다. 그는 적어도 자신이 내게 한 짓을 깜빡 잊은 걸 부끄러워하는 염치는 있었다.

괜찮습니다. 그냥 이야기가 하고 싶었을 뿐이니까요. 차관님이 괜찮으시다면 말입니다. 시간이 있으시다면.

"오늘은 이 전진기지를 관리하는 르레이 병사들의 종교적 명절이라 한가하다네. 그래서 자네와 이야기할 수 있는 거지."

르레이 크리스마스에 감사할 일이로군요.

오캄포는 빙그레 웃고 다시 물었다.

"그래, 무슨 일로 보자고 했나?"

순간 그의 얼굴이 또 붉어졌다. 방금 한 말이 눈이 없는 내게 몹시 부적절하다는 것을 깨달은 눈치였다. 하지만 이번에는 적어도 어물쩍 넘어가지는 않았다.

"이런, 젠장. 미안하네."

나는 그를 안심시켰다.

괜찮습니다.

"날 만나고 싶다고 했다던데, 이유를 모르겠구먼. 몸은 좀 괜찮…… 니미럴!"

괜찮습니다. 제가 웃을 수 있다면 지금 배를 잡고 웃었을 겁니다.

"우리 중 한 사람이라도 즐겁다니 다행이군. 어쨌든 난 자네가 만나자고 한 까닭을 모르겠네. 자네가 처한 상황을 생각하면 나와는 두 번 다시 말도 하기 싫을 텐데 말이야. 단단히 화가 났을 테니까."

나는 백 퍼센트 솔직하게 대답했다.

화가 났었죠. 지금도 제 처지가 즐겁다고 말할 수는 없습니다. 차관님도 저들이 제게 한 짓을 아시잖습니까. 제 몸을 어떻게 했는지 말입니다.

"알지."

그건 결코 즐거운 일이 아닙니다. 하지만 우리가 마지막으로 만났을 때 차관님이 하셨던 말씀이 생각납니다. 기억하십니까?

"글쎄. 내가 뭐랬더라."

그는 잠시 사이를 두고 말을 이었다.

"워낙 많은 일이 있었던 날이어서 말이야."

개척연맹과 인류, 둘 중 어느 쪽에 충성하는지 자문하셨다고 말씀하셨습니다. 그 둘은 다르다고 하셨죠.

"맞아, 그랬지. 이제 생각나는군."

그 말씀의 의미를 알고 싶습니다. 차관님이나 저나 지금 제 처지를 바꿀 수는 없지만, 차관님의 설명을 들으면 이 상황을 받아들일 수 있을 듯합니다. 제 몸과 제 자유를 헛되이 잃어버린 건 아니라고 말입니다.

오캄포는 잠시 말이 없었다. 나는 그에게 생각할 시간을 주었다.

마침내 그가 입을 열었다.

"내가 자네한테 할 수 없는 말이 많다는 걸 이해해주게나. 현재 내가 하는 일은 대부분 기밀이라네. 내 동료들이 이 대화를 들을 수도 있기 때문에, 자네한테 기밀 사항을 알려주는 건 위험한 일이지. 설령 엿듣지 않는다 해도 이 일의 성격상 어차피 알려줄 수도 없고."

이해합니다, 차관님. 저도 제 입장을 잘 압니다. '이유를 묻는 것은 내 몫이 아니요, 행하거나 죽는 것이 내 몫이로다.'

오캄포가 눈을 끔뻑이더니 씩 웃었다.

"테니슨의 시구를 인용했군."

살짝 다르긴 하지만, 네, 맞습니다. 전략이나 전술을 물어보려는 게 아니라는 뜻입니다. 차관님의 철학이 뭔지 여쭈려는 겁니다. 그건 말씀해주실 수 있으리라 믿습니다.

"그야 가능하지."

오캄포는 장난스럽게 한마디 덧붙였다.

"하지만 다 들으려면 시간이 좀 걸릴 텐데."

시간은 얼마든지 있으니 편하게 말씀하십시오.

나는 느긋하게 기다렸다.

잠시 후 오캄포의 이야기가 시작되었다. 그는 인류와 개척연맹에 대해 설명해주었다. 개척연맹의 역사를 간략히 정리한 다음, 개척연맹이 처음 맞닥뜨린 지적인 외계 종족들과 모두 적대 관계가 되면서 이 신생 정치 집단이 붕괴 지경에 이르렀다고 했다. 또한 과대망상에 빠진 전쟁광 무리로 영원히 낙인찍혔다며 혀를 찼다.

결국 고향 행성인 지구를 일부러 고립시켜 정치적으로나 기술적으로나 뒤처지게 했는데, 그 근본 목적은 지구를 개척민과 병사를 양성하는 농장으로 만들려는 것이었다고 했다. 덕분에 풍부한 인적 자원을 공급받은 개척연맹은 그 어떤 외계 종족의 예상보다 훨씬 빠르게, 그들이 감당할 수 없을 만큼 막강한 세력으로 거듭났다는 것이었다.

오캄포의 설명에 따르면, 수백 여 개 외계 종족의 연합체인 콘클라베의 결성은 부분적으로 개척연맹 때문이었다. 콘클라베의 수장이었던 타르셈 가우 장군은 그 어떤 종족이나 정부보다 개척연맹이 그 일대 우주를 지배하려는 야욕이 강하다며, 의도했건 아니건 간에 결국 수많은 지적인 외계 종족들을 파멸시킬 거라고 염려했다. 그래서 콘클라베 결성만이 유일한 해결책이라고 믿었다. 그는 개척연맹이 콘클라베에 흡수되어 수많은 회원 종족 중 하나가 되거나, 콘클라베가 너무 거대한 집단이라 감히 대적하지 못하고 위축될 거라고 생각했다.

이론적으로는 훌륭한 구상이었지만, 실제로는 개척연맹이 콘클라베를 한 차례 붕괴 직전까지 몰고 갔으며, 개척연맹을 놔두라는 가우 장군의 개인적인 결단이 없었다면 콘클라베의 나머지 종족 모두가 합세하여 마치 철로에 어슬렁거리는 쥐를 향해 돌진하는 열차처럼 개척연맹에 맹공을 퍼부었을 것이다. 하지만 가우 장군이 사라지면 당장 개척연맹은 수많은 외계 종족들의 표적이 되고, 덩달아 인류 전체의 운명도 기로에 놓일 터였다.

오캄포는 자신과 몇몇 믿음직한 동지들, 그리고 인류의 적으로 여겨지지만 실제로는 개척연맹의 적일 뿐인 일부 외계 종족들이 설령 개척연맹이 몰락한다 해도 인류를 하나의 종족으로 존속시킬 방법을 마련했다고 했다. 물론 모호한 표현으로 두루뭉술하게 말했다. 그리고 개척연맹도 완전히 몰락하는 게 아니라 특정한 방향으로 밀려날 뿐이라고 했다.

그러면서 오캄포는 자신이 마지못해 역사의 기폭제 또는 지렛대 노릇을 하는 자라고 해명했다. 굳이 개척연맹을 몰아내지 않을 수 있다면 좋으련만, 그럴 수밖에 없다는 걸 깨닫고 분연히 일어나—유감스러운 심정으로, 그리고 어쩌면 영웅심에 취해서?—인류를 위해 자신의 사명을 다할 거라고 했다.

한마디로, 또라이 새끼.

물론 그 말은 하지 않았다.

사실 당시에는 그런 생각조차 하지 않았다.

오캄포가 주절대는 동안 나는 마음속으로 짧은 말 한마디를 살짝 바꿔가며 계속 생각했다. 계속 떠들어라.

나는 그가 이야기하고, 이야기하고, 계속 이야기하기를 바랐다.

내가 챈들러 호에 끌려온 날 이후로 처음 대화하는 인간이었기 때문이 아니다. 나는 오캄포를 썩 좋아하지 않았다. 물론 그걸 오캄포에게 말해줄 생각은 없었다.

내가 그의 이야기에 관심과 흥미를 갖고 있다고 생각하기를 바랐다. 이런 상황에서도 그를 좋게 본다고 생각하기를 바랐다.

내가 그의 생각을 흠모한다고, 순금처럼 빛나는 지혜로 여긴다고 생각하길 바랐다. 계속 떠들어라.

왜냐하면 나에게 이야기하는 동안 그가 챈들러 호에 연결되어 있었기 때문이다. 더 정확히 말하자면, 그의 PDA가 챈들러 호에 연결되어 있었기 때문이다.

그것이 내 문제를 해결할 방법이었기 때문이다. 내가 아무리 챈들러 호의 시스템을 자유롭게 제어한다 해도, 나는 거기 갇혀 있었다.

나는 통제가 챈들러 호에 접속할 때 사용하는 시스템에 들어갈 수 없었다. 그 시스템으로 챈들러 호에 접속을 시도하면 누군가가 알아챌 것이기 때문이다. 모든 접속 요청은 기록되기 마련이고, 결국 누구 짓인지 드러날 터였다. 그랬다간 나는 끝장이었다.

뿐만 아니라 그 시스템은 전적으로 외계인의 시스템일 터였다. 나는 우리가 있는 곳이 르레이가 관리하고 통제하는 곳이리라 짐작했는데, 오캄포는 무심결에 그걸 확인해주었다. 나는 르레이의 컴퓨터 시스템이나 설계 구조, 프로그래밍 언어를 전혀 모른다. 어쩌면 인간이 만든 운영체제로 가동할 수 있는 컴퓨터 장치 따위가 있을 수도 있고, 한쪽의 문서를 다른 쪽의 문서로 변환하는 프로그램도 있을지 몰랐다.

하지만 시스템에 완벽하게 접근하기는 불가능했다. 설령 가능하다 해도 그 방법을 찾아낼 시간이나 자원이 없었으며, 섣불리 시도했다가는 발각되어 고문에 시달리다 결국 처형당할

게 뻔했다.

반면 오캄포의 PDA는 달랐다. 나는 그 소프트웨어와 하드웨어를 속속들이 알고 있었다.

개척연맹의 공식 PDA는 수많은 회사에서 만들지만 모두 같은 소프트웨어로 구동되었다. 다른 PDA들뿐만 아니라 개척연맹에서 공식 업무에 사용하는 모든 컴퓨터와 대화할 수 있어야 하기 때문이었다. 수조 킬로미터에 걸친 개척연맹 영역을 아우르는 표준화가 정해지면, 다른 모든 컴퓨터와 운영체제, 각종 전자장비는 그 표준화에 맞추거나 호환이 가능해야 한다.

그러니 내가 오캄포의 PDA를 모를 리 없었다. 그가 PDA로 챈들러 호에 접속하는 순간, 나는 거기 접근하는 방법과 검색 방법, 파일 추출 방법을 알아냈다.

그리고 오캄포 모르게 할 수도 있었다.

어차피 눈치챌 리도 없었다. 오캄포의 얼굴은 '프로그래머'의 얼굴이 아니었다. 프로그래머의 상사 같은 인상이었다. 프로그래머들이 싫어하는 자. 그들을 주말에도 일하게 만드는 악질.

나는 오캄포의 PDA에 온갖 흥미로운 자료가 있으리라 짐작했다. 이유는 간단하다. 거기 말고 어디에 보관하겠는가? 오캄포는 그 개인 단말기를 들고 챈들러 호를 떠났다. 르레이의 전자 장비에 대해서는 나보다 그가 훨씬 더 낯설 터였다. 따라서 당연히 PDA를 갖고 다닐 테고, 그 안에 정보를 담아 둘 게 뻔했다. 나는 오캄포와 트반이 베라 브릭스에 대해 나누던 대화를 떠올렸다. 그 가엾은 여자는 이번 일을 까맣게 모르고 있었다. 오캄포는 자신의 일을 남에게 알려주지 않는 자였다.

오캄포의 이야기가 길어질수록 나는 더 많은 정보를 찾아낼 수 있었다.

물론 그가 떠드는 동안에는 정보를 분류할 생각이 없었다. 열심히 들어주는 척하며 계속 말하게 해야 했다. 따분해 죽겠다는 티를 조금이라도 냈다가는 오캄포가 연결을 끊어버릴 테니까.

그가 이야기하는 동안 나는 PDA 복제 프로그램을 돌려 그가 나와 대화하려고 사용하는 통신 프로그램까지 전부 복제했다. 모든 데이터는 나중에 정리하면 되고, 비밀번호를 걸어둔 파일들도 마찬가지였다.

알고 보니 전부 PDA와 연동되어 있어서, PDA 복제 파일을 열면 데이터들도 저절로 열리게 되어 있었다.

칠칠치 못하긴.

칠칠치 못함에 만세 삼창.

전부 복사하는 데 두 시간이 조금 안 걸렸다. 그사이 오캄포는 쉬지 않고 주절거렸다. 굳이 추임새를 넣을 필요도 없었다.

'혼잣말하게 만들기'라고 들어봤나? 포로로 붙잡힌 영웅이 악당으로 하여금 계속 떠들게 하고 교묘히 사지에서 탈출하는 것 말이다.

물론 지금은 꼭 그런 건 아니었다. 나는 여전히 상자 속의 뇌였고, 첫 임무에 나서면 죽을 팔자였으니까. 하지만 나름 비슷한 상황이었다. 그리고 오캄포는 시키지 않아도 알아서 주절주절 떠들고 있었다.

원래 수다쟁이라서 그런 것 같지는 않았다. 혹은 좋게 말해 자기 때문에 뇌만 남은 자가 딱해서 그런 것도 아닌 듯했다. 우리가 있던 곳에 다른 인간이 얼마나 더 있었는지는 모르겠지만, 내가 아는 사람은 오캄포와 베라 브릭스, 그리고 챈들러 호의 무기 재장착을 감독하던 여자뿐이었다. 무기 시스템 감독관은 내가 볼 때마다 늘 바쁜 눈치였다. 베라 브릭스는 아마 지금쯤 오캄포에게 별로 좋은 감정이 아닐 듯했다.

바꿔 말하자면, 오캄포는 순전히 외로워서 사람과의 만남이 간절했는지도 모른다.

그건 나도 이해한다. 나 역시 외로웠으니까.

물론 다른 점은 있었다. 우리 중 한 사람은 스스로 선택해서 외로워졌고, 나머지 한 사람은 예기치 못하게 그 선택을 강요당했다.

결국 오캄포의 혼잣말 욕구는 내게 필요한 시간보다 15분을 더 끌었다. '내 이야기가 너무 길어 지루하겠군' 하고 말한 건 그만 떠들겠다는 뜻이었지만, 실은 '이제 지겹군'이란 말의 완곡한 표현이었다.

지루하긴요. 하지만 오늘 제가 차관님의 시간을 너무 많이 뺏었습니다. 더 부탁드리는 건 무리겠죠. 고맙습니다, 오캄포 차관님.

"고맙기는 뭐."

오캄포의 표정이 살짝 일그러졌다. 미안함을 느끼긴 하지만 그걸 보상하려고 굳이 뭔가를 하기는 싫은 사람의 얼굴 같았다.

나는 기다렸다. 결국 오캄포의 퇴화된 윤리적 의무감이 발동한 듯했다.

"이보게, 다킨. 나 때문에 자네가 이런 신세가 됐지. 저들이 자네 몸을 돌려주겠다고 약속한 거 안다네. 틀림없이 돌려줄 거야. 전에도 그랬으니까. 하지만 그전에 나한테 부탁할 게 있으면, 음……."

그는 말꼬리를 흐렸다. 확실히 말하지는 않았지만, 나를 위해 뭔가 해주고 싶다는 뜻을 내비쳤다. 그 정도면 죄책감을 떨칠 수 있으리라 생각한 눈치였다.

국무차관 타이슨 오캄포, 이 얼마나 배려 돋는 사내인가.

고맙습니다, 차관님. 당장은 부탁드릴 게 생각나지 않네요.

화면을 보니, 오캄포는 안도하는 기색이 역력했다. 내가 그의 부담을 덜어준 것이다. 덕분에 내가 정말로 원하는 것을 말할 기회가 생겼다.

하지만 나중에 저를 위해 해주실 수 있는 일이 하나 있습니다.

"말해보게."

머지않아 저들이 제게 임무를 줄 겁니다. 지금껏 시뮬레이션으로 했던 훈련이 아니라, 저의 첫 진짜 임무입니다. 그날 차관님과 베라 브릭스 양이 배웅을 나와주신다면 제게는 참으로 뜻 깊을 겁니다.

"챈들러 호로 오란 말이군."

그렇습니다. 물론 지금 제 상태를 감안하면—이건 오캄포의 뇌에서 죄책감을 느끼는 부분 한가운데 일부러 비수를 찔러 넣은 것이다—차관님이 챈들러 호에 타지 않고 밖에서 작별인사를 해주셔도 상관없습니다. 어쨌든 제게는 큰 위안이 될 겁니다. 지금 제가 아는 사람은 차관님과 브릭스 양뿐이니까요. 누군가 저를 배웅해주면 좋겠습니다. 제가 떠나기 몇 분 전에만 오시면 됩니다. 괜찮으시다면 말이죠.

오캄포는 잠시 생각에 잠겼다. 배웅해도 괜찮을지 머리를 굴리고 있거나 이 상황을 모면할 방법은 없는지 궁리하는 눈치였다.

이윽고 그가 말했다.

"알았네. 그렇게 하지."

약속하시는 겁니까?

다짐을 받고 싶었다. 방금 '나한테 부탁할 게 있으면' 하고 말꼬리를 흐린 사내였으니까.

"약속하네."

나는 그의 말을 믿었다.

감사합니다, 오캄포 차관님. 참 좋은 분이시군요.

오캄포는 미소를 지은 것 같기도 하고 눈살을 찌푸린 것 같기도 했다.

어쨌든 그는 손을 흔들고 통화를 끊었다.

오캄포의 PDA에는 온갖 것들이 있었다.

우선 오캄포는 자신이 멀리 떠난다는 걸 알고 있었던 게 틀림없었다. 오락거리가 한 아름 들어 있었다. 지구의 고전 영화부터 피닉스의 최신 드라마까지 동영상 수천 편, 그만큼의 책과 음악, 비디오게임도 꽤 많았는데, 대부분 10여 년 전에 나온 구닥다리였다. 우주를 누비고 다니는 바쁜 양반께서 최신 유행을 따라잡을 시간이 있겠는가.

그리고, 어휴, 산더미 같은 야동.

에이, 욕하지는 마시라. 앞서 말했듯이 그는 자신이 장기간 떠나 있어서 사람과의 교류가 거의 없으리란 걸 알고 있었다. 나도 같은 처지였다면 안 그랬을 거라고 장담할 수 없다. 단지 다른 오락거리보다 야동이 더 많았다는 것뿐이다.

솔직히 말하면 나도 그것들을 조금 봤다. 내 비록 상자 속의 뇌이긴 하지만, 가장 큰 성기는 정신이란 말도 있지 않은가? 내 경우에는 현실적으로도 비유적으로도 맞는 말이다.

그리고 생식선이 없으면 흥분이 안 되는지도 궁금했다.

결론: 절대 아니다. 그게 얼마나 위로가 됐는지 상상도 못 할 것이다.

어쨌든 야동 이야기가 너무 길었다.

요점은 오캄포가 장기 여행을 계획했다는 것이다.

그의 PDA 안에는 개척연맹의 기밀 정보도 놀라울 정도로 많이 있었다.

우선 개척연맹의 군사력과 관련된 정보가 수두룩했다. 개척 방위군 정규군뿐만 아니라 특수부대의 자료도 있었다. 각종 전함의 이름과 제원, 준비 상태 등등.

개척방위군의 병력 규모와 지난 몇 년간의 사망률을 비롯해 지구와의 관계 단절로 인해 어려워진 병력 충원 현황도 있었다. 신병을 모집할 수 없는 상황에서는 전장에서 잃은 병사만큼 병력이 줄게 마련이다.

개척연맹 정부의 비군사 부문 자료도 아주 상세했다. 특히 국무성 자료가 많았는데, 오캄포의 직책을 감안하면 그럴 만도 했다. 하지만 지겨울 정도로 상세한 자료들 안에는 개척연맹 관료 체계의 면면이 소상히 기록되어 있었다(물론 대부분 건너뛰었다).

행성들을 오가는 상선과 화물선 수천 척으로 이루어진 개척연맹 무역 선단에 관한 정보에는 처음부터 상선으로 건조된 우주선과 퇴역한 개척방위군 전함을 개조한 우주선 명단을 비롯해 그들의 최근 무역 항로도 나와 있었다.

현재 개척연맹과 지금껏 알려진 모든 지적인 외계 종족, 정치 집단으로서의 콘클라베, 지구의 관계도 요약되어 있었다.

또한 개척연맹에 소속된 모든 행성의 이름과 인구, 방어력을 비롯해 인구 밀집 지역이나 기간 시설, 산업 단지 등등 최대 타격을 입힐 수 있는 표적 목록도 있었다.

개척연맹 정부의 심장이자 인류의 가장 큰 우주 기지인 피닉스 정거장의 설계도와 평가 자료도 눈에 띄었다.

한마디로 개척연맹을 공격해 마비시키려는 자가 원하는 정보들이 하나도 빠짐없이 담겨 있었다. 적어도 그런 자에게는 필요할 듯싶었다. 물론 나는 이쪽 전문가는 아니지만, 내가 보기에는 그랬다.

그렇다고 기밀 정보만 있는 것은 아니었다. 백과사전이나 공공 기록에서 찾아볼 수 있는 정보도 더러 있었다. 오캄포든 누구든 이런 정보를 이용하는 이유는 현지 데이터 전산망에 접속할 여건이 안 되기 때문일 터였다. 오캄포는 필요한 것을 전부 싸들고 왔다. 혹은 필요할 거라 예상한 것들.

하지만 또 다른 정보도 있었다.

새로운 정보.

오캄포가 이곳에 오고 나서 받은 데이터와—이곳은 르레이가 소행성을 파낸 자리에 세우고 운영하는 군사기지로, 최근 개척연맹을 비롯한 몇몇 종족과의 분쟁으로 규모가 극도로 축소되었다—그가 여기 온 이후 만들어낸 정보.

그가 속한 조직의 정보였다.

이퀼리브리엄('균형'이라는 뜻—옮긴이).

그들이 스스로에게 붙인 이름이었다.

내가 보기에는 한심한 이름이었다. 만약 그들이 내 의견을 물어본다면 나는 '또라이 집합소'라고 지을 것이다. 물론 그들이 내 조언에 감사할 리는 없겠지만.

이 새로운 정보에는 몇 차례 모임의 영상과 음성이 기록되어 있었는데, 누군가 발언을 할 때는 자동으로 관련 정보가 떠서 편리했다. 왜냐하면 일부 참석자들은 내가 한 번도 마주친 적이 없는 외계 종족이었기 때문이다. 나는 주로 개척연맹 영역 안에서만 돌아다녔으므로 이는 특별히 놀라운 사실은 아니었지만, 그렇다고 쉽게 간과할 일도 아니었다.

대부분 시시한 일들에 관한 모임의 기록이었다. 주로 기지의 유지 관리에 관한 논의였는데, 그중 하나는 거기 모인 여러 종족의 호흡기를 손상시키는 곰팡이 문제를 다룬 것이었다. 나는 그걸 보고 생각했다. 쌤통이네.

하지만 꽤 흥미로운 기록도 더러 있었다.

예컨대 우리가 이 기지에 오고 불과 2주가 지났을 때 기록된 영상이 그랬다. 르레이 외교관인 쿠 틀리 도가 오캄포에게 회의에 집중하라고 지적하며 시작되었다.

"딴 생각을 하시나 보군요, 오캄포 차관님."

영상 속에서 그는 작은 회의실을 꽉 채운 원탁 끄트머리에 있었고, 그 자리에 모인 자들 십여 명은 대부분 서로 다른 종족들이었다.

오캄포가 말했다.

"아직 이 기지에 적응이 안 돼서 말입니다, 도 대사님."

도가 대꾸했다.

"한동안 여기 계시게 될 겁니다, 차관님. 시간은 많습니다."

오캄포는 빙그레 웃었다.

"너무 많지 않으면 좋겠군요."

그러자 아이어 종족인 아케 바이가 물었다.

"무슨 뜻입니까?"

내가 오캄포의 PDA에서 본 자료에 따르면 아이어 종족은 콘클라베의 회원이었다. 콘클라베에 대해 불만이 커져가는 자들이었다.

오캄포는 참석자들을 향해 말했다.

"이제 최종전을 논의할 때가 됐습니다. 우리의 최종전 말입니다."

"그렇죠."

"그래서 제가 여기 온 겁니다, 아케 바이 님."

아케 바이는 고개를 끄덕였다.

"물론입니다. 그런데 오캄포 차관님, 혹시 당신의 최종전과 우리의 최종전을 혼동하고 계신 건 아닙니까? 제가 알기로 차관님은 지금 개척연맹에서 유배된 신세입니다. 적어도 우리의 목적이 달성될 때까지는 말이죠. 그 때문에 이퀼리브리엄이 당신의 요구나 소원을 들어주려고 당장 계획을 수정할 수는 없습니다."

오캄포는 이번에도 미소를 지었지만, 썩 기분 좋은 웃음은 아니었다. 그는 참석자들을 죽 둘러보며 말했다.

"무슨 말씀인지 이해합니다. 저는 여러분이 인류를 어떻게 보시는지 잘 알고 있습니다. 대부분 인류가 개인적으로나 하나의 종족으로서 자신을 과대평가한다고 생각하실 겁니다. 심지어 우리가 특별한 계획을 추진하는 이곳에서도 말이죠. 또한 여러분이 저를 늘 골칫거리로 여기신다는 것도 잘 압니다."

방 안이 소란스러워졌다. 내가 보기에는 웃음소리 같았다.

"하지만 우리가 추진하는 반란의 뿌리가 로아노크 행성에서 개척연맹이 콘클라베를 공격한 사건이라는 점을 상기하시기 바랍니다."

오캄포는 회의실에 모인 종족들을 둘러보며 물었다.

"여러분의 국가는 대부분 콘클라베가 결성되는 것을 무기력하게 멍하니 지켜보기만 했습니다. 안 그렇습니까?"

그는 아케 바이를 보고 말을 이었다.

"여러분의 국가는 대부분 콘클라베와 맞서 싸우지 않고 콘클라베의 회원국이 되었습니다. 안 그렇습니까? 콘클라베를 피로 물들인 것은 개척연맹, 즉 인류뿐이었습니다. 그들을 피로 물들일 수 있음을 보여준 것은 인류뿐입니다. 권력을 독점하려는 가우 장군의 야욕을 꺾을 수 있다는 것을 인류는 보여줬습니다."

아케 바이가 한마디 했다.

"로아노크 사태 이후 가우를 몰아내려는 쿠데타가 있었다는 점을 간과하고 계시군요."

오캄포가 맞받아쳤다.

"개척연맹의 콘클라베 함대 습격에 자극을 받은 쿠데타였죠. 오늘 우리가 여기 모인 것은 지금껏 인류가 해온 일 때문입니다. 그것이 제 말의 요지입니다, 아케 바이 님. 이번 거사에서 인류의 중요성을 강조하는 것은 인류가 그만한 자격이 있기 때문입니다. 단순히 자만심 때문이 아니라."

엘프리 행성에서 온 우터르 노베가 한마디 했다.

"우리 모두가 콘클라베와 더불어 개척연맹도 파멸시켜야 한다고 뜻을 모은 건 지금껏 개척연맹이 콘클라베에 한 짓들 때문입니다. 그런데 그걸 칭찬하다니 아이러니로군요."

나는 엘프리라는 행성이 존재한다는 걸 이때 처음 알았다.

오캄포가 대꾸했다.

"힘의 균형으로 되돌아가는 것이 모든 종족에게 최선이라는 점은 우리 모두 동의하는 바입니다. 우리 조직의 이름이 바로 그런 뜻이죠. 콘클라베는 그 균형에 가장 위협적인 존재입니다. 이는 우리의 공통된 생각입니다. 또한 개척연맹이 콘클라베를 상대하면서 너무 막강해졌다는 점도 인정하는 바입니다. 하지만 개척연맹과 인류를 혼동해서는 안 됩니다."

그는 회의에 참석한 또 다른 인간인 파울라 가디스를 향해 고개를 끄덕였다. 챈들러 호의 무기 장착을 감독하던 여자였다. 그녀도 오캄포에게 고개를 끄덕였다.

오캄포가 계속 이야기했다.

"여기 있는 제 동료는 지구의 여러 국가들의 뜻을 대변하러 왔습니다. 그들이 개척연맹과의 관계 개선에 조금도 관심이 없다는 것을 분명히 말씀드릴 겁니다. 이제 개척연맹은 인류가 아닙니다. 하나의 정부에 불과하죠. 머지않아 개척연맹이 몰락하면—반드시 그럴 겁니다—결국 지구가 기존의 개척연맹 세상을 이끌어가는 역할을 맡게 될 겁니다. 혹은 그 세상에 새로운 연합체들이 탄생하겠죠. 인류는 살아남을 겁니다. 새로운 균형의 일부로서 영원히 지속될 겁니다."

아케 바이가 말했다.

"그럴 수도 있겠죠. 하지만 저는 당신 이야기를 한 겁니다, 오캄포 차관님. 당신의 최종전과 이퀄리브리엄의 최종전은 다른 문제입니다."

오캄포는 다시 빙그레 웃고 테이블에서 PDA를 집어 들었다. 그 바람에 영상이 잠시 흔들리다가 곧 안정되었다.

"이게 뭔지 아실 겁니다, 아케 바이 님."

"휴대용 정보 단말기 아닙니까."

"맞습니다. 그리고 여기에는 개척연맹 국무성과 개척방위군의 지난 10년간 데이터가 거의 전부 담겨 있습니다. 개척연맹의 행적과 분쟁에 관한 기밀 파일과 보고서가 거의 다 있죠. 밖으로 알려지길 원치 않거나 감추려 하는 모든 정보 말입니다. 성공했거나 시도했던 배신행위, 개척연맹 세상에서 벌어진 군사 행동, 암살 작전, '우주선 실종 사건'의 기록이 하나도 빠짐없이 들어 있습니다. 모두 사실로 검증된 정보입니다. 개척연맹에 엄청난 타격을 입힐 것들이죠."

"우리가 다음 단계 전략을 세울 때 사용할 정보로군요. 당신이 가져오겠다고 약속했던 것 말입니다."

"다음 단계가 아닙니다. 마지막 단계죠."

오캄포가 PDA를 흔들어 강조하자, 내가 보는 화면이 또 흔들렸다.

"개척연맹에서 나오는 정보는 모두 정확하고 검증된 것이란 점을 명심하십시오. 전부 사실입니다. 따라서 제가 거기에 추가할 내용도 사실처럼 보이게 될 겁니다."

쿠 틀리 도가 물었다.

"뭘 추가하실 생각입니까?"

"우리가 벌인 작전 모두를 덧붙일 겁니다. 우리가 인류와 콘클라베에서 훔쳐온 모든 우주선, 우리가 개척연맹과 콘클라베 영역에 조장한 모든 분란, 최근에 일어난 지구 정거장 파괴 사건을 비롯한 모든 습격 말입니다. 그것들을 죄다 살짝 바꿔 마치 개척연맹과 개척방위군의 비호 아래 벌어진 일처럼 보이게 하는 거죠. 전부 저의 비밀번호와 저의 옛 상관인 현 국무장관의 비밀번호로 승인한 데이터입니다."

파울라 가디스가 물었다.

"그걸 어떻게 입수하셨죠?"

"보안과 승인 기능의 가장 취약한 부분은 그걸 사용하는 사람이거든요."

그때 나는 이 말의 엄청난 아이러니를 만끽하려고 동영상을 잠시 정지할 뻔했다.

오캄포는 내가 비웃는 것도 모르고 계속 이야기했다.

"더구나 그들은 오랜 세월 친구나 동지로 알고 지낸 사람을 믿게 마련입니다. 갈레아노 장관은 호락호락한 여자가 아니지만, 충성스러운 부하에게는 약합니다. 저는 오래전부터 그녀의 신뢰를 얻었습니다. 장관에게 의심을 살 짓은 절대로 하지 않았으니까요."

가디스는 PDA를 가리키며 말했다.

"이건 예외군요. 당신이 이퀼리브리엄을 위해서 해온 다른 모든 일들도."

"물론 갈레아노는 저를 결코 용서하지 않을 겁니다. 그럴 일은 없겠죠. 제가 그래야만 했다는 걸 훗날 장관이 깨닫길 바랄 따름입니다."

"그런 날은 오지 않을 겁니다."

가디스의 말에 오캄포는 어깨를 으쓱했다.

아케 바이가 논의의 쟁점을 되돌렸다.

"그런다고 해서 마지막 단계로 접어드는 건 아닙니다. 우리가 한 짓을 개척연맹의 소행으로 보이게 만들 뿐이죠."

오캄포보다 가디스가 먼저 대꾸했다.

"아닙니다. 이미 지구인들은 개척연맹이 지구의 자립을 방해하려고 지구 정거장을 공격해 불구로 만들었다고 믿습니다. 확실한 증거가 나온다면 인간들끼리의 전쟁은 불가피할 겁니다."

오캄포가 한마디 덧붙였다.

"콘클라베도 가만히 있을 수 없게 되겠죠."

가디스가 말을 이어받았다.

"맞습니다. 지금 콘클라베는 지구에 호의적으로 굴면서도 개척연맹을 자극하지 않으려고 여전히 일정한 거리를 두고 있습니다. 하지만 개척연맹이 지구 정거장을 파괴했다는 증거가 개척연맹 문서로 드러나면 상황이 완전히 달라지겠죠. 콘클라베는 지구를 회원으로 받아들이려 할 겁니다."

우터르 노베가 한마디 했다.

"그랬다가는 콘클라베에 인간이 들어오는 걸 원치 않는 우리가 반발할 겁니다."

그는 가디스를 보고 사과했다.

"나쁜 뜻은 없으니 오해 마십시오."

"괜찮습니다. 어쨌든 그건 우리가 바라는 일입니다. 회원들 사이에 불화가 생기면 콘클라베가 약화될 테고, 지구의 가입을 실질적인 위협으로 간주한 개척연맹은 콘클라베를 공격해 파멸시키려 들 겁니다."

노베가 끼어들었다.

"그 공격은 실패할 겁니다."

오캄포는 고개를 저었다.

"콘클라베와 전면전을 벌이면 당연히 실패하겠죠. 하지만 개척연맹은 그러지 않을 겁니다. 로아노크에서 콘클라베 함대를 괴멸시킬 때도 그러지 않았으니까요. 당시 개척연맹은 콘클라베와 싸우려고 전함을 보내지 않았습니다. 암살자들을 보냈죠. 개척방위군 특수부대가 몰래 다가가서 모든 적함에 반물질 폭탄을 붙이고 한꺼번에 폭파시켰습니다. 콘클라베는 물질적 손실뿐만 아니라 정신적으로도 타격을 입었습니다. 그게 개척연맹의 방식입니다. 또다시 그럴 겁니다. 암살자 한 명이 총알 한 발로 모든 걸 끝장내겠죠. 이번에는 그렇게 될 겁니다."

오캄포의 말뜻을 간파한 노베가 소리쳤다.

"당신이 가우 장군 암살 계획을 세울 셈이로군요!"

"아닙니다."

오캄포는 노베를 가리키며 덧붙였다.

"암살 계획은 당신이 세우십시오."

이번에는 아케 바이를 가리켰다.

"아니면 당신이 하십시오. 두 분 모두 그 일을 하기에 저보다 더 유리한 입장이니까요. 누가 하든 저로서는 상관없습니다. 어차피 개척연맹의 사주를 받고 꾸민 음모로 보일 테니까 말입니다. 개척연맹은 가우 장군을 욕보였다가 파멸에 이를 뻔했습니다. 그리고 가우 장군이 회원국 모두에게 콘클라베가 아니라 자신을 섬기라고 요구한다는 것을 압니다. 결국 장군을 죽이면 섬길 대상이 사라져 콘클라베는 와해되죠."

아케 바이가 중얼거렸다.

"그러면 개척연맹이 가장 막강한 존재로 남겠군."

가디스가 반박했다.

"아닙니다. 지구 없이는 불가능하죠. 병사도 없고, 개척민도 없으니까요."

쿠 틀리 도가 한마디 했다.

"지구의 마음이 바뀌면 이야기가 달라질 텐데."

오캄포가 대꾸했다.

"적당한 때 우리가 손을 쓰면 됩니다. 반감을 키우는 거죠. 전에도 그랬습니다. 이번에도 똑같이 먹혀들 겁니다."

그는 회의실 밖으로 손짓을 했다. 아마도 선착장에서 한창 출항 준비를 하고 있는 챈들러 호를 가리켰을 것이다.

"우리가 훔쳐 온 우주선들을 제대로 써먹는다면 말입니다."

오캄포의 핀잔에 도가 대꾸했다.

"그게 점점 여의치가 않습니다. 당신이 챈들러 호의 조종사를 데려왔듯이 모든 우주선의 조종사를 납치해 올 수는 없습니다."

"그러니 하루빨리 실질적인 결말을 지어야죠. 지금껏 우리는 작지만 강력한 조직이었습니다. 규모는 문제가 안 됩니다. 얼마나 효과적으로 작전을 수행하느냐가 관건입니다."

아케 바이가 PDA를 가리키며 말했다.

"그 시작은 저 안에 담긴 정보를 흘리는 거로군요."

"그렇습니다."

"어디로 흘리면 되겠습니까?"

오캄포가 대답했다.

"사방에 흘리는 겁니다. 사방으로 동시에."

가디스가 맞장구쳤다.

"좋은 생각 같네요. 그렇게 하면 우리 뜻대로 일이 풀리겠어요."

노베가 빈정거렸다.

"두 인간이 뜻이 통하니 잘됐군."

나는 빈정거림이 지능 있는 종족들의 전 우주적인 버릇이구나 싶었다.

가디스가 차갑게 대꾸했다.

"언짢으셨다면 죄송합니다, 노베 대사님. 하지만 우리가 뜻이 통하는 건 좋은 일입니다. 이번 일이 진행되는 동안 저희 행성이 가장 위태롭다는 점을 명심해주십시오. 저희는 우주선도 별로 없고, 군사력도 달립니다. 오늘 모임에 저를 대표로 보낸 나라들은 외계 종족들이 또다시 지구에 눈독을 들이기 전에 튼튼한 방어 체계를 구축할 기회를 이퀼리브리엄이 주리라 기대하고 있습니다. 지구의 앞날이 이 계획의 성공 여부에 달린 셈이죠."

노베는 마뜩잖은 표정으로 몸을 꿈지럭거렸다.

가디스는 다시 오캄포에게 눈을 돌렸다.

"하지만 위험 요인이 없는 건 아닙니다. 무엇보다 당신이 사망했다고 개척연맹이 믿어야만 합니다. 명예롭게 죽었다고 말이죠. 만약 당신이 반역자가 되어 살아 있다는 걸 알면 저들은 끝까지 당신을 추적할 겁니다."

오캄포는 고개를 끄덕였다.

"개척연맹은 우주선이 납치되면 어떤 일이 벌어지는지 잘 압니다. 조종사를 제외한 전원이 살해된다는 걸 알죠. 아마 저도 같은 신세가 됐을 거라고 생각할 겁니다."

노베가 반박했다.

"당신은 국무차관 아닙니까?"

"휴가를 떠나는 중이었죠. 운 나쁜 여행객 취급을 받았으리라 짐작하고 있을 겁니다."

가디스가 말했다.

"개척연맹에서 의심할 거라고 생각하지 않는군요."

"저는 이미 수년 전부터 이 일에 가담했습니다. 줄곧 이퀼리브리엄에 정보를 제공했죠. 만약 저들이 조금이라도 의심했다면 제가 떠나기 전에 체포했을 겁니다."

도가 물었다.

"당신의 앞잡이 노릇을 하던 자들은요?"

"어차피 소수였고, 각자 독립적으로 활동한 데다 제가 직접 고용하지도 않았습니다. 물론 떠나기 전에 깨끗이 처리했습니다."

"죽였다는 뜻이로군요."

"저와의 연결 고리를 추적당할 수 있는 자들은 그랬죠."

가디스가 장난스럽게 물었다.

"물론 의심 사지 않도록 잘 처리하셨겠죠?"

"제가 그렇게 허술한 인간은 아니랍니다."

아케 바이가 투덜거렸다.

"토론이고 계획이고 전략이고 다 좋습니다만, 우린 여전히 당신의 최종 목적이 뭔지 모릅니다, 오캄포 차관님."

"이퀼리브리엄의 최종 목적과 같습니다. 콘클라베의 종말. 개척연맹의 종말. 우리가 사는 이 우주 일대를 호령하는 초강대 세력들의 종말입니다. 그리고 모든 것이 끝났을 때, 어둠 속에서 암약하는 우리 조직이 그 어둠 속으로 영원히 사라지는 것입니다. 각자의 세상으로 돌아가는 겁니다."

"네, 하지만 현재 당신은 죽은 상태입니다. 적어도 개척연맹은 그렇게 생각하죠. 또한 앞으로도 계속 그렇게 믿는 것이 당신에게, 그리고 우리에게 이로울 텐데요."

"당장은 그렇죠."

"그럼 나중에는?"

"그때는 사정이 많이 달려져 있을 겁니다."

"이게 문제가 될 거라고 생각하지 않는군요."

"네."

"그리고 확신하는군요."

"확실한 건 아무것도 없습니다. 하지만 앞서 말씀드렸다시피 저는 우리 조직을 위해, 우리의 목적을 위해 지금껏 많은 일을 해왔습니다. 따라서 제 견해에는 충분히 힘이 실린다고 생각합니다. 그러므로 감히 말씀드리건대, 우리의 목적이 달성되고 나면 더 이상 아무것도 문제되지 않을 겁니다."

이후 그들은 곰팡이 해결 방안을 좀 더 논의했다.

나는 이 기록을 보고 두 가지 생각을 했다.

첫째, 역시나 오캄포는 정말 대단한 놈이었다.

둘째, 그가 나한테 인류와 개척연맹에 대해 늘어놓았던 감동적인 이야기는 한마디로 뻥이었다.

잠깐, 이건 취소. 완전 뻥은 아니었다. 진실을 살짝 포장했을 뿐이다. 자신이 심어놓은 폭탄이 터지면 그 혼란을 틈타 사익을 챙기려는 자가 아니라, 인류를 위해 사심 없이 자신을 내던지는 순교자로 묘사한 것이다. 나는 아케 바이라는 자가 마음에 들지 않았지만, 그(혹은 그녀, 또는 그것)의 생각은 틀리지 않았다. 진짜 목적이 뭔지는 몰라도 오캄포는 자기 자신을 위한 일을 하고 있었다. 적어도 순전히 남들이나 다른 명분을 위해서는 아니었다.

잠시 후 세 번째 생각이 떠올랐다. 오캄포의 과대망상이—혹은 다른 무엇이건 간에—이미 수천 명의 목숨을 앗아 갔다는 것.

물론 그의 과대망상 때문만은 아니었다. 그의 패거리도 책임이 있었다. 하지만 오캄포가 중추적인 역할을 하는 건 틀림없어 보였다.

그리고 머지않아 나를 이용해 더 많은 사람을 죽이려 할 터였다.

얼마 후, 드디어 때가 되었다.

어느 날 아침, 혹은 내가 이퀼리브리엄 기지에 온 이후 하루의 아침이라고 여기게 된 시간에, 통제가 말했다.

"너에게 임무를 주겠다."

알겠습니다. 반가운 소식이네요. 어떤 임무입니까?

"네가 도약 지점 근처에 도착하면 임무 브리핑을 해주겠다."

그렇다면 이틀이나 사흘 뒤로군요.

"그보다 빠를 것이다. 너희 시간으로 8시간쯤 후."

흥미로운 말이었다. 인류가 우주에서 어마어마한 거리를 순식간에 이동하는 방법인 도약은 시공의 굴곡이 없을 때, 즉 중력 우물(행성 같은 천체 둘레에 중력으로 인해 형성되는 중력 구멍—옮긴이)에서 멀리 떨어져 있을 때만 가능하다.

도약 지점까지 걸리는 시간을 대략 알려줌으로써 통제는 우리의 위치에 대한 단서를 흘리고 말았다. 이 기지가 자리 잡은 곳은 질량이 작고, 행성이나 위성처럼 질량이 큰 물체와도 썩 가깝지 않다는 뜻이었다.

한마디로 항성에서 멀리 떨어진 소행성이라는 것이었다.

물론 통제는 내가 그 사실을 알아챘다는 걸 모르고 있었다. 말한 적이 없으니까.

방금 한 말은 얼결에 나온 실언이었거나, 어차피 상관없다고 여긴 것이었다.

전에도 통제가 이런 일을 많이 했다는 점을 감안하면 실언이었을 것 같지는 않았다. 상관없다고 생각한 게 틀림없다. 이유는 둘 중 하나였다. 내가 그들이 시키는 대로 할 수밖에 없는 상황이라고 믿었거나, 애초에 내가 살아남는 임무가 아니거나.

나는 챈들러 호의 무장 상태를 점검해보았다. 미사일 24기를 비롯해, 상대의 통신시설을 마비시키고 미사일을 요격하기에 더없이 좋은 강화 레이저포가 갖춰져 있었다. 그리고 챈들러 호의 방어 체계를 살펴보니, 화물선일 때에 비해 썩 향상되지 않았다.

그래, 맞다. '살아 돌아오지 못하는' 임무일 가능성이 높았다.

좋습니다. 하지만 어떤 임무인지 개략적으로만 알아도 도움이 될 겁니다. 가는 동안 시뮬레이션 훈련을 할 수 있을 테니까요.

"그럴 필요는 없다. 임무가 시작되면 그때부터 집중해도 충분하다."

알겠습니다. 그렇다면 도약 지점까지 제가 이 배를 조종하는 건가요?

"아니. 출항부터 그 후 잠깐 동안은 우리가 챈들러 호를 조종한다. 도약 지점에 다다르면 항로가 설정될 것이다. 도약한 뒤에는 네가 전부 제어하게 된다. 그때까지는 선내 시스템들을 주시하도록 하라. 통신 채널을 열어둘 테니 혹시라도 문제가 생기면 우리에게 알려라."

제가 이 기지에서 멀어질수록 통신 지체 시간은 점점 늘어날 겁니다. 광속 운항 때문에 말입니다.

"문제가 생기는 일은 없을 것이다."

알겠습니다. 언제 출항하나요?

"오캄포 차관이 너에게 작별인사를 하고 싶다고 출항을 늦춰 줄 것을 요청했다. 네가 부탁한 일이라면서."

맞습니다.

"우리는 차관의 뜻을 존중하여 요청을 수락하기로 했다. 지금 그는 다른 업무를 보고 있다. 일이 끝나면 곧장 챈들러 호로 갈 것이다. 배웅 시간은 10분이다. 앞으로 두 시간 뒤에 만나게 될 것이다."

알겠습니다. 고맙습니다, 통제. 제게는 뜻깊은 일입니다.

통제는 대꾸하지 않았다. 이미 통신을 끊은 것이다. 상관없다. 내게는 임무를 준비할 시간이 두 시간 있었다.

준비를 시작했다.

"마지막으로 여기 왔을 때가 생각나는군."

오캄포가 챈들러 호의 선교에 서서 말했다. 그의 곁에는 베라 브릭스와 르레이 병사 두 명이 있었다.

나는 오캄포를 향해 생각했다.

아마 지금은 그때와는 조금 달라 보일 겁니다. 좀 더 휑하겠죠.

그러자 오캄포가 눈살을 찌푸렸다. 선교 카메라를 통해 그의 얼굴이 또렷이 보였다. 베라 브릭스는 겁에 질린 표정으로 말없이 내 뇌가 들어 있는 상자를 물끄러미 보고 있었다. 르레이 병사들의 표정은 읽을 수가 없었다. 외계인이라서 그러려니 했다.

나는 오캄포와 브릭스를 향해 생각했다.

두 분이 저를 배웅하러 와주셨군요. 진심으로 감사드립니다.

오캄포가 대꾸했다.

"별 말씀을. 솔직히 나도 저 소행성을 벗어나니 기분이 한결……."

그때 르레이 병사 하나가 헛기침을 했다. 말조심 하라는 무언의 신호는 어디서나 통용되는 듯싶었다.

오캄포가 르레이 병사를 매섭게 노려보고 다시 말했다.

"주변 풍경이 바뀌니 기분이 새롭구먼."

차관님의 시간을 너무 많이 뺏고 싶지는 않습니다. 두 분 모두 바쁘실 테니까요. 배웅 시간은 10분이라고 통제에게 들었습니다.

"맞아. 사실 우린 지금 당장 돌아갈 준비를 해야 한다네. 다들 쓸데없는 짓이라는데도 내가 굳이 작별인사를 하겠다고 고집을 피우고 왔거든."

이해합니다. 어차피 저도 곧 출항해야 합니다.

그때 선교 밖에서 요란하게 덜컹대는 소리가 나더니, 이어서 여럿이 웅성거리는 것 같은 소리가 들렸다. 챈들러 호의 선내 스피커가 켜진 것일지도 몰랐다. 혹은 다른 것일 수도 있었다.

오캄포와 브릭스가 화들짝 놀랐다. 르레이 병사 둘이 자기네 언어로 이야기를 나누더니 무기를 쳐들었다. 그중 한 놈이 오캄포와 브릭스 쪽으로 손을 들어 선교에 그대로 있으라고 신호했다. 곧이어 르레이 병사들이 선교 밖을 조사하러 나갔다.

그 순간 선교의 두꺼운 자동문이 쾅 하고 닫히자, 오캄포와 브릭스는 선교 안에 갇히고 말았다. 르레이 병사들은 여전히 밖에 있었다.

오캄포가 소리쳤다.

"대체 무슨 일이야?"

잠시 후 우르르 하는 둔중한 소리가 들리기 시작했다. 챈들러 호의 엔진이 휴면 상태에서 추진 상태로 바뀐 것이다.

오캄포가 내게 물었다.

"무슨 짓을 하는 건가?"

저는 아무 짓도 안 했습니다. 아직 이 배를 제어할 수도 없는걸요.

선교 문을 두드리는 소리가 들렸다. 르레이 병사들이 안으로 들어오려는 것이었다.

오캄포가 내게 지시했다.

"어서 문 열어!"

저는 문을 제어할 수 없습니다.

"그럼 누가 하는데?"

제가 훈련한 시뮬레이션을 가동하는 자입니다. 누군지는 저도 모릅니다. 자신을 통제라고 부르라고만 했으니까요.

오캄포가 욕을 하면서 자신의 PDA를 꺼내 들었다. 하지만 기지로 연결할 수 없다는 사실을 깨닫자 또 욕설을 쏟아냈다. 챈들러 호에 왔을 때 그의 PDA는 자동으로 이 우주선의 네트워크에 연결되었다. 지금 챈들러 호의 네트워크는 확연히 붕괴되고 있었다.

오캄포는 선교 계기판을 둘러보았다.

"어떤 게 통신 장치지?"

지금은 아무것도 작동하지 않습니다. 실제 선교의 기기들로는 명령을 내릴 수 없습니다. 제가 제어할 가상 선교를 통해서만 가동하니까요.

"결국 네놈이 이 배를 제어하는 거잖아!"

아닙니다. 제어할 거라고 말씀드렸잖습니까. 아직은 아니라는 뜻입니다. 도약한 후부터 제가 조종합니다. 이건 통제의 소관입니다.

오캄포가 소리쳤다.

"그럼 통제에게 말해!"

못 합니다. 저에게는 그를 불러낼 능력이 없습니다. 그가 연락해 오길 기다려야 합니다.

그때 별안간 통신 채널이 열렸다. 호랑이도 제 말하면 온다더니.

통제의 목소리였다.

"챈들러 호가 움직이고 있다. 이유를 설명하라."

저는 모릅니다. 지금 이 배를 제어하는 건 당신이잖아요. 당신이 알겠죠.

"나는 제어하고 있지 않다."

음, 그럼 누구죠?

"너밖에 없다."

그게 어떻게 가능합니까? 직접 확인해보세요! 이 시뮬레이션 안에서 저는 아무것도 안 하고 있습니다!

잠시 침묵이 흐르는 사이 통제는 정말로 내가 시뮬레이션 안에서 아무것도 안 하고 있다는 것을 확인했다. 그러는 동안 선교 문을 두드리는 소리는 더욱 집요해졌고, 이제는 주먹이 아니라 무기 개머리판으로 두들기는 것 같았다.

곧이어 선교 스피커에서 통제의 목소리가 흘러나왔다.

"오캄포 차관님."

"말하시오."

"지금 차관님이 챈들러 호를 제어하고 계십니다."

오캄포의 눈이 휘둥그레졌다.

"무슨 뚱딴지같은 소리요?"

통제가 말했다.

"차관님이 선교 문을 닫으신 겁니다."

"빌어먹을, 우린 여기 갇혔단 말이오. 그리고 나를 호위하던 르레이 병사들은 지금 선교 밖에 있소. 생각해보니 이상하군. 대체 무슨 속셈이오?"

"지금 하는 일을 중단해주십시오."

"젠장, 난 아무 짓도 안 한다니까!"

오캄포는 선교 계기판을 가리키며 고래고래 소리쳤다.

"저 우라질 것들이 작동하질 않는다고! 이건 네놈들 짓이야!"

침묵이 흘렀다. 오캄포는 어리둥절한 표정이었다. 1, 2초쯤 지나서야 자신이 통제에게 고함을 지르는 동안 문을 두드리던 소리가 멈췄다는 걸 알아차렸다.

잠시 후 통제가 말했다.

"차관님이 선교 밖의 공기를 전부 빼버렸습니다. 방금 르레이 병사 두 명을 죽인 겁니다."

오캄포는 화가 머리끝까지 난 눈치였다.

"하느님 맙소사, 내가 한 게 아냐! 난 이 배에 아무 짓도 안 했어! 네놈 짓이야! 네놈이 이 배를 조종하고 있어! 살인자는 너지 내가 아냐! 대체 왜 이러는 거야?"

"안 되겠군요."

이 무렵 나는 시뮬레이션 센서를 통해 챈들러 호가 출항 절차를 마치고 가속하면서 이퀼리브리엄 기지로부터 멀어지기 시작한 것을 눈치챘다. 이제 통제는 챈들러 호를 정지시키거나 파괴하여 더 이상의 손실을 줄이는 수밖에 선택의 여지가 없었다. 나는 곧 무슨 일이 벌어질지 궁금했다.

가상 선교의 센서에 불이 들어왔다. 내 뇌가 들어 있는 상자 옆에 놓인 폭탄이 가동된다는 신호였다.

폭탄을 터뜨려 나를 죽이려는 것이었다.

하지만 오히려 챈들러 호에서 미사일 12기가 발사되었다.

이렇게 생각하면 어떨까. 나는 '내 뇌를 날려버리는' 전략을 존재론적인 이유로 반대했고, 이것은 그 계획에 대한 나의 반론이었다고 말이다.

미사일 십여 기가 날아오는 것을 감지한 통제가 놀라서 비명을 지르는 소리가 들린 것 같았다.

158

이퀼리브리엄 기지에는 챈들러 호 말고도 우주선 세 척이 정 박해 있었다. 한 척은 챈들러 호처럼 개척연맹 전함을 개조한 것이었고, 또 한 척은 애초에 화물선으로 건조된 배 같았으며, 내게는 생소한 디자인인 나머지 한 척은 외계인 우주선인 듯했 다. 세 우주선 모두 이퀼리브리엄이 세운 악랄한 계획에 쓰이 기 위해서 용도 변경 중인 배들이 틀림없었다.

나는 그 세 척 모두를 미사일로 조준했다.

만약 선원들이 타고 있다면, 날아오는 미사일을 막아낼 수도 있을 터였다. 하지만 상자 속에 담긴 뇌만 있고 배를 제어할 수 없는 상황이라면 속수무책일 터였다.

세 미사일 모두 명중했다. 하지만 우주선이 가동 불능 상태 가 되었을 뿐 완전히 파괴되지는 않았다.

내가 의도적으로 그런 것이다. 만약 그 우주선들 안에 나처 럼 상자 속의 뇌가 있다면, 내 손으로 그들을 죽일 수는 없었다.

또한 내가 겪은 공포를 그들이 겪게 할 수는 없었다.

미사일 여섯 기는 이퀼리브리엄의 무기 발사대들을 겨냥했 다. 놈들이 미사일 한두 발 또는 열 발로 나의 탈출을 방해할 기회를 주지 않기 위해서였다.

미사일 한 기는 이퀼리브리엄 기지의 발전기를 조준했다. 그 러면 놈들이 기지 정전과 추위 문제로 허둥대느라 나를, 즉 챈 들러 호를 신경 쓸 겨를이 없으리라 예상했다.

또 한 기는 이 소식이 외부로 퍼져나가기 어렵도록 통신 설비를 향해 날렸다. 십중팔구 놈들은 무인 도약기를 발사하려 들겠지만, 나는 이미 그것들이 도약 지점에 다가가기 전에 태워버리도록 레이저포를 설정해놓았다. 광속으로 인한 시간차를 감안해 타격하는 건 쉽지 않은 일이었다. 하지만 이미 내겐 연습할 시간이 충분히 있었다.

미사일 12기 중 남은 건 한 발.

그 미사일은 통제가 있으리라 짐작되는 곳으로 날아갔다.

뒈져라, 망할 자식.

물론 그동안 나는 챈들러 호의 외부 카메라로 기지를 면밀히 살펴보고, 그 정보를 오캄포의 PDA에서 꺼낸 데이터와 비교 확인하느라 무척 바쁜 시간을 보냈다.

내 계획대로 되려면 기회는 한 번뿐일 터였다. 미사일이 한 발이라도 빗나가면 모든 일이 순식간에 훨씬 더 복잡해질 테니까.

다행히 내게는 아직 미사일 12기가 남아 있었다.

하지만 결국 그것들은 필요 없었다. 미사일을 발사했을 때 나는 여전히 이퀼리브리엄 기지에 아주 가까이 있었다. 미사일들이 표적에 닿으려면 각각 10초에서 25초 정도 걸릴 거리였다. 정상적인 전투 상황이었다면 상대도 충분히 공격에 대응할 수 있는 시간이었다.

하지만 실질적으로 기습이었다면? 기지와 우주선들이 공격에 무방비 상태였을 때, 낌새를 채고 경고했어야 할 유일한 존재가 점점 적대적으로 변하는 당황한 오캄포 차관과 언쟁을 벌이느라 바빴다면?

대응할 시간 따위는 없었다.

모든 미사일이 표적에 명중했다.

그로 인한 혼돈은 한마디로 장관이었다.

장관이로군.

"어이, 거기 누구 없소?"

오캄포는 어리둥절한 표정이었다. 그가 있던 곳에서는 아무것도 보이지 않았기 때문이다. 그는 여전히 통제의 응답을 기다리고 있었다.

나는 그를 향해 생각했다.

죄송합니다, 오캄포 차관님. 지금 통제는 응답하기 어려울 겁니다.

"어째서?"

왜냐하면 제가 방금 그 망할 자식의 목구멍에 미사일을 처박았으니까요.

"뭐라고?"

제가 방금 이퀼리브리엄 기지를 공격했습니다. 미사일 열두 발이 모두 표적에 명중했죠. 우리 셋이 도약 지점으로 가는 동안 저들은 정신없이 바쁠 겁니다.

"뭐라고?"

오캄포는 같은 말을 되풀이했다. 상황 파악이 안 되는 눈치였다.

베라 브릭스가 입을 열었다.

"그럼 우리가 돌아간단 말인가요? 집으로? 개척연맹으로?"

솔직히 나는 그녀가 이렇게 길게 말한 걸 들은 기억이 없다.

네. 그럴 생각입니다. 피닉스 정거장으로 돌아가는 거죠. 거기서는 다들 오캄포 차관님이 들려주실 이야기에 엄청 관심을 보일 겁니다.

오캄포가 반발했다.

"그건 불가능해."

차관님을 개척연맹으로 모셔가는 것 말입니까? 아뇨, 가능합니다. 반드시 그럴 겁니다. 사실 지금껏 그걸 하려고 기다렸는걸요.

"대체 이게 무슨……."

저는 지난 몇 주간 챈들러 호를 제어하고 있었습니다. 오래전에 탈출할 수도 있었죠. 하지만 당신이 가진 데이터를 갖고 가야 했습니다. 그 진위를 입증하려면 당신도 필요했고요. 집에 가는 겁니다, 오캄포 차관님.

"자넨 지금 자신이 무슨 짓을 하는지 모르고 있어."

잘 알고 있습니다.

"아니, 그렇지 않아. 모르겠나? 우린 여기서 인류를 구하려고……."

그는 더 이상 말을 잇지 못했다. 두세 발짝 옆에 있던 베라 브릭스가 다가와 무릎으로 상관의 불알을 정통으로 있는 힘껏 쳤기 때문이다. 오캄포의 입에서 헉 하는 소리가 새어나왔다.

불알이 없는 나조차 고통을 느낄 정도였다.

오캄포가 신음하며 쓰러졌다. 브릭스는 서툰 발길질로 그의 가슴팍과 얼굴을 세차게 여러 번 걷어찼다. 결국 오캄포는 몸을 오그린 채 꼼짝도 하지 않았다.

마침내 브릭스가 물러서며 중얼거렸다.

"천하의 개자식."

내가 물었다.

설마 죽이지는 않았겠죠?

"걱정 말아요. 반드시 산 채로 데려갈 테니까."

브릭스는 오캄포에게 침을 뱉었다. 그는 움찔하지도 않았다.

"내 뒤에서 반역 음모를 꾸미고 지난 수년간 나를 바보로 만들어? 수많은 선원들을 죽이면서 나더러 같이 죽든가 외계인에게 납치되든가 선택하라고 강요해? 훨씬 더 많은 사람을 죽이는 일에 날 공범으로 만들겠다고? 됐거든! 다킨 씨, 이 자식은 살려서 데려갈 거예요. 그리고 나도 내가 아는 모든 걸 개척 연맹에 털어놓겠어요. 그러니 당신은 우릴 데려다주기만 해요. 그러면 나머지는 내가 알아서 할 테니까. 그리고 당신."

브릭스는 오캄포에게 쏘아붙였다.

"이제부터 도착할 때까지 눈곱만큼이라도 움직였다가는 죽을 때까지 내 발에 걷어차일 거야. 알아들었어?"

오캄포는 이 여행이 끝날 때까지 꿈쩍도 하지 않았다.

"이제 당신의 앞날에 대해 이야기해봅시다."

해리 윌슨이 내게 말했다.

지난 한 주는 정신없이 지나갔다.

나는 피닉스 정거장에서 대략 10클릭 거리에 챈들러 호를 도약시켜 그 정거장의 모든 접근 경고등이 켜지게 했다. 그게 중요했다. 그들이 나를 놓치면 안 되니까.

도약하자마자 내가 오캄포 차관을 데리고 있으며 외계인의 공격에 관한 중대 정보를 갖고 있다는 통신을 보내기 시작했다. 그로부터 30분도 안 돼서 개척방위군 전함들이 챈들러 호를 에워쌌고, 그들이 오캄포와 브릭스를 데려갔으며—오캄포는 피닉스 정거장 교도소 병원으로 이송됐고, 브릭스는 고위 정보기관으로 불려갔다—이후 개척방위군은 나를 어떻게 할지 궁리하기 시작했다.

그때 윌슨이 나타난 것이다.

"어째서 당신이죠?"

나는 그에게 물었다. 생각한 게 아니라 물었다. 윌슨의 머릿속에 있는 컴퓨터인 뇌도우미가 나와 직결되었기 때문이다.

"전에도 이런 일을 해봤기 때문입니다."

그 일에 대해서는 나중에 윌슨에게 내가 당한 일들과 내가 아는 모든 정보를 알려줄 때 들을 기회가 있었다.

어쨌든 지금은 다른 문제를 논의할 때였다.

"내 앞날이라."

"그렇습니다."

"내가 바라는 건 다시 몸이 생기는 겁니다."

"그건 걱정 마세요. 이미 진행 중이니까요. 개척방위군은 당신의 복제 생성을 벌써 승인했습니다."

"내 뇌를 복제 몸뚱이에 넣는 겁니까?"

"그렇진 않습니다. 복제 생성이 끝나면 당신의 의식을 그 속으로 전이할 겁니다. 지금 뇌는 버리고 새로운 뇌로 들어가는 거죠."

"그건 좀…… 찜찜한데요."

이 뇌는 내 몸에서 남은 유일한 부분인데 그걸 버리라는 것이었다.

"어떤 기분일지 압니다. 위로가 될지 모르겠지만, 저도 겪어본 일이거든요. 전이 후에도 당신은 변함없이 당신입니다. 제가 장담합니다."

"언제 시작할 수 있죠?"

"음, 당신한테 달려 있습니다. 그 이야기를 하려고 제가 왔죠."

"무슨 뜻입니까?"

"당신의 몸은 이미 복제 생성이 시작됐습니다. 당신이 원한다면―당신의 뜻을 거부할 사람은 아무도 없습니다―몇 주 안에 받게 해줄 수도 있습니다. 하지만 이미 존재하는 의식을 새로운 뇌로 옮길 때는 서두르지 않는 것이 바람직합니다. 몸을 천천히 만들면서, 새로운 뇌가 미리 당신의 의식을 받아들일 준비를 하는 편이 좋죠. 그렇게 전이해야 문제가 안 생기거든요."

"그게 얼마나 오래 걸립니까?"

"자연적으로 몸이 만들어지는 것보다는 짧겠지만 그래도 몇 달 걸립니다. 솔직히 말하자면, 몸에 의식을 받아들일 준비를 오래 할수록 더 좋습니다."

"그럼 그때까지 저는 여기 챈들러 호에 갇혀 있겠군요."

"생각하기에 따라 다릅니다."

"무슨 뜻입니까?"

"원한다면 당신한테, 그리고 챈들러 호에 일을 맡길 수도 있다는 뜻입니다."

"어떤 일인데요?"

"당신으로 있어주는 겁니다. 당신의 두 모습, 즉 레이프 다킨과 챈들러 호를 조종하는 뇌로서 말입니다. 우리는 다양한 외계 종족들을 만나 당신이 실제로 존재하고 당신의 이야기가 사실이란 걸 알리고 싶습니다."

"저는 이미 이퀄리브리엄에 대해 아는 정보를 모두 제공했습니다. 그 정도면 충분히 설득력이 있을 텐데요."

"우리를 설득할 필요는 없습니다. 우리는 당신의 진술이 사실이란 걸 아니까요. 하지만 우리가 이퀄리브리엄에 대해 알고 그들이 지구 정거장 공격의 배후이며 콘클라베와 개척연맹을 이간질해온 자들이란 사실을 안다는 것만으로는 충분하지 않습니다. 지금껏 이퀄리브리엄이 저지른 짓들 때문에 개척연맹의 신뢰도는 땅에 떨어졌습니다. 아무도 믿질 않죠. 독립적인 종족들도, 콘클라베나 거기 속한 그 어떤 종족도 마찬가지입니다. 지구는 말할 것도 없고요."

"저를 데리고 다니면 그게 달라집니까?"

"음, 그건 아닙니다."

월슨은 순순히 인정했다. 웃을 수 있었다면 나는 빙그레 웃었을 것이다.

"그런다고 바뀌진 않겠죠. 하지만 그들 문간에 발은 들여놓을 수 있을 겁니다. 적어도 우리 이야기가 사실일지도 모른다는 가능성은 제시하는 셈이니까요. 최소한 우리 이야기를 들으려고는 할 겁니다."

내가 물었다.

"이퀼리브리엄 기지는 어떻게 됐습니까? 전함을 보냈나요?"

"그 문제에 대해서는 말씀드릴 수가 없습니다."

"지금 장난합니까?"

"진정하세요. 제 말은 아직 안 끝났습니다. 저는 그 문제에 대해 아무것도 말씀드릴 수가 없습니다. 특히 우리가 그 기지로 가서 당신 말대로 방금 막 대파된 흔적을 발견했지만 기지는 텅 비어 있었다는 사실은 말씀드릴 수 없습니다."

"텅 비어 있다고요? 무슨 뜻이죠? 언제 거기 갔는데요?"

"당신에게서 좌표를 받자마자 탐사정을 보냈고, 곧이어 전함 두 척도 보냈습니다."

"그렇다면 뭔가를 발견했을 텐데요. 그들이 신기루처럼 사라졌을 리는 없습니다."

"사라졌다고는 안 했습니다. 텅 비었다고 했죠. 누군가 거기서 꽤 최근까지 기지를 사용한 증거는 아주 많았습니다. 하지만 그들은 온데간데없었습니다. 엄청나게 서둘러 떠난 거죠."

"다른 우주선들은 어찌 됐습니까? 저랑 같은 신세였던 배들 말입니다."

"잔해를 발견했습니다. 그게 당신 같은 우주선이었는지 다른 배들이었는지는 아직 확실히 말씀드릴 수가 없습니다."

"그들은 어디로도 갈 수 없는 처지였어요. 잔해가 발견됐다면 그 우주선들일 겁니다."

"유감입니다, 레이프."

"놈들이 무슨 수로 그렇게 빨리 달아났는지 모르겠네요. 분명히 통신 시설을 마비시켰는데."

"그 기지와 통신이 끊어질 경우 조사하러 올 무인기나 우주선이 근처 다른 행성에 있었을지도 모르죠. 이 망할 자식들은 납치해 온 조종사들로 함대를 준비하고 있었습니다. 아마 그중한 사람이 공격을 감행하거나 조만간 누군가를 불러올 가능성을 예상했을 겁니다."

"하지만 저는 탈출했습니다. 놈들이 대비하고 있었다면 그게 가능했겠습니까?"

윌슨은 빙그레 웃었다.

"당신이 그들의 예상을 뛰어넘었던 거겠죠. 놈들은 잽싸게 달아나거나 당신을 뒤쫓거나 양단간 결정을 내려야 했을 겁니다."

"하지만 우리에겐 여전히 모든 증거가 있습니다. 무엇보다 오캄포가 있잖아요! 그자가 입을 열게 하세요."

"한동안 오캄포는 개척방위군 정보부 말고는 아무와도 이야기하지 못할 겁니다. 더구나 당장은 어느 누구에게도 말을 할 수 없는 신세입니다."

"그게 무슨 뜻이죠?"

"현재 당신과 오캄포는 공통점이 아주 많단 뜻입니다."

1초 만에 나는 그 말의 의미를 깨달았다. 문득 작은 상자 속에 담긴 오캄포가 머릿속에 그려졌다.

마침내 내가 말했다.

"이 기분을 뭐라고 해야 좋을지 모르겠군요."

"아마 몹시 꺼림칙하실 겁니다. 저도 소식만 들었을 뿐, 제가 내린 결정은 아닙니다. 자, 레이프, 당신 말이 맞습니다. 우리는 진실을 압니다. 저들의 이름도 알고, 데이터도 갖고 있습니다. 그러니 다른 종족들이 이 상황을 이성적으로 보려든다면, 지금껏 개척연맹의 짓으로 오해했던 수많은 악행이 실은 개척연맹과 무관하다는 점을 깨닫게 될 겁니다. 하지만 그때까지는 당신의 존재로 그들의 정의감과 도덕심에 호소하는 것이 도움이 되겠죠. 우리는 당신이 필요합니다."

"연민을 불러일으키려는 거군요."

"네, 그게 핵심이죠. 또한 우주선도 필요합니다."

나는 잠시 생각하다 물었다.

"얼마나 오래 말입니까?"

"너무 오래는 아닐 겁니다. 이제 상황이 빠르게 전개되고 있으니까요. 벌써 한 주가 지났습니다. 그 사이 비공식 루트로 콘클라베에 메시지를 보냈고, 현재 회담을 준비하는 중입니다. 지구 쪽에도 같은 작업을 진행하고 있고요. 양쪽 모두 이퀼리브리엄 가담자들이 있어서 상황이 간단하진 않습니다. 그리고 이 와중에도 이퀼리브리엄은 여전히 건재합니다. 또한 당신 때문에 저들의 계획에 가속도가 붙었겠죠. 모든 것이 머지않아 판가름 나리라 봅니다."

"일이 잘 풀리면 제 몸을 받을 수 있겠군요."

"잘 안 풀려도 받을 수 있을 겁니다. 다만 그 경우에는 새 몸을 즐길 시간이 많지 않겠지만요."

"생각할 시간을 주십시오."

"물론 드려야죠. 이틀 뒤에 답을 주실 수 있다면 좋겠습니다."

"그러겠습니다."

"또 하나. 당신이 괜찮다면 앞으로 우린 함께 일하게 될 겁니다. 당신과 나, 그리고 하트 슈미트. 그 친구는 당신 걱정이 이만저만이 아닙니다. 아직 면회를 안 시켜준다고 펄펄 뛰고 있죠. 저까지 아무것도 말해주질 않으니 오죽하겠습니까. 위에서 허가가 떨어지는 대로 그 친구 한번 만나주시면 좋겠습니다."

"그러죠."

윌슨은 다정한 목소리로 말을 이었다.

"당신 부모님께 뭐라고 말씀드리면 좋을지도 알려주셔야 합니다."

나도 이 문제를 줄곧 고민해왔다. 나는 살아 있다. 하지만 지금 내 꼴을 부모님이 알면 좋아하시지 않을 듯싶었다.

내가 물었다.

"여전히 제가 다른 선원들처럼 실종 상태인 걸로 아시죠?"

"네. 탈출정들은 발견했습니다. 현재 시신을 수습해 가족들에게 알리는 중이죠. 탈출정 하나는 파괴되어 있었습니다. 그건 당신도 알 겁니다. 당신 부모님께는 아직 몇몇 시신을 발견하지 못했다고 말씀드릴 수 있습니다. 사실 틀린 말도 아니니까요."

"이 문제에 대한 답도 이틀 뒤에 드리겠습니다."

"그렇게 하세요."

윌슨이 일어서서 한마디 덧붙였다.

"마지막으로 하나 더. 당신이 겪은 일을 글로 써 달라는 부탁을 하라고 국무성이 제게 요청했습니다."

"이미 당신한테 다 말했는데요."

"물론 그렇죠. 사실들은 모두 제가 접수했습니다. 국무성에서는 그 밖에 모든 것까지 알고 싶어 하는 눈치입니다. 이런 일을 당한 사람은 당신만이 아닙니다, 레이프. 그건 틀림없습니다. 훗날 그들도 모두 원래 모습을 되찾아줘야 합니다. 당신이 어떤 일을 겪고 어떻게 느꼈는지 알려주면 도움이 될 겁니다."

"저는 글을 잘 못 쓰는데요."

"잘 쓸 필요 없습니다. 다른 사람이 깔끔하게 정리할 테니까요. 그냥 겪은 일을 다 말하면 됩니다. 우리가 그걸 가지고 작업할 겁니다."

"알겠습니다."

그것이 내가 한 일이다.

그리고 이게 그 결과물이다.

마음의 생애.

물론, 나의 마음.

지금껏 변함없이.

흔들리는 결속

THE END OF ALL THINGS

"저는 우리 연합이 붕괴 위기에 직면했다고 생각하며, 그 점이 몹시 염려스럽습니다."

리스틴 라우스가 내게 말했다.

흔히 말하기를—대개 나를 썩 좋아하지 않는 자들의 주장이겠지만—나, 하프테 소르발이 우리가 아는 우주에서 두 번째로 막강한 권력자라고들 한다. 내가 우리 우주에서 가장 큰 정치 연합인 콘클라베의 수장 타르셈 가우 장군과 막역한 사이이자 그의 최측근 조언자인 것은 틀림없는 사실이다. 콘클라베는 400개 종족으로 구성된 거대 정치 집단으로, 각 종족의 개체 수는 최소 10억 이상이다. 내가 이 조직 총수의 벗이자 고문으로서 어마어마한 선택권을 갖고 있는 것도 사실이다. 내 선택에 따라 장군이 어떤 사안에 관심을 가지느냐가 달라지니까. 또한 가우 장군이 자신은 관여하지 않는 걸로 비치고 싶은 수많은 문제 해결에 나를 전략적 도구로 써먹는 것도 사실이며, 그런 경우 나는 콘클라베의 자원을 십분 활용하면서 폭넓은 재량권으로 문제를 해결한다.

따라서 내가 우리 우주에서 두 번째로 막강한 존재라는 소리는 아주 틀린 말은 아니다.

하지만 우주에서 두 번째로 막강한 존재라는 건 모든 것의 두 번째와 다를 바 없다는 점을 명심하라. 즉, 으뜸이 아니기에 으뜸의 혜택을 하나도 누리지 못한다는 사실. 그리고 내 권한과 지위는 전적으로 우주에서 가장 막강한 권력자의 필요와 은총에서 비롯되기에, 내가 행사할 수 있는 특권은, 뭐랄까, 제한적이다. 그러니 이제 나를 썩 좋아하지 않는 자들이 그런 말을 하고 다니는 까닭이 이해될 것이다.

그러나 이런 위치는 내 개인적인 성향에 부합한다. 나는 내게 주어지는 권력을 마다하진 않지만, 혼자 힘으로 권력을 거머쥔 적은 거의 없다. 대개 다른 이들의 유능한 조력자로서 이 자리에 이르렀는데, 매번 더욱 강한 자들을 보필했다. 나는 늘 뒤에 서 있는 자요, 머릿수를 세는 자요, 조언을 제공하는 자였다.

또한 근심 많은 정치가들을 수시로 만나 그들이 '모든 것의 종말'에 대해 쥐어짜내는 온갖 걱정과 불안에 귀를 기울여야 하는 자이다. 이번에는 콘클라베 대의회 의장 리스틴 라우스가 그 상대였다. 사실 그녀는 정치가라기보다는 전형적인 관료 타입이지만 결코 무시할 수 없는 존재였다. 리스틴 라우스는 내 집무실에 앉아서 나를 올려다보고 있었다. 랄라 종족 중에서도 나는 키가 큰 축이었기 때문이다. 리스틴은 자신의 행성에서 아침마다 강장제 삼아 마시는 전통 음료인 이에트가 담긴 컵을 손에 들고 있었다. 관례에 따라 내가 대접한 것이었다. 오늘 그녀는 이토록 이른 시간에 나를 찾아온 첫 손님이었다.

"의장님이 콘클라베의 붕괴 위기를 걱정하지 않은 적이 있습니까?"

나는 그녀에게 반문하며 내 컵에 손을 뻗었다. 그 컵에는 이에트가 담겨 있지 않았다. 나에게 이에트는 흡사 짐승 시체를 물그릇에 넣고 뜨거운 햇살 아래서 오랫동안 발효시킨 것 같은 맛이었다.

라우스는 고개를 살짝 움직였다. 내가 알기로 눈살을 찌푸리는 의미가 담긴 행동이었다.

"제 염려를 비웃으시는 겁니까, 고문님?"

"그럴 리가 있겠습니까. 의장으로서의 성실함에 경의를 표했을 뿐입니다. 우리 연합에 대해 의장님보다 잘 아는 자는 없으며, 동맹 관계와 전략의 변화에 당신만큼 민감한 자도 없습니다. 그래서 우리가 5수르(수르는 콘클라베에서 하루를 나타내는 단위—옮긴이)마다 만나는 것이죠. 저는 그걸 감사히 여깁니다. 이 말은 곧 의장님이 정기적으로 콘클라베의 붕괴에 대한 걱정을 피력하신다는 뜻입니다."

"제가 과장한다고 생각하시는군요."

"저는 명확한 사실을 좋아합니다."

"알겠습니다."

라우스는 한 모금도 마시지 않은 이에트를 내려놓고 말을 이었다.

"그렇다면 명확하게 말씀드리죠. 제가 콘클라베의 붕괴를 걱정하는 건 가우 장군님이 모든 사안에 대해 의회의 표결을 요구하시기 때문입니다. 그래서는 안 되는데 말입니다. 또한 그분의 적들이 사사건건 반대표를 던지면서 장군의 힘을 약화시키려 하고 있고, 표결이 거듭될수록 점점 반대표가 늘어나기 때문입니다. 그분과 콘클라베의 방향에 대한 불만이 처음으로 공공연히 표출되고 있는 상황이란 말입니다."

"처음이라고요? 그리 멀지 않은 과거에 일어났던 암살 미수 사건이 생각나는군요. 개척행성 로아노크에서 우리 함대를 괴멸시킨 인류를 응징하지 않기로 한 가우 장군님의 결정 때문에 벌어진 일이었죠."

"그건 불만을 품은 소수의 무리가 장군님께 약점이 생겼다고 판단하고 벌인 사건이었습니다."

"잊으셨나 본데, 성공할 뻔했습니다. 암살자가 그분의 목을 칼로 찌르려 하던 광경이 생각나는군요. 곧이어 미사일들이 날아온 것도 말입니다."

라우스는 손사래를 쳤다.

"제 말의 요점을 놓치고 계시군요. 그건 비합법적인 수단으로 장군의 힘을 빼앗으려는 암살 기도였습니다. 지금은 상황이 달라요. 표결이 행해질 때마다 장군의 힘과 영향력이 약해지고 있습니다. 장군님을 지탱하는 정신적 기반이 무너지는 셈이죠. 고문님도 아시다시피, 누구보다 운리 하도가 장군님의 신임 투표를 바라고 있습니다. 이런 상황이 지속되면 머지않아 그자의 소원이 이뤄질 겁니다."

나는 내 컵에 담긴 음료를 마셨다. 최근에 운리 하도는 개척 연맹에 대한 가우 장군의 조치에 반발했다가 오히려 역공을 당했다. 새로 생긴 줄로 알았던 인류의 개척촌들이 실제로는 존재하지 않는다는 증거를 장군이 제시했기 때문이다. 실은 개척 연맹이 그 거주지들을 흔적도 없이 제거하면서 존재의 증거가 남지 않았던 것인데, 가우 장군이 그 개척촌들을 조용히 철수시키라고 은밀히 요청한 덕분이었다. 그리고 하도에게는 철 지난 정보를 흘려 어리석은 짓을 하도록 유도했다.

계략은 먹혀들었다. 운리 하도는 장군을 궁지로 몰려다 오히려 망신만 당했다. 장군과 내가 간과한 것은 의회의 다른 회원들 중에 여전히 그 멍청이를 따르려는 자가 많다는 점이었다.

내가 말했다.

"장군님은 의회의 일원이 아닙니다. 따라서 신임 투표 결과는 별 의미가 없죠."

"과연 그럴까요? 물론 의회가 장군님을 콘클라베 수장 자리에서 끌어내릴 수는 없습니다. 구조적으로 불가능하죠. 하지만 장군님에 대한 불신임 결의가 이뤄지면 그분의 갑옷에 치명적인 금이 가게 됩니다. 더 이상 가우 장군님은 콘클라베를 창립한 신화적인 존재로 추앙받지 못합니다. 더는 환영받지 못하는 일개 정치가로 전락하는 거죠."

"대의회 의장님이라면 장군에 대한 신임 투표를 막을 수 있을 텐데요."

"물론이죠. 하지만 저에 대한 신임 투표는 막을 수 없습니다. 만약 제가 쫓겨나면, 하도나 혹은 그의 말을 잘 듣는 꼭두각시가 제 자리로 올라설 겁니다. 결국 장군님의 신임 투표는 피할 수 없습니다. 잠시 늦춰질 뿐이죠."

나는 컵을 내려놓고 물었다.

"그런 일이 벌어진다고 뭐가 바뀌죠? 장군님은 영원히 콘클라베의 수장으로 남으려는 분이 아닙니다. 콘클라베는 장군님보다 더 오래 존속해야 합니다. 저나 의장님보다도."

라우스의 눈이 휘둥그레졌다. 사실 그녀에게는 눈꺼풀이 없기 때문에 항상 눈이 휘둥그레져 있었다. 하지만 이번에는 눈빛이 강렬했다.

내가 물었다.

"왜 그러시죠?"

"지금 농담하신 거겠죠, 고문님? 아니면 콘클라베를 결속시키는 것이 가우 장군님 자신이란 사실을 망각하셨거나. 로아노크 사건 이후 콘클라베가 와해되지 않은 것은 모든 회원국이 장군님과 그분의 이상에 충성했기 때문입니다. 암살 기도 이후에도 콘클라베가 무너지지 않은 건 장군님에 대한 충성심 덕분이었고요. 장군님도 그건 알고 계십니다. 그래서 모두에게 개인적인 충성 서약을 요구하신 겁니다. 가장 먼저 맹세한 이가 바로 당신이었죠."

"저는 그 일의 위험성도 장군님께 경고했습니다."

"그것도 옳은 생각이었습니다. 원칙적으로는. 하지만 장군님의 생각이 옳았습니다. 당시에는 그분에 대한 충성만이 콘클라베를 하나로 유지할 수 있었죠. 지금도 마찬가지입니다."

"이제 우리는 개인적인 충성에서 한 걸음 더 나아갔습니다. 장군님은 그것을 위해 노력하셨죠. 우리 모두가 그걸 위해 노력했습니다."

라우스는 고개를 저었다.

"아직은 아닙니다. 가우 장군님이 물러나면 콘클라베의 중심이 사라지게 됩니다. 그때도 이 연합이 존속할까요? 한동안은 그러겠죠. 하지만 곧 결속이 흔들리게 될 테고, 지금도 이미 존재하는 파벌들이 꿈틀대기 시작할 겁니다. 콘클라베는 균열이 생길 테고, 파벌들은 다시 쪼개질 겁니다. 결국 콘클라베 이전의 상태로 돌아가겠죠. 틀림없습니다, 고문님. 이제는 거의 필연입니다."

"단언하기는 이릅니다."

"지금은 그 균열을 막을 수 있습니다. 시간을 벌어 균열을 메우는 거죠. 하지만 그러려면 장군님이 간절히 바라는 것을 포기하셔야 합니다."

"어떤 것 말입니까?"

"지구를 포기하셔야 합니다."

나는 다시 컵을 집어 들고 대꾸했다.

"지구의 인류는 콘클라베 가입을 요청한 적이 없는데요."

라우스는 매섭게 쏘아붙였다.

"저한테 말장난할 생각은 마십시오. 장군님이 무역과 기술 분야에서 상당한 혜택을 지구에 제공하면서 머지않아 그들을 콘클라베로 끌어들일 생각이라는 건 이미 공공연한 비밀입니다."

"장군님은 그런 말씀을 하신 적이 없습니다."

"공개적으로는 그렇죠. 의회의 친구들에게 그 일을 맡기셨을 따름이니까요. 이 사안과 관련하여 누가 브러프 브린 거스를 조종하는지 우리가 모를 거라고 믿진 않으시겠죠? 그 종족이 장군님께 받을 혜택에 대해 논란이 일고 있습니다. 좀 더 신중했어야 해요. 어쩌면 고문님이 주시는 것일지도 모르죠."

나는 최대한 빨리 브러프 대사를 만나야겠다고 속으로 다짐했다. 다른 의회 대사들 앞에서 으스대지 말라고 분명히 경고했건만.

"지구와의 거래를 하도가 신임 투표의 빌미로 써먹을 거라고 생각하시는군요."

"인류에 대한 하도의 혐오는 노골적인 종족 차별에 가깝습니다."

"지구는 개척연맹과 무관한데도 말이죠."

"하도에게는 그 경계가 흐릿합니다. 좀 더 정확히 말하자면, 하도는 자신을 위해서건 남을 위해서건 그 둘을 구분하려들지 않을 겁니다. 자신의 계획에 방해가 될 테니까요."

"어떤 계획 말입니까?"

"그걸 굳이 물어봐야 아십니까? 하도는 인류를 싫어하지만, 한편으로는 너무 좋아합니다. 왜냐하면 그가 진정으로 원하는 일에 써먹을 도구니까요. 적어도 하도의 생각은 그렇습니다. 하도가 그걸 본격적으로 이용하면 콘클라베는 붕괴될 겁니다."

"결국 인류를 멀리함으로써 하도의 무기를 빼앗자는 거군요."

"지금 쥐고 있는 무기를 뺏는 겁니다. 그에게는 다른 무기도 있습니다."

라우스는 이에트가 담긴 컵을 집어 들었다. 하지만 차갑게 식은 걸 보고는 도로 내려놓았다. 내 보좌관 움만이 방 안으로 고개를 들이밀었다. 다음 방문자가 도착했다는 것이었다. 나는 그에게 고개를 끄덕이고 일어섰다. 라우스도 일어났다.

"고맙습니다, 의장님. 늘 그렇듯 우리의 대화는 유용하고 깨달음을 줍니다."

"저도 그러길 바랍니다. 괜찮으시다면 마지막으로 한 말씀만 더 드리죠. 기회가 되실 때 하도를 이리 부르십시오. 물론 자신의 계획을 실토할 리는 없지만, 그자가 하는 모든 말이 의미심 장할 테니까요. 잠깐이라도 대화를 나눠 보시면, 제가 아는 걸 아시게 될 겁니다. 그리고 제가 콘클라베의 위기를 걱정하는 까닭도 알게 되실 테고요."

"아주 좋은 충고입니다. 곧 그자를 만날 생각입니다."

"언제요?"

"의장님이 떠나시자마자 곧. 다음 방문자가 하도니까요."

"콘클라베가 파멸의 길로 내몰리고 있는 현실이 몹시 우려스 럽습니다."

내가 운리 하도를 내 집무실로 맞이하고 자리에 앉기도 전에 그가 포문을 열었다.

"음, 이렇게 극적인 방식으로 대화가 시작될 줄은 몰랐습니 다, 대사님."

움만이 조심스럽게 방 안으로 들어와 그릇 두 개를 내 책상 에 올려놓으면서, 하나는 내 쪽에 가깝게 또 하나는 하도 쪽에 놓았다. 하도의 그릇에는 엘프리의 아침 음식인 니티가 가득했 다. 하도가 즐겨 먹는다는 이 음식은 내게는 독극물이나 다름 없었다. 내 그릇에는 니티와 모양은 비슷하지만 랄라의 채소로 만든 티비트가 담겨 있었다. 이 특별한 만남에 내 목숨을 걸 수 는 없지 않은가. 오늘 해야 할 다른 일도 많으니 말이다. 나는 고맙다는 뜻으로 움만에게 고개를 까딱했다. 하도는 그를 무시하는 눈치였다. 움만은 다시 밖으로 살며시 나갔다.

"우려되는 사안을 말씀드린 것이 그렇게 극적인 줄은 몰랐습니다."

하도가 팔을 뻗어 자기 그릇에 담긴 니티 하나를 집고는 우적우적 씹어 먹기 시작했다. 엘프리의 식사 예절에 대해 아는 바가 없는 나로서는 그가 일부러 무례하게 구는 건지 알 도리가 없었다.

"물론 대사님의 우려를 가벼이 여기려는 뜻은 결코 아닙니다. 하지만 제 입장에서는 콘클라베의 파멸로 이야기를 시작하면 다른 대화의 여지가 별로 없다는 점을 이해해주십시오."

하도가 물었다.

"가우 장군께서는 여전히 인류를 콘클라베에 불러들일 생각이십니까?"

"잘 아시겠지만, 장군님은 그 어떤 종족에게도 콘클라베 가입을 유도하지 않으십니다. 콘클라베의 장점을 알려주고, 원하는 자들에게는 가입 신청을 허락해주실 따름입니다."

"그럴싸한 이야기로군요." 하도는 니티를 꿀꺽 삼키고 하나 더 집어 들었다. 내가 말했다.

"만약 인류가 콘클라베에 가입 신청을 한다면, 아시다시피 인류는 하나가 아니니 두 정부 중 한 쪽이라도 가입 신청을 한다면, 다른 모든 종족과 마찬가지로 일정한 절차를 거쳐야 합니다."

"그 과정에서 장군님이 인류를 위해 큰 힘을 써주시겠군요."

"다른 모든 종족에게 해주신 정도일 겁니다. 엘프리도 그랬죠, 하도 대사님. 표결 당시 가우 장군님이 대의회 연단에 서서 대사님 종족을 칭찬하셨던 일을 기억하실 겁니다."

"물론 그 일에 대해서는 깊이 감사드립니다."

"당연히 그러시겠죠. 콘클라베의 모든 회원국이 그래야 마땅합니다. 사실 지금껏 장군님은 우리 연합의 요건을 수용하고 가입 신청을 한 모든 종족을 환영하셨습니다. 인류 정부가 콘클라베에 가입하길 원해도 장군님의 기조는 달라지지 않을 겁니다. 어째서 대사님은 그걸 반대하시는지 궁금하군요."

"왜냐하면 인류에 대해 장군님께서 모르시는 것을 제가 알기 때문입니다."

나는 티비트 하나를 집어 들며 말했다.

"비밀 정보인가요? 대단히 외람된 말씀이오나, 인류에 관한 대사님의 비밀 정보가 허점을 드러낸 적이 있던 걸로 기억하는데요."

하도는 애써 웃음을 지었다. 다른 이들이 봤다면 온화한 미소로 여겼을 것이다.

"당신이 파놓은 함정에 빠졌던 일은 저도 똑똑히 기억합니다, 고문님. 하지만 우리끼리 있을 때는 괜히 진실을 모르는 척하지 맙시다."

나는 명랑하게 대꾸했다.

"무슨 말씀인지 전혀 이해가 안 되는데요."

"좋을 대로 생각하십시오."

하도는 조끼에 손을 넣어 데이터 모듈 하나를 꺼냈다. 그리고 우리 사이의 책상 위에 올려놓았다.

내가 물었다.

"이게 그 비밀 정보입니까?"

"비밀도 아닙니다. 널리 알려지지 않았을 뿐이죠. 아직은."

"이 내용을 요약해주실 겁니까, 아니면 제 컴퓨터에 꽂아서 볼까요?"

"하나도 빠짐없이 직접 보셔야 합니다. 하지만 간단히 말씀 드리자면, 개척연맹의 내부고발자가 지난 수십 년간 벌어진 개척연맹의 모든 군사 활동과 첩보 활동 정보를 유출했습니다. 로아노크에서 우리 함대가 괴멸된 사건, 콘클라베 회원국들의 화물선을 납치해 콘클라베의 우주선과 행성을 공격한 일, 콘클라베 시민에게 자행된 생물학 실험, 지구 정거장 공격 등이 담겨 있죠."

나는 데이터 모듈을 집어 들었다.

"그 내부고발자가 어떻게 이런 정보를 전부 입수했습니까?"

"개척연맹 국무성 차관이었거든요."

"그 차관을 우리 쪽으로 데려올 수는 없겠죠?"

"제가 알기로는 개척연맹에 체포되었습니다. 그들의 관행이 변함없고 그자가 아직 죽지 않았다면, 항아리에 담긴 뇌 신세가 되었을 겁니다."

"어떻게 이 정보가 하도 대사님 수중에 들어갔는지 궁금하군요."

"오늘 아침 엘프리 행성에서 보낸 외교 전령 무인도약기에 들어 있었습니다. 엘프리에서는 하루 종일 그 정보가 나돌았더군요. 일부러 널리 퍼뜨린 게 틀림없습니다. 십중팔구 고문님도 여러 곳에서 이 정보를 접하게 되실 겁니다. 랄라 정부에서 보낼 수도 있죠. 또한 오늘 하루가 끝날 무렵에는 콘클라베 본부 안에도 퍼질 겁니다."

"신뢰할 수 있는 정보인지는 아직 모른다는 뜻이로군요."

"제가 읽어본 바로는—주로 가장 최근의 사건들이었는데— 정확한 것 같습니다. 적어도 우리 무역선과 화물선 들이 사라진 이유와 개척연맹이 어떤 식으로 그것들을 이용해 우리를 괴롭혔는지는 설명이 됩니다."

"개척연맹도 자기네 우주선들이 납치되었다고 주장하는데, 그건 어떻게 생각하십니까?"

"제가 인류를 좋아하지 않는 건 사실이지만, 그렇다고 그들이 멍청하다고 생각하지는 않습니다. 당연히 자신들의 계획을 들키지 않으려고 엄청난 노력을 기울이고 있겠죠."

"그렇다면 개척연맹의 계획이 뭡니까, 하도 대사님?"

"콘클라베의 파멸이지 뭐겠습니까. 개척행성 로아노크에서 그러려고 했지만 실패했죠. 우리 화물선들을 이용해 또다시 음모를 꾸미는 겁니다."

"그런 식으로는 우주가 소멸할 때쯤에나 우리를 무너뜨리겠군요."

"중요한 건 물리적인 피해가 아닙니다. 콘클라베가 아무리 막강해도 이런 피해는 좀처럼 사라지지 않는 법이죠."

"지구 정거장을 공격한 사건은요? 어떻게 콘클라베를 그 일에 연루시킵니까?"

"개척연맹은 자신들의 소행이 아니라고 발표했습니다. 이런 상황에 지구가 그 사건의 배후를 누구로 의심하겠습니까?"

"하지만 대사님은 인류의 콘클라베 가입을 결사반대하시죠."

"지구가 개척연맹과 화해하고 병사와 개척민을 다시 제공하는 것도 원치 않습니다."

"그렇다면 저는 대사님이 지구의 콘클라베 가입을 반대하시는 까닭을 모르겠는데요. 지구가 콘클라베에 합류하면 개척연맹이 지구를 인력 양성소로 써먹을 길은 막히게 될 겁니다."

"결국 한층 더 궁지에 몰린 개척연맹은 더욱 위험스러운 존재가 되겠죠. 문제는 또 있습니다. 우리가 어찌 인간을 믿을 수 있겠습니까? 만약 전장에서 인류의 한 무리는 적군이고 또 한 무리는 아군이라면, 그 아군 중에서 얼마나 많은 자들이 그래도 상대가 같은 종족이라고 콘클라베에 배신행위를 하려들겠습니까?"

"결국 인류를 받아들여도 문제, 내쳐도 문제라는 말씀이군요."

"세 번째 방안이 있습니다."

나는 순간 긴장했다.

"장군님이 예방 차원의 전쟁을 반대하신다는 걸 아실 텐데요, 하도 대사님. 종족 학살도 마찬가지고 말입니다."

하도가 대꾸했다.

"이런, 고문님. 제 생각은 두 가지 모두 아닙니다. 다만 인류와의 전쟁을 피할 수 없다는 점을 말씀드리는 겁니다. 머지않아 그들은 기회주의적 발상이나 두려움 때문에 공격해 올 테니까요."

그는 데이터 모듈을 가리키며 덧붙였다.

"이 안의 정보를 보면 그 점이 더욱 명백해집니다. 그리고 인류가 공격할 때 장군께서 제대로 대응하지 않으신다면, 과연 콘클라베가 어찌 될지 두렵습니다."

"콘클라베는 굳건합니다."

"다시 말씀드리지만, 제가 염려하는 것은 콘클라베의 물리적 피해가 아닙니다. 콘클라베는 지도자에 대한 구성원들의 신뢰 덕분에 존재합니다. 장군님은 인류를 한 번 살려줬습니다. 파멸시킬 수도 있었는데 말이죠. 만약 또 그러신다면 이번에는 그 이유와 목적에 대해 정당한 의문이 제기될 겁니다. 또한 그분의 판단을 계속 따를 수 있는지에 대해서도."

"만약 그 대답이 '아니요'라면 누가 그분의 자리를 차지할지도 생각해놓으셨겠죠. '신뢰'를 회복하기 위해서 말입니다."

190

"제 말을 오해하시는군요, 고문님. 늘 그러시죠. 제가 주제넘게 야심을 품고 있다고 생각하십니다. 장담하건대, 오해입니다. 그런 야심 따위는 절대 없습니다. 제가 바라는 건 고문님이 바라는 것이자, 장군님이 바라는 것이기도 합니다. 완전하고 견고한 콘클라베. 장군님은 그걸 가능케 할 힘이 있습니다. 또한 콘클라베를 파멸시킬 힘이 있죠. 전적으로 인류를 어떻게 다루느냐에 달린 문제입니다. 양쪽 인류 모두를."

하도가 일어나 허리 숙여 인사하더니, 마지막으로 니티 하나를 집어 먹고 자리를 떴다.

"그자는 이게 콘클라베를 파멸시킬 물건이라고 생각합니다."

브낙 오이는 운리 하도가 내게 준 데이터 모듈을 들고 말했다.

내가 그의 집무실로 간 것은 기분전환을 위해서이기도 했고, 콘클라베 정보국장의 방이 내 방보다 훨씬 보안이 튼튼하기 때문이기도 했다.

내가 대꾸했다.

"아마 그걸 이용해 가우 장군님을 몰아낼 속셈일 겁니다."

"이걸 고문님 책상에 내려놓다니 배짱 한번 좋군요. 차라리 자신의 계략을 광고판에 적어 머리에 이고 다니지."

"그럴싸한 알리바이를 만든 셈이죠. 자기가 이 정보를 가장 먼저 우리에게 가져다주고 그 위험성을 경고했다고 주장할 테니까요. 유용하고 믿음직한 콘클라베 일원의 본보기가 되는 겁니다."

오이는 어처구니없다는 듯 콧방귀를 뀌었다.

"콘클라베를 말아먹을 본보기겠죠."

나는 데이터 모듈을 가리키며 물었다.

"그것에 대해 알아낸 게 있습니까?"

"하도가 말한 입수 경위는 사실입니다. 여기 담긴 정보는 이미 콘클라베 영역 수십 곳에서 나타났고, 점점 더 많은 보고가 들어오고 있죠. 여러 행성에서 보고된 바로는 모두 같은 데이터입니다. 심지어 이곳으로도 전송되었습니다."

"어떻게요?"

"외교 전령 무인도약기로 보냈더군요. 인증서가 위조된 것은 바로 드러났지만, 그래도 데이터는 검사했습니다. 다른 곳에서 받은 것과 똑같은 데이터였습니다."

"어디서 보냈는지 짐작 가는 데는 있습니까?"

"아뇨. 그 무인도약기는 파니우에서 제작된 것입니다. 해마다 수십 만 개씩 생산되는 제품이죠. 운항 기록 장치는 깨끗했습니다. 도약 기록이 전혀 없더군요. 데이터 자체는 암호화되어 있지 않았고, 콘클라베 표준 형식이었습니다."

"살펴보셨나요?"

"한번 훑어보기에는 너무 방대한 양이었습니다. 일일이 읽으려면 필요 이상으로 시간이 많이 걸리죠. 컴퓨터를 이용한 의미 분석과 데이터 분석으로 주요 정보와 경향을 파악해야 합니다. 그 작업에만도 몇 수르가 걸릴 겁니다."

"직접 보셨냐는 말씀입니다."

"물론이죠. 특별한 정보 몇 가지를 강조해놓은 문서가 있었습니다. 누가 보냈는지는 몰라도 그 정보가 우리에게 필요할 거라고 여긴 듯합니다. 제가 대충 훑어봤습니다."

"국장님 생각은 어떻습니까?"

"공식적으로 말인가요, 개인적으로 말인가요?"

"둘 다."

"공식적으로 말하자면, 무작위로 발송된 익명의 정보는 진위가 검증될 때까지는 의심하는 것이 마땅합니다. 하지만 지금껏 우리가 분석한 문서들은 개척연맹의 데이터 형식과 그들의 활동 정보가 확실합니다. 만약 위조문서라면 아주 교묘한 솜씨죠. 적어도 겉으로 보기에는 말입니다."

"그럼 개인적으로는?"

"저희 쪽에 개척연맹의 정보 소스가 있다는 건 고문님도 아시죠? 고문님이나 장군님께 굳이 알리지 않고 활용하는 소스 말입니다."

"물론 알죠."

"이 정보가 나타나기 시작했을 때, 곧바로 그 소스 중 한 곳에 문의를 보냈습니다. 내부고발자라는 그 오캄포 차관에 대한 문의였죠. 고문님이 여기 오시기 직전에 답신이 왔습니다. 실존 인물이더군요. 적어도 과거에는 그랬습니다. 몇 달 전에 실종되었거든요. 그가 이 정보에 접속했을 겁니다. 따라서 제 개인적인 판단으로는 이 정보가 합법적일 가능성이 높다고 봅니다."

"하도는 개척연맹이 오캄포라는 자를 찾아냈다고 믿는 것 같던데요."

"제게는 그런 정보가 없습니다. 하도가 어디서 그걸 입수했는지 궁금하네요."

"소문일지도 모릅니다."

오이는 고개를 끄덕였다.

"이 정보에 대한 소문이 무성할 때죠. 소문인지 아닌지 알아볼까요?"

미처 대답하기도 전에 내 휴대용 단말기가 윙 하고 떨리면서 신호가 떴다. 움만이 중대한 사안으로 통화를 요청하는 것이었다. 내가 대답했다.

"무슨 일이지?"

"고문님의 손톱 관리사가 다음 약속 시간을 알고 싶어 하는데요."

"여긴 지금 정보국장 집무실이야, 움만."

나는 오이를 힐긋 보았다. 짐짓 무덤덤한 표정을 짓고 있었다.

"정보국장은 내 '손톱 관리사'가 누군지 아니 편하게 말해도 돼."

"그럼 메시지를 전송하겠습니다."

"고맙네."

나는 통화를 끊고 메시지가 뜨기를 기다렸다.

오이가 말했다.

"고맙습니다. 제가 고문님의 비밀을 안다고 언짢아하지 않아주셔서."

"나도 고맙습니다. 당신이 내 비밀을 안다고 보좌관에게 말할 때 언짢은 척하지 않아주셔서."

메시지가 도착했다. 오이가 물었다.

"개척연맹의 리그니 대령이 뭐라고 하나요?"

"읽어드리겠습니다. '지금쯤 저희 국무성 오캄포 차관이 보냈다는 정보를 보셨을 겁니다. 일부는 사실이지만 대부분 거짓입니다. 개척연맹과 콘클라베 모두에 해로운 정보들이죠. 사태가 커지기 전에 평화적인 해결책을 모색하고자 이 문제를 콘클라베와 함께 처리할 특사를 보냅니다. 고무님도 아시는 오드아붐웨 대사입니다. 지금 가지고 계신 정보를 바로잡거나 반박할 자료를 가지고 갈 테니, 지금까지의 협조 관계를 순수한 의도의 증거로 믿어주시고 아붐웨 대사를 만나 그녀의 말에 귀를 기울여주시기 바랍니다.' 여기 보니 아붐웨 대사의 도착 예상 시간과 도착 위치 데이터도 있군요."

"개척연맹이 아무런 핑계 없이 여길 오다니 흥미롭네요."

"솔직하다는 걸 알리고 싶어서일 겁니다."

"그렇게 해석할 수도 있겠죠. 달리 해석하면, 당장 일이 터질까 봐 다급해서 여느 때처럼 조심스럽게 올 수가 없는 겁니다. 또 다른 해석도 가능합니다. 가장 효과적으로 우리를 타격할 수 있는 곳으로 유인하려는 장기적인 계략의 일환이라는 거죠."

"내가 겪어본 바로는 리그니 대령이나 아붐웨 대사는 그런 자들이 아닙니다."

"그건 별 의미가 없습니다. 공식적으로는 고문님이 리그니나 아붐웨를 만나신 적이 없으니까요. 안 그렇습니까?"

내가 대꾸하려 하자 오이가 촉수를 쳐들어 제지했다.

"중요한 건 고문님이나 저의 생각이 아닙니다. 개척연맹이 여기로 오는 것을 운리 하도와 그의 일당이 어떻게 보느냐가 문제죠."

"우리가 그들을 만나선 안 된다는 말씀이군요."

오이는 외교적인 거짓말로 응수했다.

"저는 어떤 의견도 말씀드리지 않았습니다. 그건 제가 할 일이 아니니까요. 하지만 이 문제를 장군님과 상의하시고 두 분이 원하시는 바를 찾으시길 권합니다. 빨리 시작하시는 게 좋습니다. 저라면 '당장' 하겠습니다."

"그 전에 만날 사람이 있습니다."

"지구의 국가들은 콘클라베의 파멸을 가져올 그 어떤 행위도 용납하지 않을 것이며, 그런 일에 가담하지도 않을 것입니다."

콘클라베 주재 UN(국제연합) 특사인 리건 번이 말했다. UN은 정부는 아니지만 이런 상황에 대처하는 지구의 외교 조직이다.

나는 번의 집무실 천장에 머리가 부딪칠까 봐 살살 고개를 끄덕였다. 번의 집무실은 기존에 창고로 쓰이던 곳으로, 콘클라베 본부에 지구인을 두는 것이 좋겠다는 결정이 내려지자 서둘러 비워졌다. 이 창고는 천장이 꽤 높아서 콘클라베의 종족 대부분에게는 괜찮지만, 키가 큰 랄라 종족에게는 불편했다. 하물며 그중에서도 큰 나는 어떻겠는가.

앉을 곳이 없어서 그냥 서 있었다. 대개 번이 나를 찾아오지 반대의 경우는 드물었기 때문에, 그녀의 집무실에는 내가 앉을 만한 의자가 없었다. 번은 그런 나를 보고 쩔쩔매는 기색이 역력했다.

"장담하건대 콘클라베에서는 어느 누구도 이 새로운 정보 때문에 지구를 의심의 눈으로 봐야 한다고 생각하지 않습니다."

사실 운리 하도는 지구에 배신자와 첩자가 우글거린다고 비난했지만, 그건 말하지 않았다. 나는 계속 이야기했다.

"가우 장군님을 뵈러 가기 전에 내가 알고 싶은 것은 지구도 이 정보를 받았는지 여부와 그 정보에 대한 반응입니다."

번이 대답했다.

"안 그래도 움만 보좌관에게 연락하려던 차에 그분이 제게 먼저 연락해 이 자리를 마련해주셨습니다. 오늘 아침 UN에서 그 정보가 담긴 무인도약기를 제게 보냈습니다. 고문님께서 아직 그 정보를 입수하지 못하셨을 경우에 드리기 위해서죠. 또

한 방금 제가 말씀드린 것처럼, 지구의 연루 가능성을 부인하는 성명도 담겨 있었습니다. 물론 그쪽이 훨씬 더 격식을 갖췄겠죠. 전부 고문님 집무실로 보내드리겠습니다."

"감사합니다."

"그리고 이 새로운 정보에 대한 지구의 명백한 입장을 콘클라베에 전달하기 위해 공식 외교단을 보낸다는 말도 들었습니다. 일주일 내로 이곳에 도착할 겁니다. UN의 지원을 받는 이 외교단은 지구의 여러 국가 대표들로 구성되어 있습니다. 그 정보도 제가 보낼 데이터 패킷에 들어 있습니다."

"네, 알겠습니다."

난감했다. 콘클라베 본부에 개척연맹 외교단과 지구 외교단을 동시에 맞아들여야 하는 거북한 상황이 벌어질 터였다. 해결책이 필요했다. 나는 얼굴을 찡그렸다.

번이 물었다.

"괜찮으십니까, 소르발 고문님?"

"물론이죠."

나는 빙그레 웃었다. 번은 맥없는 미소로 화답했다. 문득 내웃음이 인간에게는 무척 섬뜩해 보인다는 것이 생각났다. 키가두 배는 더 큰 외계인의 미소이니 그럴 수밖에.

"보내주신 자료는 내가 장군님을 뵐 때 큰 도움이 되겠습니다."

"그렇게 말씀해주시니 기쁩니다."

"그나저나 요즘 어떻게 지내십니까, 리건 특사님? 내가 당신과 당신 참모 분들을 자주 만나지 못해 미안할 따름입니다."

"잘 지내고 있습니다."

이 대답은 오늘 내가 들은 두 번째 외교적 거짓말이었다. 번의 말이 이어졌다.

"제 참모들은 대부분 여전히 이곳에 적응하는 중입니다. 이 정거장 지도도 아직 다 못 익혔습니다. 워낙 커야 말이죠. 지구의 몇몇 대도시보다도 크거든요."

"맞습니다."

콘클라베 본부는 거대한 소행성을 깎아낸 자리에 만든 우주 정거장으로, 지금껏 만들어진 가장 큰 구조물 중 하나였다. 물론 콘수 종족이 만든 더욱 인상적인 몇몇 구조물은 셈에 넣지 않았다. 콘수는 이 일대 우주의 나머지 종족들보다 기술적으로 너무 앞섰기 때문에, 다른 모든 종족에 대한 예의상 셈에서 제외하는 것이 마땅하다.

나는 계속 이야기했다.

"그럴 수밖에 없죠. 400개 행성에서 온 대사들과 그들의 참모진, 그들의 수많은 가족뿐만 아니라 엄청나게 많은 콘클라베 정부 관료들과 그들의 가족, 거기에 온갖 보조 인력과 그들의 가족까지 수용해야 하니까요. 더구나 점점 늘어납니다."

"소르발 고문님은 이곳에 가족이 있으신가요?"

나는 빙그레 웃었다. 이번에는 좀 더 다정하게.

"랄라 종족은 인류나 여타 많은 종족들처럼 가족 구조로 이루어져 있지 않습니다. 공동체 중심 사회라는 표현이 가장 적절하겠네요. 하지만 이곳에도 견고한 랄라 공동체가 있습니다. 거기 가면 마음이 편안해지죠."

"좋으시겠습니다. 저는 가족도 그렇고, 다른 사람들도 그립습니다. 여기도 좋긴 하지만, 가끔은 고향이 그리워지거든요."

"무슨 뜻인지 이해합니다."

"콘클라베의 종말이 필연이라면, 적어도 이 아름다운 곳에서 최후를 맞이하고 싶군."

랄라 공동체 공원에서 내 옆에 앉은 콘클라베 지도자 타르셈 가우 장군이 말했다. 콘클라베 소행성에 처음 지어진 것 중 하나인 이 공원은 콘클라베 본부에 배속된 랄라 300명 모두가 들어와도 될 만큼 컸다. 그들은 이곳에서 만나고, 쉬고, 알을 낳고, 부화한 새끼가 자라는 모습을 지켜보았다.

가우 장군은 작은 호수 건너편 바위 위에서 뛰노는 어린 랄라 몇 마리를 보고 내게 물었다.

"혹시 자네 자식들 아닌가?"

물론 농담이었다. 장군은 내가 나이가 많아서 더는 알을 낳을 수 없다는 걸 알고 있었다.

하지만 나는 진지하게 대답했다.

"저 중에서 한 놈이나 어쩌면 둘 다 움만의 자식일지도 모릅니다. 움만과 저희 외교관 중 여성 한 명이 얼마 전에 부화기로 접어들어 이곳에 알을 낳았거든요. 그들의 자식들이 그 사이 컸으면 저 어린 랄라들만 할 겁니다."

갑자기 비명 소리가 들렸다. 나이 많은 새끼 한 마리가 바위 뒤에서 튀어나오더니, 햇살을 쬐고 있던 두 어린 새끼 중 한 놈을 덮쳐 물어뜯기 시작했다. 물린 새끼는 몸부림쳤고, 나머지 한 놈은 달아났다. 우리는 그 어린 새끼가 살아남으려고 발버둥치다 숨이 끊어지는 광경을 지켜보았다. 잠시 후 커다란 새끼 랄라는 작은 랄라를 입에 문 채 혼자 느긋하게 먹으려고 어디론가 달려갔다.

장군이 나를 보고 말했다.

"지금도 볼 때마다 놀라워."

"새끼 랄라가 다른 새끼를 잡아먹는 것 말입니까?"

"그걸 보고 아무렇지도 않은 자네 말이야. 자네만이 아니지. 어른 랄라들은 모두 그렇잖아. 자네도 알다시피 지능이 있는 종족들은 대부분 필사적으로 자기 새끼를 보호한다네."

"저희도 마찬가지입니다. 특정 시기가 지나면요. 두뇌가 발달하여 자각이 생긴 이후에 말입니다. 그 전에는 그냥 짐승일 뿐이죠. 그리고 그 수가 엄청나게 많습니다."

"자네 자식들에 대해서도 그렇게 무덤덤했나?"

"저 운 나쁜 새끼 랄라 연령일 때는 제 자식이 누군지 알 수 없었습니다. 아시다시피 저희는 공동으로 알을 낳습니다. 각자 때가 되면 공동 부화장으로 가지요. 바구니에 알을 낳은 다음 그 바구니를 부화장 관리자에게 가져다줍니다. 관리자는 그것들을 그날 수거한 알들을 모아두는 방에 보관합니다. 날마다 서른 명에서 마흔 명 정도의 여성들이 부화장에서 알을 낳는데, 각자 열 개에서 쉰 개까지 낳습니다. 저희 기준으로 15일이 지나면 알이 부화하고, 다시 5일 후에는 방문을 열어 살아남은 새끼들을 공원으로 내보냅니다. 일단 알을 주고 나면 다시 그 알을 볼 수는 없습니다. 방문이 열리는 날 간다 해도, 살아남은 새끼들 중에서 자기 자식을 알아볼 수는 없죠."

"하지만 난 자네 자식들을 만난 적이 있는데."

"녀석들에게 자각이 생긴 이후에 만나신 겁니다. 일단 성인 랄라가 되면 자기 부모를 확인하는 유전자 검사가 허락됩니다. 데이터베이스에 저장되는 것에 동의하는 조건으로 말입니다. 장군님이 만난 두 랄라는 부모를 확인하기로 결정한 녀석들이었습니다. 어쩌면 살아남은 제 자식들이 더 있을지도 모르지만, 그들은 유전자 검사를 받지 않았거나 저를 만나지 않기로 결정했을 겁니다. 모두가 알고 싶어 하진 않으니까요. 저도 그랬습니다."

"그것 참……."

"기이하지요?"

장군이 고개를 끄덕이자 나는 웃었다.

"당연한 일입니다. 장군님께 저는 외계인입니다. 장군님은 저에게 외계인이고요. 우리 모두 서로에게 기이한 존재입니다. 하지만 지금 우리는 친구입니다. 이제껏 우리 삶의 대부분을 그렇게 지내왔죠."

"어쨌든 자각에 관한 이야기는 기묘해."

나는 다시 바위를 가리켰다. 달아났던 새끼 랄라가 그 자리에 돌아와 있었다.

"장군님은 저희가 새끼를 도태시키는 방식이 잔인하다고 생각하시죠?"

"그렇게는 말하지 않을 걸세."

"물론 그렇게는 말하지 않으시겠죠. 외교적인 분이니까. 하지만 그렇다고 생각까지 다르시지는 않을 겁니다."

장군은 순순히 인정했다.

"좋아. 사실 잔인해 보여."

나는 다시 장군을 보고 말했다.

"왜냐하면 실제로 잔인하니까요. 끔찍하고 잔인합니다. 그리고 성인 랄라가 그런 광경을 지켜보고 괴로워하며 울지 않는다는 사실은 저희가 끔찍하고 잔인한 종족일 수도 있다는 뜻이죠. 하지만 저희에게는 남들이 모르는 사연이 하나 있습니다."

"어떤 사연인데?"

"랄라 역사에서 그리 오래지 않은 과거에 룸트 보트라는 학자가 있었습니다. 그는 우리가 새끼를 도태시키는 것이 그릇되고 부도덕한 짓이라며 대부분의 랄라를 설득했습니다. 그와 그의 추종자들은 우리로 하여금 모든 새끼를 보호하게 했고, 그 새끼들이 모두 자각 단계로 성장하게 했습니다. 그리하여 생각할 줄 아는 수많은 새로운 랄라들을 기반으로 지식 축적과 진보에 더욱 박차를 가했습니다. 그것이 어떤 상황을 초래할지는 장군님도 짐작하실 겁니다."

"인구 과잉, 굶주림, 죽음 아니겠나."

"필연적인 문제들이라 대비할 수도, 대처할 수도 없었습니다. 실제로 인구가 폭발적으로 늘었죠. 하지만 그 와중에 우주 비행 기술도 발전했습니다. 이는 보트가 새끼 도태를 중단하라고 한 이유 중 하나였습니다. 랄라 종족은 주변 행성들을 빠르게 개척해갔고, 거의 순식간에 스무 개 행성을 거느린 제국을 이루었습니다. 보트의 전략이 우주로 진출하는 발판을 마련해준 셈입니다. 그래서 한동안 그는 가장 위대한 랄라로 추앙받았죠."

장군이 나를 보고 빙그레 웃었다.

"교훈적인 이야기를 하려는 거라면 썩 성공적이진 못한걸."

"아직 안 끝났습니다. 보트가 놓친 것, 우리 모두가 놓친 것은 자각이 생기기 전의 삶도 쓸모없는 시간이 아니라는 사실이었습니다. 도태기를 살아남는 과정이 뇌에 흔적을 남기거든요. 그 시기는 우리에게 매우 실질적인 지혜를 줍니다. 자제하는 능력을 줍니다. 서로에 대해, 지능 있는 다른 종족들에 대해 연민하고 공감하는 힘을 줍니다. 상상해보십시오, 장군님. 지혜 없이, 자제력 없이, 자비와 공감 없이 자각에 이른 수십 억 명의 랄라

를 말입니다. 그들이 다른 종족에게 어떤 존재가 될지 상상해
보십시오."

"괴물이 될 수도 있겠지."

"맞습니다. 실제로 저희는 그랬습니다. 그리고 금세 서로를 갈
가리 찢었고, 맞닥뜨리는 모든 종족을 갈가리 찢어버렸습니다.
결국 우리의 제국을 잃었고, 자기 자신마저 잃을 뻔했습니다. 저
희는 끔찍하고 잔인했습니다. 그걸 깨닫고는 괴로움에 울부짖었
으며, 저희가 죽음으로 내몬 모든 이들을 위해 울었습니다."

나는 바위 위에 있는 새끼 랄라를 다시 가리켰다.

"새끼 랄라가 자각으로 가는 길은 무자비합니다. 하지만 그것
은 저희를 하나의 종족으로서 강하게 해주죠. 일찌감치 고통을
겪고 위험을 감수함으로써 랄라 종족이 유지되는 것입니다."

"음, 이런 이야기를 기대하고 여기서 만나자고 한 건 아니라
네. 그냥 여기가 아름다워서 대화하기에 좋을 거라 생각했지."

"맞습니다. 정말 아름다운 곳이죠."

"오늘 뉴스에 대한 자네 생각을 말해보게."

"오캄포 데이터 말씀입니까?"

내가 묻자 장군이 고개를 끄덕였다.

"콘클라베에 아주 좋지 않은 일이라고 생각합니다. 리스틴
라우스의 생각이 옳습니다, 장군님. 지금 콘클라베는 당장이라
도 깨질 수 있습니다. 장군님이 일을 너무 무리하게 추진하시
기 때문이죠. 지구 인류를 콘클라베로 끌어들이는 문제도 마찬

가지입니다. 그 점은 이미 제가 경고드렸습니다."

"그랬지."

"장군님은 듣지 않으셨고요."

"들었네. 동의하지 않았을 뿐이지. 그럴 이유가 있었거든."

나는 못마땅한 표정으로 바라보았지만 장군은 언짢아하지 않았다.

"라우스는 장군님이 신임 투표에서 지면 콘클라베에 균열이 생긴다고 했습니다. 그 말도 옳습니다. 이미 수십 종족이 달아날 기회를 노리고 있죠. 결국 각자 독자적인 길을 걷거나 소규모 연합을 형성해 생존을 모색할 겁니다. 장군님이 콘클라베에 금이 갈 기회를 주면 반드시 금이 갈 겁니다."

"그건 오캄포 데이터와 상관없는 문제야."

"하지만 오캄포 데이터는 상황을 악화시킬 겁니다. 그 자료는 인류가 신뢰할 수 없는 존재이고 우리에게 해롭다는 증거로 비칩니다. 적어도 개척연맹 인류는 말입니다. 만약 이후에 장군님이 지구를 끌어들이려 하시면, 운리 하도는 그걸 빌미로 장군님이 적을 집 안으로 불러들인다고 주장할 겁니다."

"그렇다면 지구의 콘클라베 가입을 미뤄야겠군."

"그럴 경우 하도는 장군님 때문에 개척연맹이 지구를 다시 차지하게 될 거라고 공격하겠죠. 잘 판단하셔야 합니다, 장군님. 하도는 지구를 이용해 장군님을 공격할 겁니다. 장군님이 어떤 선택을 하셔도 마찬가지입니다. 만약 세 번째 방안을 택하신다면—물론 말도 안 되는 일입니다만—즉, 직접적인 도발이 없는데도 개척연맹과 전쟁을 벌이신다면, 하도는 장군님의 첫 패전을 빌미로 신임 투표를 요구하겠죠. 결국 어떤 선택을 하건 의회는 장군님을 몰아낼 투표를 할 겁니다. 그렇게 되면 콘클라베는 와해됩니다."

가우 장군이 한숨을 내쉬었다.

"전에는 콘클라베를 운영하기가 한결 쉬웠는데 말이야."

"그건 장군님이 콘클라베를 만드는 중이었기 때문입니다. 아직 존재하지 않는 것을 만들고 있을 때는 모두에게 영감을 주는 지도자로 있기가 쉬운 법이죠. 하지만 지금은 콘클라베가 존재하고 있고, 장군님은 더 이상 영감을 주는 지도자가 아닙니다. 가장 높은 관료일 뿐입니다. 관료는 경외감을 불러일으키지 못합니다."

"이번 일을 해결할 시간은 있나?"

"개척연맹과 지구가 동시에 외교단을 보내 회담을 요청하지 않았다면 그럴 시간이 있었을지도 모르죠. 둘 중 하나만 와도 부담스러운 마당에, 오캄포 데이터 문제로 양쪽 모두가 오면 하도와 그의 패거리는 눈앞에 있는 증오의 대상들을 이용해 더 빨리 신임 투표를 밀어붙이려 할 겁니다. 장군님께 오명을 씌울 이 절호의 기회를 그들이 보고만 있으리라 기대하신다면, 장군님은 놈들의 손아귀에서 놀아나게 되실 겁니다."

"그럼 어찌 하면 좋겠나?"

"아붐웨 대사가 도착해도 만나주지 마십시오. 공개적으로 그녀를 내치는 겁니다. 개척연맹 외교관을 받아들이는 모습을 하도에게 보여주지 않는 거죠."

"개척연맹이 약속한 새로운 정보는 어쩌고?"

"그건 제게 맡겨주십시오. 리그니 대령을 개인적으로 만나 받아내면 됩니다. 신중한 방식으로 말입니다."

"그 친구가 좋아하지 않을 텐데."

"그의 기분은 중요하지 않습니다. 우리가 처한 정치적 상황을 이해시키는 게 중요하죠. 그건 제가 할 수 있습니다."

"지구에서 보낸 외교관들은?"

"그들은 만나야 합니다. 그리고 우리는 지구를 콘클라베에 끌어들이지 않고 개척연맹의 마수에서 멀어지게 해야 합니다."

장군은 빙그레 웃었다.

"무슨 수로 그렇게 할 셈인지 어서 듣고 싶구먼."

"보호를 요청하게 하는 겁니다."

"보호라. 누구로부터?"

"지구 정거장을 공격한 개척연맹으로부터죠."

"정말로 공격했다면야 그렇지."

"공격을 했는지 안 했는지는 중요하지 않습니다. 지구가 개척연맹을 위협적인 존재로 여기는 것이 중요하죠."

내 말을 듣고 장군은 복잡한 감정이 서린 표정을 지었지만, 당장은 그걸 화두로 삼지 않았다.

"그래서 지구가 보호를 요청하면 뭐가 해결되지?"

"우선은 하도 문제가 해결됩니다. 왜냐하면 지구가 콘클라베에 가입하지 않고도 개척연맹의 위협에 취약하지 않게 되니까요. 그리고 지구가 보호를 요청하면, 우리는 콘클라베 회원국 세 곳에 지구 보호 임무를 맡길 겁니다."

"어느 종족들 말인가?"

"둘은 어느 종족이든 상관없습니다. 장군님 마음대로 고르십시오. 하지만 세 번째 종족은⋯⋯."

"엘프리 종족이겠군."

"맞습니다. 그러면 하도는 옴짝달싹 못 하게 되죠. 그가 꾸미는 모든 계략의 바탕은 장군님이 인류에게 너무 호의적이라는 점입니다. 하지만 이제 한쪽 인류는 공개적으로 퇴짜를 맞고, 나머지 인류는 하도 자신의 종족이 보호하게 됩니다. 오늘 그가 제게 말하기를, 자신의 유일한 관심사는 콘클라베의 결속이라고 했습니다. 그 말을 지키게 하는 겁니다. 그것도 공개적으로. 자신의 술책에 발목이 잡히는 셈이죠."

"자네는 지구가 이 작전에 호응할 거라고 생각하는군."

"그들은 우리가 공동의 적을 상대하고 있다고 생각할 겁니다. 또한 콘클라베 없이는 자신들이 무방비 상태라는 걸 알고 있죠. 우리가 할 일은 하나뿐입니다. 개척연맹이 그랬던 것처럼 우리가 지구를 또 고립시키고 있다는 인상만 주지 않으면 됩니다."

"하지만 실제로 우리가 하려는 일이 그거 아닌가?"

"당장은 이 방법밖에 없습니다."

"자네는 이 계획이 정말로 통할 거라고 생각하는군."

"시간은 벌어줄 겁니다."

나는 몇 분 전까지 새끼 랄라가 있던 바위를 돌아보았다. 이제 그 랄라는 보이지 않았다. 하지만 핏자국은 있었다. 방금까지 있던 새끼 랄라의 피인지 그 전에 죽임을 당한 랄라의 피인지는 알 수 없었다.

"어쩌면 콘클라베의 붕괴를 막을 시간을 벌어줄지도 모르죠. 지금은 그걸로 충분합니다."

PART TWO

"일어나십시오, 고문님."

누군가가 말했다.

나는 눈을 떴다. 브낙 오이였다. 나는 잠시 그를 멍하니 보다 정신을 차리고 물었다.

"어째서 내 침실에 서 있는 겁니까?"

"고문님을 깨워야 했거든요."

"어떻게 들어왔습니까?"

오이는 '제발요, 급합니다'라는 표정을 지었다.

"어쨌든 알겠습니다."

나는 침대에서 몸을 일으킨 다음, 옷을 입으려고 드레스룸으로 들어갔다. 평소에 나는 옷을 벗은 내 모습을 남이 보는 걸 좋아하지 않는데, 창피해서가 아니라 상대를 위한 배려였다. 랄라 종족은 알몸에 대한 금기가 없다.

오이가 말했다.

"인류의 우주선이 피격되었습니다."

"뭐라고요?"

나는 드레스룸 밖으로 고개를 내밀고 물었다.

"어디서요? 누가 그랬습니까?"

"우리 우주에서 당했습니다. 누구 짓인지는 모릅니다. 하지만 사태가 악화되고 있습니다."

"악화라니? 무슨 뜻입니까?"

나는 기본적인 예복만 걸치고 드레스룸 밖으로 나왔다. 장신구는 나중에 해도 되니까.

"지금 그 우주선은 통제력을 상실하고 이 소행성의 중력에 끌려 추락하는 중입니다. 4세르티 후에는 지상에 충돌합니다."

"시간이 별로 없군요."

콘클라베의 하루인 1수르는 30세르티로 이루어져 있었다.

"사태가 악화되고 있습니다."

이제 나는 오이 앞에 서서 대꾸했다.

"그 소리는 그만하고 상황 설명이나 해보세요."

"우주선 안에 인간들이 갇혀 있습니다. 지구에서 보낸 외교단도 포함되어 있고요."

"이게 오디암보 호입니다."

룸 갈핀이 상황실 모니터 화면에 나온 추락하는 우주선을 가리키며 말했다. 그는 콘클라베 항구 시설 책임자였다. 상황실 안에는 나와 오이, 가우 장군, 라우스 의장, 리건 번도 있었다. 한쪽 벽에는 갈핀의 부하 여럿이 일렬로 서 있었는데, 총살당하려고 늘어선 사형수들 같은 표정이었다. 만약 오디암보 호가 이 소행성에 추락하면 그들에게는 총살이 가장 자비로운 처벌일 터였다.

"대략 100디투 전에 콘클라베 영역으로 도약해 들어왔습니다."

90디투가 1세르티이므로 그리 오래전은 아니었다. 갈핀의 설명이 이어졌다.

"거의 진입하자마자 여러 차례 폭발이 일어나 심각한 손상을 입었다고 합니다."

"폭발 원인은 알아냈나?"

가우 장군이 물었다. 그러고는 고갯짓으로 오이를 가리키며 덧붙였다.

"여기 있는 정보국장 말로는 피격되었다던데."

"아직 원인은 모릅니다. 진입 당시 오디암보 호는 음성과 자동 모니터링으로 선내의 모든 시스템이 먹통이라고 알려 왔습니다. 그 후로는 걷잡을 수 없게 상황이 악화되었습니다."

가우 장군이 오이에게 물었다.

"설명 좀 해주겠나?"

"피해 보고가 들어오자마자 저희 분석가들이 관련 데이터를 가지고 오디암보 호에 대한 기존 정보와 대조하기 시작했습니다. 오디암보 호는 임대 우주선으로, 원래는 오르무의 화물선이었습니다. 폭발이 일어난 직후 보고된 손상 패턴은 동력 계통에 문제가 생길 때의 상황과 일치하지 않습니다. 동력 시스템이 공격을 받고 발생하는 이차적인 손상과 일치합니다."

"결국 피격된 거로군."

"제가 보기에는 그렇습니다."

오이는 갈핀을 가리키며 한마디 덧붙였다.

"물론 이 친구가 제공하는 추가 정보에 따라 상황은 바뀔 수 있습니다."

갈핀이 말했다.

"오디암보 호가 도착하기 직전이나 그 즈음에 다른 존재나 물체가 도약해 온 기록이 있는지 저희 데이터를 확인하고 있습니다. 방금 1수르 전의 데이터까지 살펴봤지만 아무 기록도 없습니다."

가우 장군이 고개를 끄덕였다.

"다시 현재 상황을 이야기해보게나."

"현재 오디암보 호는 심각한 손상을 입고 콘클라베 영역 안에서 추락하고 있습니다. 몇 번의 폭발로 발생한 작은 추력이 오디암보 호를 우리 소행성 쪽으로 밀었고, 이후 소행성 자체 중력에 끌려오는 상황입니다. 이대로 놔두면 3세르티 55디투 후에는 지상에 충돌할 겁니다."

갈편이 보여준 영상에는 오디암보 호가 콘클라베 본부 쪽으로 추락하는 예상 진로가 나타나 있었다.

내가 물었다.

"충돌로 인한 우리 쪽 피해는 얼마나 될까요?"

"충돌 예상 지점에 일반 거주지나 특수 거주지는 전혀 없습니다. 따라서 심각한 생명 피해는 없을 것으로 보입니다. 하지만 오디암보 호는 우리 태양열 발전 농장 한 곳에 정통으로 부딪칠 테고, 인근에는 농업용 지상 돔이 여러 채 있어서 상당한 피해가 발생할 수 있습니다. 피해 규모는 충돌 시에 오디암보 호의 동력 시스템이 어떻게 되느냐에 달렸습니다. 최상의 시나리오는 충돌로 인해 태양열 농장만 잃는 것이고, 최악의 시나리오는 충돌과 더불어 우주선의 동력 시스템이 완전히 폭발하는 것입니다."

오이가 부연설명을 했다.

"그럴 경우 이 소행성에 빛나는 크레이터가 하나 더 생기고, 잔해가 사방으로 멀리 날아가면서 도킹 구역의 다른 우주선들을 손상시킬 것이며, 소행성의 다른 지역들에 있는 거주지까지 위협할 가능성이 있습니다. 결국 사상자 발생 가능성이 매우 높아지겠죠."

가우 장군이 물었다.

"저 배의 선원들은 어찌 됐나?"

갈편이 대답했다.

"선원은 60명이고, 승객 10명은 모두 지구 외교관들입니다. 선장의 보고에 따르면 폭발로 인한 사망자는 6명이고 중상자는 8명인데, 대부분 기술부 선원들이라고 합니다. 시신은 여전히 선내에 있습니다. 부상자와 나머지 선원 대부분은 탈출정으로 우주선을 빠져나왔습니다. 선장과 당직 간부, 기술 주임은 아직 남아 있고요."

리건 번이 나섰다.

"하지만 저희 외교관들은 갇혀 있습니다."

갈핀이 고개를 끄덕였다.

"선장의 보고에 따르면 그렇습니다. 지구 외교단이 사용하는 승객 선실은 아직 멀쩡하지만, 거기로 가는 통로가 심하게 파손되었다고 합니다. 따라서 출입이 불가능한 상태라 동체 착륙후 밖에서 뚫고 들어가는 수밖에 없습니다."

오이도 한마디 거들었다.

"문제는 오디암보 호의 동력 시스템이 손상을 입어 언제 터질지 모른다는 점입니다. 섣불리 구조대를 보냈다가 우주선이 폭발하면 저들뿐만 아니라 우리 대원들까지 목숨을 잃게 됩니다."

번이 오이를 노려보며 쏘아붙였다.

"저들을 갇힌 채로 내버려둘 수는 없습니다."

오이도 그녀를 노려보며 맞받아쳤다.

"지금 우린 향후 발생할 위험을 이성적으로 판단해야 합니다."

그러고는 모두를 바라보며 말했다.

"그리고 신속히 결정을 내려야 합니다."

오이는 오디암보 호의 영상을 가리키며 덧붙였다.

"이 우주선은 앞으로 3세르티 반이면 충돌하지만, 우리에겐 그만한 시간이 없습니다. 당장 우리의 방어 무기로 저 배를 파괴하면, 체계적으로 잔해를 처리해 콘클라베 본부와 다른 우주선들의 피해를 최소화할 수 있습니다. 그 시기를 놓치면 피해를 억제하기가 점점 더 어려워집니다. 더구나 이 배는 당장이라도 폭발할 수 있고, 그럴 경우 통제 불능 상태가 되어 위험성은 훨씬 더 커지게 마련이죠."

가우 장군은 갈핀을 보고 물었다.

"자네 생각은 어떤가?"

"오이 국장님 말씀이 맞습니다. 우리가 직접 오디암보 호를 파괴하는 것이 최선의 방안이며, 그것도 빠를수록 좋습니다. 지상에 충돌하도록 내버려두면 안 됩니다. 그리고 빨리 손을 쓰지 않으면 우주선의 동력 시스템이 폭발할 가능성은 점점 더 커집니다."

내가 한마디 했다.

"그건 외교관들을 희생시킬 수도 있다는 뜻입니다. 용납할 수 없어요."

라우스도 오이를 바라보며 거들었다.

"제 생각도 같습니다. 우리가 저들을 구하려는 시도조차 하지 않는다면 콘클라베의 체면이 뭐가 되겠습니까?"

오이가 반문했다.

"우리 구조대의 목숨을 걸라는 말씀입니까?"

라우스가 대답했다.

"구조 임무가 원래 그런 법이죠."

"하지만 무모하게 목숨을 걸어서는 안 됩니다."

오이는 갈핀에게 물었다.

"오디암보 호의 동력 시스템이 폭발할 가능성이 얼마나 됩니까?"

"앞으로 1세르티 동안 말씀입니까?"

"네."

"현재 손상 정도로 볼 때 60퍼센트로 추정됩니다. 물론 현실적으로는 더 크다고 봐야 합니다. 우리가 파악한 손상 규모는 최소 예상 수치니까요."

"결국 우리 구조대를 거의 확실한 죽음으로 내모는 셈입니다."

가우 장군이 입을 열었다.

"번 특사의 생각을 알고 싶군요."

번은 잠시 마음을 가다듬고 말했다.

"여러분이 제 동료들을 구해주시지 않아도 된다는 말씀은 못 드리겠습니다. 구해주시지 않아도 여러분의 입장을 십분 이해한다는 말씀도 드릴 수 없습니다. 제가 드릴 수 있는 말씀은, 설령 구조를 포기하신다 해도 지구의 정부들에게는 여러분의 행위를 향후 논의의 요소에서 배제하라고 권유하겠다는 것입니다."

가우 장군은 나를 바라보았다. 나도 장군을 물끄러미 보았다. 현실정치적인 번의 발언에 대한 나의 생각을 장군도 분명히 아는 눈치였다.

가우 장군이 갈핀에게 물었다.

"구조대를 보내려면 시간이 얼마나 걸리겠나?"

"오디암보 호의 구조 요청을 처음 받았을 때부터 대기하고 있었습니다. 장군님이 원하시면 언제든 출동 가능합니다."

"구조대를 보내게. 당장."

갈핀이 고개를 끄덕이고 부하를 돌아보자, 부하는 자기 종족의 머리 형태에 맞춘 헤드셋을 상관에게 건넸다.

가우 장군이 번을 보고 말했다.

"저들을 구출해 오겠소, 특사."

"감사합니다, 장군님."

번에게서 안도의 기운이 폭포처럼 쏟아져 내렸다.

그때 갈핀이 말했다.

"장군님, 문제가 생겼습니다."

"무슨 일인가?"

"잠시만요."

갈핀은 한 손을 쳐들고 헤드셋에 귀를 기울였다.

"구조 작전이 이미 시작됐습니다."

내가 물었다.

"누가 무슨 자격으로?"

헤드셋에 귀를 기울이고 있던 갈핀이 잠시 후 대답했다.

"챈들러 호가 시도하고 있습니다. 개척연맹 우주선입니다. 우리가 여기 모였을 때쯤 도약해 왔다고 합니다."

나는 가우 장군을 바라보았다. 장군은 나를 향해 빙그레 웃고 있었다. 나는 그 미소의 의미를 알아챘다. 이런 뜻이었다. 내가 자네의 충고를 무시하고 개척연맹 인간들을 만나기로 한 게 참으로 다행이지 않나?

갈핀이 장군에게 물었다.

"이제 어쩌실 겁니까?"

"챈들러 호에 연락해서 1세르티 안에 구조 임무를 완수하라고 해. 그 후에는 우리 본부의 안전을 위해 오디암보 호를 파괴시킬 거라고 말이야. 그리고 혹시 도울 일이 생길지 몰라 우리 구조대도 보낼 거라고 하게나. 도움이 필요 없다면 옆에서 주시하겠다고 말이야."

고개를 끄덕인 갈핀은 헤드셋으로 챈들러 호와 교신했다.

잠시 후 가우 장군이 나를 바라보았다.

"말씀 안 하셔도 됩니다. 이미 아니까."

내가 자리에서 일어나자 번이 나를 쳐다보며 물었다.

"어디 가시려는 겁니까?"

"우리 구조대를 따라갈 생각입니다. 지켜보려고요."

오이가 말했다.

"폭발에 휘말릴지도 모릅니다."

"그러면 지구인들은 내가 그들 외교단 구조를 돕다 죽은 줄 알겠죠."

나는 속으로만 한마디 더 중얼거렸다.

그리고 콘클라베가 개척연맹에게 모든 위험을 떠넘긴 건 아니라고, 혹은 개척연맹만 희생하게 만든 건 아니라고 생각하겠지.

물론 이것도 가우 장군의 계산에 들어 있던 것이었다. 나는 방 안에 있는 이들에게 목례를 하고 밖으로 나가려 했다.

"하프테."

가우 장군이 나를 불렀다. 나는 문간에 멈춰 서서 장군을 돌아보았다.

"부디 살아서 돌아오게나."

나는 빙긋이 웃고 밖으로 나갔다.

"얼씨구, 이 친구 지금 조종 실력을 뽐내고 있네요."

우리 구조 셔틀이 오디암보 호와 챈들러 호 쪽으로 다가가는 동안 조종사 토름 아울이 내게 말했다. 구조 셔틀에는 나와 아울, 부조종사 리암 홀을 비롯해 플릭트 종족인 구조대원 여섯 명이 타고 있었다. 내가 부조종사 자리를 차지하고 있어서 리암 홀은 줄곧 선실 안을 어정거렸다. 플릭트 종족은 성(性)이 다섯 가지였다. 남성, 여성, 지알, 얄, 중성. 아울은 지알이었으며, 남들이 자신을 대명사로 부를 때 정확히 불러주는 걸 좋아했다. 그의 입장이라면 나도 그랬을 것이다.

내가 물었다.

"누구 말인가?"

"챈들러 호의 조종사요."

아울은 외부 전경을 보여주는 모니터를 가리키며 덧붙였다.

"지금 챈들러 호는 무질서하게 회전하는 오디암보 호의 움직임에 자신을 맞추고 있습니다."

"왜 그러는 거지?"

"그래야 구조 작업을 할 때 안전하니까요. 두 우주선이 서로에게는 안정적인 상태로 있게 하는 거죠. 하지만 쉽지 않은 일입니다. 챈들러 호의 조종사가 오디암보 호의 움직임을 정확히 따라가야 하거든요."

"일단 우주선이 회전하기 시작하면 계속 똑같이 움직일 텐데. 운동 법칙에 따라서 말이야."

"네. 하지만 추가적인 추력이 발생한다면 사정이 다르죠."

아울은 모니터에 나타난 오디암보 호를 가리키며 말을 이었다.

"지금 오디암보 호는 파손돼서 온갖 것들이 튀어나옵니다. 언제 그런 일이 벌어질지 예상할 수도 없고요. 한마디로 제멋대로죠. 챈들러 호의 조종사는 그 모든 변칙적인 움직임을 거의 실시간으로 따라가야 합니다."

"자네라면 그럴 수 있나?"

"물론이죠. 조종 실력을 뽐내고 싶다면요."

나는 그 말을 듣고 빙그레 웃었다.

"하지만 이 셔틀보다 큰 물체로는 엄두도 못 낼 겁니다. 누군지는 몰라도 지금 챈들러 호의 조종사는 거대한 우주선으로 그 짓을 하고 있습니다. 만약 일이 잘못되면 우주선 한 척이 아니라 두 척이 우리 본부를 향해 추락하게 될 겁니다."

"저들에게 그걸 알려야 해."

"아이고, 고문님. 저들도 이미 알고 있을 겁니다."

"챈들러 호에 연락해. 필요하다면 우리가 도우러 가겠다고 말이야."

아울이 헤드셋에 대고 자기 언어로 챈들러 호와 교신하는 동안, 나는 인류의 두 우주선이 한 덩어리가 되어 회전하는 광경을 지켜보았다.

잠시 후 아울이 말했다.

"챈들러 호의 선장은 네바 발라라는 자입니다. 그것이 우리에게 감사 인사를 전하면서 지금은 도움이 필요 없다는데요. 안 그래도 복잡한 상황에 우리까지 끼어들면 더 복잡해질 뿐이라면서요. 계속 20클릭 거리를 유지하면서—우리 기준으로는 25츄 정도입니다—오디암보 호의 에너지 폭증이나 온도 급상승을 모니터링 해달라고 합니다."

"그게 가능한가?"

"상대거리 25츄를 유지하는 건 자동조종으로 할 수 있습니다. 그리고 이 셔틀에는 감지 장치가 아주 많죠. 모니터링도 얼마든지 가능합니다."

나는 고갯짓으로 모니터를 가리켰다.

"저 우주선들이 회전하지 않는 것처럼 보이도록 영상을 안정시킬 수 있나? 상황을 지켜보고 싶은데, 이 상태로는 현기증이 나서 말이야."

"문제없습니다."

"오디암보 호의 선장이 아직 배에 남아 있다면, 실시간 데이터를 전송해달라고 요청해주게나."

"그러죠."

"그리고 네바 발라 선장은 '그것'이 아니라 '그녀'라네."

"확실한가요?"

"전에 만난 적이 있거든. 대개 인간들은 '그것'이라고 불리는 걸 좋아하지 않아."

"고문님은 직업상 인간들에 대해 많이 아시는군요."

"시작됐습니다."

아울이 모니터를 가리키며 말했다. 오디암보 호의 바로 맞은편, 챈들러 호의 열린 에어록 안에 홀로 서 있는 자의 모습이 화면에 나타나 있었다. 두 우주선 사이의 거리는 30플린트가—인간의 척도로는 50미터 정도가—채 되지 않았다. 아울의

224

말은 사실이었다. 챈들러 호의 조종사가 누군지는 몰라도 조종 솜씨가 매우 인상적이었다.

에어록 안에 서 있는 사람은 뭔가를 기다리는 듯 계속 서 있었다.

아울이 혼잣말을 중얼거렸다.

"시간 끌어 좋을 거 없어."

갑자기 챈들러 호에서 발사된 광선 한 줄기가 에어록에 서 있는 사람을 살짝 지나쳐 맞은편 선체에 꽂혔다.

내가 말했다.

"지금 레이저를 발사하고 있잖아."

"흥미로운데요."

"어째서 흥미롭지?"

아울이 광선을 가리키며 대답했다.

"저들은 선체를 뚫어야 합니다. 대개 우리는 구조대원이 가서 입자 광선 절단기를 이용해 구멍을 내죠. 사실 이 셔틀에도 두 개 있습니다. 하지만 그건 시간이 걸립니다. 저들에겐 시간이 없고요. 그래서 레이저로 선체 표면을 녹여 커다란 구멍을 내고 있는 겁니다."

나는 지켜보면서 말했다.

"썩 안전해 보이진 않는군."

오디암보 호에서 뿜어져 나오는 공기가 진공 속에서 결정체를 이루었고, 광선에 닿은 공기는 플라스마로 바뀌었다.

아울이 대꾸했다.

"절대 안전하지 않죠. 만약 레이저로 뚫는 자리 안쪽 선실에 누가 있다면 방금 질식해서 죽었을 겁니다. 레이저에 맞아 증발해버리지 않았다면요."

"조심하지 않으면 우주선을 날려버릴 수도 있겠는데."

"어차피 곧 폭발할 배입니다, 고문님. 일일이 따져가며 작업할 상황이 아니죠."

발사될 때 그랬듯 레이저가 갑자기 끊기자, 오디암보 호의 선체에 지름 3플린트의 구멍이 남았다. 모니터를 보니, 챈들러 호의 에어록에 있는 자가 뒤에 밧줄을 매단 채 구멍 쪽으로 몸을 날렸다.

"아하, 이제 알겠네요. 챈들러 호에서 오디암보 호로 밧줄을 연결하려는 겁니다. 저걸로 사람들을 탈출시킬 셈이죠."

"진공 속에서?"

"어떻게 할지 지켜보죠."

방금 건너간 사람이 오디암보 호 안으로 사라졌다. 잠시 후 살짝 느슨해 있던 밧줄이 팽팽해졌다. 곧이어 커다란 컨테이너가 밧줄을 따라 이동하기 시작했다.

"우주복과 고정 기구, 자동 도르래를 쓰려나 보네요. 사람들에게 우주복을 입히고 고정 기구에 매단 다음, 나머지 일은 도르래에 맡기는 겁니다."

"자네도 이 방식이 맘에 드나 보군."

"물론입니다. 아주 단순한 장비로 아주 단순하게 구조하는 거니까요. 구조 방법은 단순할수록 좋습니다. 문제가 발생할 일이 훨씬 적거든요."

"챈들러 호가 계속 오디암보 호의 움직임에 맞출 수 있어야겠지."

"맞습니다. 그게 관건이죠. 그것만 잘 하면 나머지 문제는 수월하니까요."

한동안 아무 일도 진행되지 않는 듯했다. 그 사이 나는 부조종사 모니터로 오디암보 호의 에너지 상태와 온도 변화를 살폈다. 변동은 전혀 없었다. 다행이었다. 나는 아울에게 말했다.

"남은 승무원 모두 최대한 빨리 탈출하라고 오디암보 호의 선장에게 말해주게나."

"대단히 죄송하지만 고문님, 선장이 직접 결정을 내리기 전에는 그에게 배를 버리라고 할 수 없습니다."

"일리 있는 말이야."

나는 다시 조종사 모니터로 오디암보 호의 상황을 지켜보다 손으로 가리키며 말했다.

"저길 봐."

빛을 반사하는 우주복에 싸인 첫 외교관이 고정 기구에 매달린 채 도르래 장치에 끌려가며 밧줄을 따라 건너가고 있었다.

"한 명 구했습니다. 이제 아홉 명 남았네요."

챈들러 호가 일곱 명째 구출해냈을 때, 갑자기 오디암보 호가 폭발하기 시작했다.

느닷없이 벌어진 일이었다. 나는 일곱 번째 외교관이 챈들러 호의 에어록 안으로 사라지는 모습을 보고 나서, 부조종사 모니터에 뜨는 데이터를 확인했다. 위험 수치였다. 나는 챈들러 호에 알리라고 아울에게 소리쳤다. 그때 외부 전경 모니터에서 두 우주선 사이의 밧줄이 획 당겨져 끊어지는 모습이 보였다. 아울이 화면을 축소하자 때마침 오디암보 호의 선체 중앙이 폭발하는 장면이 잡혔다.

아울이 헤드셋에 대고 고함을 질렀다. 별안간 모니터의 영상이 미친 듯이 돌기 시작했다. 혹은 그렇게 보였다. 모니터가 두 우주선의 움직임을 따라가는 것을 멈추고 본래 우리의 시점으로 돌아왔기 때문이다. 오디암보 호는 이미 찢어지기 시작했다. 챈들러 호는 죽음을 앞둔 동료에게서 멀어지고 있었다.

아울이 모니터를 보며 고래고래 소리쳤다.

"빨리, 빨리, 빨리! 움직이라고, 이 머저리 팔푼이야! 아직 너무 가까워!"

물론 챈들러 호의 조종사에게 하는 소리였다.

그의 말은 사실이었다. 챈들러 호는 너무 가까이 있었다. 이제 오디암보 호가 두 동강이 나면서 사방으로 파편이 퍼지기 시작했고, 선체 앞부분이 위태롭게 챈들러 호 쪽으로 몰려가고 있었다.

아울이 소리쳤다.

"충돌한다!"

하지만 그런 일은 벌어지지 않았다. 챈들러 호의 조종사는 미친 발레를 추듯 전후좌우 상하로 우주선을 기동하면서 충돌을 모면했다. 두 우주선의 거리가 차츰 벌어졌지만, 내가 보기에는 너무 느렸다. 50플린트, 80플린트, 150플린트, 300플린트, 1츄, 3츄, 5츄. 이윽고 챈들러 호의 움직임이 안정되면서 오디암보 호에서 빠르게 멀어지기 시작했다.

아울이 모니터를 보고 고함을 질렀다.

"죽을 뻔했잖아! 죽을 뻔했다고! 그 우주선까지 폭발해 죄다 죽을 뻔했단 말이야, 이 망할 자식아!"

나는 아울을 보고 물었다.

"자네 괜찮나?"

"아뇨. 하마터면 똥을 지릴 뻔했습니다."

나를 바라보는 아울의 표정에는 엄청난 흥분이 서려 있었다.

"정말 믿을 수 없는 일입니다. 챈들러 호에 탄 자들은 모두 죽을 뻔했어요. 챈들러 호는 거대한 잔해 구름이 됐을 테고요. 제 평생 저런 놀라운 광경은 처음 봤습니다, 고문님. 아마 고문님도 저런 놀라운 광경은 난생처음 보셨을 겁니다."

나도 인정해주었다.

"평생 한두 번 볼까 말까 한 묘기였네."

"조종사가 누군지는 몰라도 저 망할 자식이 원하는 만큼 술을 사 줘야겠습니다."

내가 대꾸하려 했지만 아울이 한 손을 들고 헤드셋에 귀를 기울였다.

"세상에, 이럴 수가!"

"왜 그래?"

"나머지 외교관 세 명과 챈들러 호의 선원이 아직 살아 있습니다."

아울이 헤드셋에 대고 말하면서, 아까 챈들러 호가 구멍을 낸 오디암보 호의 선체 뒷부분의 영상을 확대했다.

그러는 동안 화면에서 똑똑히 보였다. 빛을 받아 반짝이는 우주복 하나가 구멍을 통해 우주 공간으로 튀어나왔고, 이어서 또 하나가 빠져나왔다. 곧이어 서로 부둥켜안은 한 쌍이 탈출했다. 마지막 외교관과 챈들러 호의 선원이었다. 오디암보 호는 빙글빙글 돌면서 서서히 멀어져갔다.

내가 아울에게 물었다.

"저들에게 산소가 얼마나 있지?"

"많지 않을 겁니다."

나는 부조종사 모니터를 바라보았다. 두 동강이 난 오디암보 호가 여전히 하나의 선체로 잘못 표시되어 있었다. 선체 앞부분은 빠르게 식고 있었다. 모든 동력이 끊겨 열과 에너지가 우주 공간으로 빠져나가고 있었다.

반면 선체 뒷부분은 뜨거웠으며, 내가 지켜보는 동안 점점 더 뜨거워졌다.

"시간이 별로 없을 것 같은데."

아울이 내 시선을 따라 부조종사 모니터로 눈을 돌렸다.

"맞는 말씀입니다."

그는 나를 쳐다보며 물었다.

"혹시 우주복 가져오셨습니까, 고문님?"

"아니. 자네가 그렇게 물어보니 불현듯 우주복을 안 가져온 게 엄청 후회되기 시작하는군."

"괜찮습니다. 이제부터 제가 하려는 일을 부조종사 없이 성공해야 한다는 뜻일 뿐이니까요."

아울이 조종사 모니터의 버튼을 누르고 말했다.

"모두 집중. 앞으로 2디투 동안 모두 우주복을 착용한다. 3디투 뒤에는 너희가 있는 곳의 공기를 빼고 문을 열 것이다. 빠르게 날아오는 승객들을 태울 준비를 해라. 비상용 산소와 발열 장비도 준비해놔. 다들 추위에 떨면서 질식하기 직전일 테니까. 만약 셔틀에 태운 뒤에 그들이 죽으면 너희를 여기 두고 가겠다."

그의 말이 끝나자 내가 한마디 했다.

"모두 분발하겠군."

"먹혀들 겁니다. 전에 딱 한 번 본보기로 그런 적이 있거든요. 자, 조금 더 안쪽으로 들어오십시오, 고문님. 격벽을 차단해야 하니까요. 안 그러면 꽤 오랫동안 숨을 참으셔야 할 겁니다."

"저들 네 명은 서로에게서 그리 멀리 떨어져 있지 않습니다."

2디투 뒤, 그들을 구조하러 가는 동안 아울이 말했다. 그는 외교관들의 위치를 보여주는 영상을 중앙 화면에 띄웠다.

"그리고 두 명은 함께 있으니 우리의 표적은 셋뿐인 셈입니다."

세 위치를 이어주는 곡선이 화면에 나타났다.

"셔틀 문을 열고 속도를 늦춘 다음, 그들이 셔틀 안으로 흘러 들어오게 할 겁니다. 3디투 동안 세 사람을 구하고 돌아가면 우린 영웅이 되겠죠."

"영웅 운운하면 불길한데."

"저는 미신 따위 안 믿습니다."

그때 오디암보 호의 뒷부분이 폭발했다.

아울이 소리쳤다.

"어휴, 제발!"

내가 말했다.

"위치 추적은 내가 하겠네."

아울은 자신의 화면을 부조종사 모니터로 돌렸다. 오디암보 호의 후미 대부분은 여전히 빙글빙글 돌며 외교관들에게서 멀 어지고 있었지만, 커다란 파편 덩어리 하나가 완전히 반대 방 향으로 날아가기 시작했다. 셔틀의 컴퓨터가 그 진로를 예측하 는 동안 나는 화면을 뚫어져라 보았다.

"파편이 이들 두 명을 덮치겠는데."

나는 부둥켜안고 있는 한 쌍을 가리켰다.

"남은 시간은 얼마입니까?"

"3디투."

아울은 잠시 고민하는 눈치였다.

"네, 좋습니다."

내가 물었다.

"좋다니, 뭐가 말인가?"

"고문님의 중력 중심을 최대한 낮추셔야 할 겁니다. 이 셔틀의 관성 중력 장치는 꽤 믿을 만하지만, 그래도 모르는 일이니까요."

나는 몸을 잔뜩 낮췄다.

"무슨 짓을 하려는 건가?"

"어떻게 되는지 두고 보시는 편이 나을 겁니다. 제대로만 되면 진짜 멋질 테니까요."

"제대로 안 되면?"

"그럼 금방 끝날 겁니다."

"어쩐지 찜찜한 기분이 드는걸."

"괜찮으시다면 고문님, 일이 끝날 때까지 저한테 말 시키지 마십시오. 집중해야 하니까요."

나는 입을 다물었다. 아울은 조종사 모니터에 외교관들의 위치를 띄우고 그 위에 파편의 예상 궤적을 얹었다. 그러고는 셔틀을 앞으로 몰기 시작했다. 조종사 모니터를 응시하고 맹렬히 자판을 두드리면서 한 번도 고개를 들지 않았다.

반면 나는 외부 전경 모니터를 지켜보았다. 멀리서 거대한 파편이 솟아오르고 있었고, 우리 셔틀은 거침없이 그쪽으로 다가가고 있었다. 곧장 파편 한가운데로 돌진하는 자살 임무를 수행하는 것만 같았다. 나는 아울을 힐긋 보았지만, 그는 온 신경을 화면에 쏟으며 열중하고 있었다.

거의 마지막 순간에 화면에서 별처럼 반짝이는 물체가 보였다. 나는 그것이 우리가 표적으로 삼은 우주복이라는 걸 금세 알아차렸다. 너무 늦었어! 때마침 우리 밑에서 거대한 파편이 바다 속 괴수처럼 솟아오르고 있었다. 나는 비명을 지르려고 숨을 들이마셨다. 화면에 획획 지나가는 형상들이 보였다. 밑에서 솟아오른 파편이 셔틀에 부딪치는 광포한 충돌을 예상하며 이를 악물었다. 아울이 말한 대로 금방 끝날 터였다.

그때 아울이 헤드셋에 대고 말했다.

"태웠어? 그래, 그래. 좋아. 잘했어."

그는 나를 보고 빙그레 웃었다.

"성공했습니다."

"성공하다니?"

"표적 근처에서 고속으로 회전했습니다. 이 셔틀의 관성장 발생기는 순간적으로 새로운 존재를 포착하고 그 속도에 맞출 수 있거든요. 만약 우리가 일직선으로 날아오던 속도 그대로 새로운 승객들을 태웠다면 모두 셔틀 내벽에 부딪쳐 젤리처럼 짜부라졌을 겁니다. 그래서 순식간에 셔틀을 돌려 관성장이 그들의 존재를 포착하고 그들을 우리에게 맞출 시간을 줬습니다."

"아하."

"물론 좀 더 길게 설명할 수도 있죠."

아울은 조종사 모니터에 명령을 입력하기 시작했다. 나머지 두 외교관도 마저 태우려는 생각인 듯했다. 그가 말을 이었다.

"셔틀 내부가 표적들의 속도에 맞게 조정하라고 셔틀에 지시하고, 회전 과정에서 갑작스럽게 발생한 추력도 제거하는 등등 꽤 까다로웠습니다. 어쨌든 성공했습니다."

"파편은 어디 있나?"

"우리 밑에 있다가 위로 올라갔죠. 불과 몇 플린트만 늦었어도 부딪쳤을 겁니다."

"하마터면 모두 죽을 뻔했잖아."

아울은 고개를 끄덕였다.

"아슬아슬했습니다."

"제발 다시는 그러지 말게."

"다행히도 이제는 그럴 필요가 없습니다."

나머지 두 인간 외교관을 구출하는 일은 전혀 극적이지 않았다.

콘클라베 소행성으로 돌아오는 동안 아울은 셔틀 내부에 다시 공기를 채우고 조종석 격벽을 열었다.

"구조된 외교관 중 한 명이 고문님을 뵙고 싶어 합니다."

"알겠네."

나는 고개를 숙이고 조종석을 빠져나와 중앙 선실로 향했다. 플릭트 한 명이 나를 스쳐 지나가며 목례를 했다. 자기 자리로 돌아가려고 조바심을 내고 있던 부조종사였다. 나는 다시 고개를 숙이고 선실로 들어갔다.

구조대원들은 외교관들을 돌보느라 바빴다. 다들 발열 담요로 몸을 감싸고 산소마스크로 힘겹게 숨을 쉬고 있었다. 하지만 한 명은 예외였다. 그는 몸에 착 달라붙는 옷만 입고 있었는데, 나는 그 옷이 개척방위군 전투복이라는 것을 금세 알아차렸다. 그 전투복을 입은 남자는 검은 곱슬머리 여자 외교관 옆에 꿇어앉아 이야기를 나누고 있었다. 그녀는 남자의 손을 꽉 쥐고 있었는데, 유전공학으로 만들어낸 초능력 병사가 아니면 꽤 아플 듯싶었다. 전투복을 입은 남자가 그런 병사였다. 초록색 피부가 증거였다.

병사가 나를 보고 손짓으로 여자를 가리키자, 여자가 비틀거리며 일어나 산소마스크를 떼고 담요마저 벗었다. 그러지 말았어야 했다. 여자는 곧바로 와들와들 떨면서 내게로 걸어와 악수를 청했다. 병사는 여자 바로 뒤에 서 있었다.

여자 외교관이 말했다.

"소르발 고문님. 저는 미국 국무성의 대니얼 로언입니다. 저와 제 외교단 동료들을 구해주셔서 진심으로 감사드립니다."

내가 대꾸했다.

"아닙니다, 미스 로언. 콘클라베 본부에 오신 걸 환영합니다.

이렇게 극적으로 도착하시게 돼서 유감일 따름입니다."

로언은 가까스로 맥없이 미소 지었다.

"그렇게 말씀해주시니 고맙습니다. 저도 유감입니다."

그녀는 맹렬히 떨기 시작했다. 내가 병사에게 눈짓을 하자, 그는 내 뜻을 알아차리고 뒤로 가서 담요를 갖고 돌아와 여자를 감싸주었다. 로언은 고마워하는 표정을 짓고 살짝 쓰러지듯 병사에게 기댔다. 병사는 그녀의 무게가 전혀 부담스럽지 않은 눈치였다.

"물론 당신들을 구한 공로가 전적으로 우리 콘클라베의 몫은 아닙니다."

내가 고갯짓으로 병사를 가리키자, 그가 한마디 했다.

"유감스럽게도 저는 구조 임무의 70퍼센트만 성공했습니다."

"아닙니다. 당신은 100퍼센트 성공했습니다. 일곱 명을 무사히 챈들러 호로 보냈고, 우리가 구하러 올 줄 알고 나머지 세 명과 함께 탈출했으니까요."

"확신은 없었습니다. 기대했을 뿐이죠."

"훌륭하군요."

나는 로언에게 물었다.

"그렇다면 당신도 기대했습니까?"

"저는 믿었습니다."

로언은 병사를 보고 한마디 덧붙였다.

"이 남자가 저를 우주 공간으로 내던진 게 이번이 처음도 아니거든요."

병사가 대꾸했다.

"지난번에는 나도 줄곧 당신 곁에 있었습니다."

"그랬죠. 그렇다고 그걸 또 해야 하는 건 아니에요."

"명심하겠습니다."

내가 끼어들었다.

"두 분께 흥미로운 사연이 있나 보군요."

"있다마다요."

로언이 대꾸하고는 병사를 가리키며 덧붙였다.

"소르발 고문님, 이분을 소개드리자면……."

나는 그녀의 말을 잘랐다.

"해리 윌슨 중위죠."

로언이 나와 윌슨을 번갈아 보고 물었다.

"두 분도 구면이시군요?"

"그렇습니다."

윌슨이 로언에게 말했다.

"내가 좀 인기가 많거든요."

"나라면 그런 단어는 쓰지 않았을 거예요."

로언은 빙그레 웃었다.

내가 윌슨에게 말했다.

"제 기억이 정확하다면, 우리가 마지막으로 만났을 때도 폭발하는 우주선들이 있었죠."

로언의 눈이 휘둥그레졌다.

"신기하네요. 제가 해리를 마지막으로 봤을 때도 폭발하는 우주선들이 있었거든요."

윌슨은 로언과 나를 번갈아 보고 말했다.

"우연의 일치입니다."

나는 그에게 미소를 지었다.

"그런가요?"

"살아서 돌아오라는 내 부탁에 자네가 그토록 도전적으로 응할 줄은 몰랐네."

구조 임무를 마치고 가우 장군의 집무실로 들어오는 나에게 장군이 말했다.

가우 장군의 개인 집무실은 늘 그렇듯 비좁았다. 오랜 세월 우주선을 타고 다니며 작은 공간에 익숙해진 장군은 여전히 아담한 방을 가장 편하게 여겼다. 다행히 나는 폐소공포증이 없었고, 콘클라베 회원국 대표들 중에서 가장 평범한 자의 집무실보다도 작은 집무실을 고집하는 가우 장군의 정치적 지혜를 높이 샀다. 심지어 지구 특사에게 내준 집무실보다도 작은데, 리건 번이 이 사실을 알면 아마 충격을 받을 것이다. 다행히도 가우 장군의 집무실에는 내가 앉을 만한 의자가 있어서 굳이 목을 굽히지 않아도 되었다.

나는 자리에 앉으며 대꾸했다.

"제가 죽기를 바라지 않으신다면, 정말로 죽을 수도 있는 임무는 맡기지 말아주십시오. 적어도 정신 나간 조종사와 함께 가는 임무는 사양하겠습니다."

"자네가 원한다면 그 친구를 처벌할 수도 있네."

"제가 바라는 건 그의 신속한 판단과 놀라운 조종 솜씨에 상을 내리는 겁니다. 그리고 장군님이 다시는 저를 그의 셔틀에 저를 태우지 않으시는 겁니다."

장군은 빙그레 웃었다.

"자넨 모험심이 없구먼."

"저도 모험심 있습니다. 자기보존 욕구가 더 클 뿐이죠."

"그런 줄은 몰랐군."

"장군님은 종종 저의 자기보존 욕구를 시험하시는 것 같습니다."

"자네가 심심할까 봐그래."

"맙소사, 그런 걱정은 안 해주셔도 됩니다. 서두가 길었네요. 이제 자질구레한 잡담은 집어치우고, 이번 사건이 우리에게 얼마나 끔찍한 재앙인지 분명히 말씀드려야겠습니다."

"내가 보기에는 잘 해결된 것 같은데. 인간들은 무사히 구조됐고, 오디암보 호는 우리 본부나 다른 우주선에 부수적 피해를 끼치지 않고 성공적으로 파괴되었지. 그리고 자네가 말한 그 정신 나간 플릭트 조종사가 낙오된 외교관들을 구해준 덕분에 지구와 우호적 관계를 유지하게 됐어. 심지어 개척연맹 쪽에도 살짝 점수를 땄지. 그들 외교단의 일원 한 명도 구조해줬으니 말이야."

나는 쌀쌀맞게 대꾸했다.

"엉망진창인 상황을 얄팍한 자화자찬으로 덮을 수는 없습니다. 우리 영역에서 미지의 적이 오디암보 호를 공격했는데, 우리는 그걸 감지하지 못했고 방어할 수도 없었습니다. 그리고 우리는 이번에 온 개척연맹 인간들과 지구인들을 떼어놓으려 했지만 이젠 더 이상 그럴 수 없는 형편입니다. 또한 지금도 대의회에서 장군님을 몰아낼 궁리를 하며 작당하는 자들에게 이번 일은 더없이 좋은 호재입니다."

"자네가 인간 외교관들을 구해야 한다고 주장하던 모습이 떠오르는군. 나는 그 조언을 받아들였고 말이야."

"장군님은 제가 어떤 조언을 했어도 그들을 구하려 하셨을 겁니다."

내 말에 가우 장군이 빙그레 웃었다. 나는 계속 이야기했다.

"물론 그들을 구하기로 한 결정은 한낱 정치보다 중요한 것이었습니다. 하지만 장군님의 적들은 이번 일을 기본적인 도리의 문제가 아니라 인류에 대한 장군님의 각별한 배려의 증거로 여길 겁니다."

"내가 왜 그자들 눈치를 봐야 하는지 모르겠군. 지성이 있는 존재라면 이번 일을 인도적인 행위로 이해할걸세."

"콘클라베에 대한 불만과 야심에 눈이 멀지 않은 자라면 그러 겠죠. 하지만 야욕에 눈먼 자들은 그렇게 받아들이지 않을 겁니 다. 또한 개척연맹 인간들이 지구인들을 구한 것도 엄청나게 의 미심장한 행위로 간주할 겁니다. 실제로 그렇기도 하고요."

"근처에 있던 우주선이라면 누구라도 그 외교관들을 구하려 했을 거야. 안 그런가?"

"아뇨. 인간들이었기에 위험을 무릅쓰고라도 구조에 나선 겁 니다. 적어도 이번에 온 특별한 인간들은 말입니다."

"자네는 개척연맹 인간들을 좋게 보는군."

"아붐웨 대사와 그녀의 외교단, 그들의 개척방위군 연락장교 를 좋게 볼 뿐입니다. 하지만 그들의 정부는 결코 신뢰하지 않 습니다. 장군님도 아붐웨 대사를 만나는 자리에서 그녀가 무슨 말을 하든 섣불리 믿지 마시기 바랍니다."

"마음에 새겨두겠네."

나는 원래 하던 이야기로 되돌아갔다.

"심지어 두 외교단이 1세르티 간격으로 동시에 나타난 것마 저 심각한 논란을 불러일으킬 겁니다. 그리고 제가 경고한 대 로 장군님이 개척연맹 사람들을 만나지 않기로 하셨다면 이번 사건은 쉽게 피할 수 있는 실책이었습니다."

"내가 자네 조언에 따랐다면 지구 외교단은 모두 죽었겠지. 우리 구조대가 실패할 가능성이 높았으니까. 더불어 자네까지 죽었을 테고."

"개척연맹 외교단이 거기 없었다면 장군님은 저를 구조 임무에 보내지 않으셨을 겁니다. 그리고 지구에서 온 인간들이 죽었다면, 비록 비극이긴 하지만 장군님의 적들에게 빌미를 주지는 않았겠죠."

"그들의 우주선이 우리 영역에서 파괴되었다는 사실을 빌미로 삼았겠지."

"그건 추후 조사 결과를 통해, 그리고 필요하다면 일부 관계자들에게 책임을 묻는 식으로 해결할 수 있는 문제입니다. 물론 토름 아울은 실업자가 되면 억울해하겠지만, 그건 쉽게 처리할 수 있습니다."

"난 자네와 이런 대화를 할 때면 웃음이 나온다네. 자네를 잘 모르는 자들은 나에 대한 자네의 고상한 태도를 칭송하거든."

"장군님은 제가 고상하게 굴어서 저를 곁에 두시는 게 아닙니다. 제가 장군님의 상황에 대해 거짓말을 하지 않기 때문입니다. 그리고 현재 장군님의 상황은 우리가 오늘 아침에 눈을 떴을 때보다 더 나빠졌습니다. 앞으로 점점 더 나빠질 테고요."

"두 외교단을 모두 돌려보내야 한다는 건가?"

"그러기에는 너무 늦었습니다. 다들 장군님이 양쪽 외교단과 비밀 회담을 가졌을 거라고 의심할 테고, 하도 패거리는 장군님이 양쪽 모두를 동시에 만났을 거라고 주장하겠죠. 그들의 눈에는 실질적으로 둘 다 똑같으니까요."

"결국 빠져나갈 구멍이 없는 셈이로군."

"네, 맞습니다. 물론 늘 그렇듯 저는 장군님께 정보를 제공할 따름입니다. 중요한 건 장군님이 그 정보로 어떤 결단을 내리시느냐입니다."

"내가 사임하겠네."

"네? 지금 뭐라고 하셨죠?"

"물러나겠다고 했어. 전에 자네는 내가 콘클라베를 이룩할 때 가장 가치 있는 존재였다고 했지. 관료집단의 우두머리가 아니라 원대한 이상의 상징으로서 말이야. 그래, 좋아. 이제 그만 물러나 상징적 존재로 남겠네. 통치자 자리는 다른 이에게 물려주겠어."

"누구한테요?"

"자네가 맡으면 돼."

나는 너무 놀라서 따지듯이 물었다.

"기가 막혀 말이 안 나오는군요. 어째서 제가 그 자리를 원할 거라고 생각하신 겁니까?"

"자네라면 잘 해낼 테니까."

"끔찍이 싫어할 수도 있습니다."

"지금껏 잘 해왔잖아."

"그건 제가 저의 재능을 알기 때문입니다. 저는 조언자입니다. 고문입니다. 이따금 비수가 되어 장군님의 적을 찌르죠. 장군님은 저를 잘 사용하십니다. 사용하는 방법을 아시니까요."

"그럼 자네는 누굴 추천하겠나?"

"없습니다."

"나는 영원불멸의 존재가 아니야. 조만간 누군가는 이 자리를 물려받아야 해."

"압니다. 그리고 그때까지 저는 장군님이 그 자리에서 물러나시는 일은 없게 할 겁니다."

"충성심이 대단하군."

"네, 저는 장군님께 충성합니다. 하지만 그보다 훨씬 더 콘클라베에 충성합니다. 장군님이 이룩하신 것, 우리가 이룩한 것, 장군님과 저와 모든 회원국, 심지어 사리사욕을 채우고자 콘클라베를 분열시키려는 자들까지 우리 모두가 이룩한 것에 충성합니다. 그리고 지금 콘클라베에 충성하는 것은 장군님을 그 자리에 계시게 하는 것을 의미합니다. 또한 몇몇 불순분자들이 대의회에서 신임 투표를 밀어붙이지 못하게 하는 것입니다."

"자네는 그게 임박했다고 보는군."

"앞으로 몇 수르를 어떻게 보내느냐가 중요하다고 봅니다."

"어떻게 하면 좋겠나?"

"지금은 아붐웨 대사의 이야기를 들어보시는 수밖에 없습니다. 장군님 스스로 발목을 잡으신 거죠."

"그렇군."

"아붐웨는 장군님께 직접 말씀드리길 원합니다."

"그렇겠지. 아마 그녀는 자네도 그 자리에 있을 거라고 예상할 걸세. 또한 브낙 오이도 그 자리에 있거나 도청장치로 엿들을 거라고 예상하겠지."

"그녀는 자신이 가져온 정보를 오래 감출 수 있다고 생각하지 않습니다."

"이런 일은 금방 드러나게 마련이지."

"그렇다면 저는 그 시점을 예상보다 좀 더 앞당기시길 권합니다."

"지금도 이게 좋은 아이디어라고 생각하십니까?"

브낙 오이가 내게 물었다.

"유용한 아이디어죠. 좋고 나쁘고의 문제가 아닙니다."

오이와 나는 대의회장 끄트머리에 앉아 있었는데, 대개 참관인들과 각 종족 대사의 보좌관들이 앉는 줄에 있는 자리였다. 그런 보좌관들은 마치 주기가 긴 혜성들처럼 이따금 대사의 지시를 이행하러 대의회장 안쪽의 후미진 방으로 부리나케 갔다가 한참 뒤에 돌아왔다. 평소에 이곳에서 나는 가우 장군이 정기적인 질의-응답 시간을 갖는 동안 중앙 연단 위에 앉아 머릿수를 세곤 했다. 이날은 연단 위에 가우 장군이 없었고, 나는 머릿수를 세기에 조금 유리한 다른 자리를 택했다.

어느덧 대의회장이 꽉 찼다. 가우 장군은 대개 의장과 그녀의 참모들을 위해 마련된 벤치에 혼자 앉았다. 특별 연설이 준비된 오늘 의장은 일반 대사들이 앉는 벤치로 밀려났고, 그녀의 참모들은 내 자리 바로 아래 줄에 비좁게 모여 앉았다. 그들

중 몇몇의 표정을 보니, 원래 자리에서 밀려난 것 때문에 조금 화가 난 눈치였다.

그들 아래 줄에는 인간들이 있었다. 개척연맹 외교관들은 부채꼴로 늘어선 좌석들의 한쪽 끝에 앉았고, 지구 외교관들은 반대편 끝에 앉았다. 둘 사이에는 상당한 거리가 있었다.

오이가 말했다.

"우린 아직 그 보고서의 내용을 모릅니다."

내가 대꾸했다.

"국장님의 직책을 감안할 때, 매우 뜻밖이로군요."

오이는 짜증 섞인 몸짓을 하고 말했다.

"네, 물론 알아내려는 시도는 했습니다."

"뭘 하셨습니까?"

"챈들러 호의 시스템에 침투하려 했더니, 파일 하나만 들어 있는 샌드박스(외부에서 들어온 프로그램이 시스템을 조작하지 못하도록 보호 영역에서 동작하게 하는 장치─옮긴이)로 이동되더군요. 파일 제목은 '브낙 오이 님께'였습니다."

"내용이 뭔지 여쭤도 될까요?"

"한 인간이 엉덩이를 드러내고 있는 동영상이었는데, 화면에는 '먼저 알려 하지 말고 기다리세요'라고 적혀 있었습니다."

"국장님 생각을 해주니 얼마나 좋습니까."

"이제 인류의 컴퓨터 시스템 방화벽이 너무 튼튼해서 침입할 수 없다는 건 좋지 않습니다."

248

"개척연맹에 다른 정보 소스들도 있으실 텐데요."

"물론입니다. 하지만 이 정보는 없더군요. 그래서 이번 일이 좋은 아이디어가 아니라는 겁니다, 고문님. 그 인간이 무슨 말을 할지 모르잖아요. 어떤 피해를 초래할지 알 수 없습니다."

"이렇게 하기로 한 건 장군님의 결정이지 제 뜻이 아닙니다."

원칙적으로 틀린 말은 아니었다.

오이는 못마땅한 표정으로 나를 바라보았다.

"이번 일에서 고문님의 냄새가 진동을 합니다. 누가 장군님의 머릿속에 이 생각을 집어넣었는지 모른 척하지 마십시오."

"저는 그분의 머릿속에 많은 생각을 집어넣습니다. 국장님도 마찬가지죠. 그게 우리의 역할입니다. 그런 생각으로 뭘 할지 정하는 건 장군님이죠. 그게 그분의 역할입니다. 저길 보세요."

나는 손가락으로 연단을 가리켰다. 아붐웨 대사가 연단 중앙 뒤편에서 나오더니, 그녀를 위해 마련해놓은 강대 쪽으로 걸어 갔다.

"시작하는군요."

"좋은 생각이 아닙니다."

오이는 같은 말을 되풀이했다.

"그럴지도 모르죠. 곧 알게 될 겁니다."

지능을 가진 수백 종족이 내는 갖가지 소리가 잦아드는 가운데, 아붐웨가 강대로 다가가더니 특이하게도 서류 뭉치 여러 개를 그 위에 올려놓았다. 대개 인간 외교관들은 PDA라고 불리는 휴대용 개인 단말기에 자료를 보관했다. 이번에 가져온 정보는 몹시 민감한 사안이라 전자장비로 복제하기 어려운 형태로 준비한 듯했다. 내 옆에서 오이가 툴툴거리는 소리를 냈다. 그도 서류 뭉치를 본 것이다.

아봄웨의 연설이 시작되었다.

"타르셈 가우 장군님, 리스틴 라우스 의장님, 그리고 콘클라베 회원국 대표 여러분. 저는 개척연맹의 오드 아봄웨 대사입니다. 우선 오늘 이 자리에 서게 되어 영광이라는 인사말과 함께, 여러분 앞에서 연설할 기회를 주신 배려에 심심한 감사를 전하는 바입니다. 좀 더 유쾌한 상황이라면 좋을 텐데 그러지 못해 아쉬울 따름입니다."

그녀의 말은 헤드셋을 통해 수백 개의 서로 다른 언어로 통역되었다.

"많은 분들이 아시다시피, 최근에 어떤 정보가 여러분의 대다수 정부에 전달되었습니다. 그 정보에는 개척연맹이 여러분의 대다수 개별 국가들과 콘클라베 전반에 가한 적대행위의 역사적 기록이 상세히 담긴 것으로 보입니다. 또한 콘클라베와 여러 회원국을 비롯해 인류의 본향인 지구에 대한 향후 적대행위 계획까지 폭로한 것으로 사료됩니다.

이 정보의 상당 부분, 특히 과거의 행위와 관련된 정보는 사실입니다."

갑자기 대의회장 안이 술렁이기 시작했다. 그럴 만한 상황이긴 했지만, 크게 놀라운 발언도 아니었다. 아붐웨는 우리가 이미 사실이라고 아는 것들이 정말로 사실이라고 말했을 뿐이다. 지금껏 개척연맹이 우리 중 다수와 전쟁을 벌이고 콘클라베를 공격했다는 사실은 새로운 뉴스가 아니었다. 놀랄 일이 아니었다. 나는 대의회장 안을 둘러보며 무덤덤한 자들 사이에서 누가 분노하는지 관찰했다.

아붐웨가 한 손을 들어 정숙을 요구하며 말을 이었다.

"하지만 제가 이 자리에 온 것은 과거의 행위를 정당화하거나 사과하기 위함이 아닙니다. 그 자료의 나머지 정보는 모두 거짓이며, 우리 모두에게 위험한 것이란 점을 경고하기 위해서입니다. 개척연맹과 콘클라베, 지구의 국가들을 교란하려는 정보에 불과합니다.

과거에도 그랬고 지금도 우리는 서로가 서로의 적이라고 믿습니다. 오늘 저는 인류와 콘클라베의 국가들 모두를 위협하는 또 다른 적이 있음을 알리고자 합니다. 이 새로운 적은 비록 소규모이지만 지극히 교묘한 전략을 구사합니다. 극적인 행위로 엄청난 효과를 거두어 우리 모두를 두려움에 떨게 하면서, 우리가 서로를 위협한다고 믿게 만듭니다. 이들은 개척연맹과 콘클라베 모두를 파멸시켜 자신들의 이기적인 목적을 이루려 합니다."

아붐웨는 내가 앉은 자리의 두 줄 밑에 있는 자신의 참모들을 바라보고 고개를 끄덕였다. 그중 한 명인 하트 슈미트가 손에 들고 있던 PDA를 손가락으로 두드렸다. 내 옆에서 오이가 툴툴거리며 자신의 단말기를 꺼내 보더니 나직이 중얼거렸다.

"이런 맙소사."

그러고는 단말기 화면에서 눈을 떼지 못했다.

아붐웨가 다시 말했다.

"방금 저는 제 부하로 하여금 콘클라베 정보국장이신 브낙 오이 님께 자칭 이퀼리브리엄이라는 이 공공의 적에 대해 개척 연맹이 알고 있는 모든 정보를 전송하게 했습니다. 이 집단은 주로 콘클라베나 개척연맹과 무관한 종족들로 구성되어 있으며, 특히 그중에는 르레이도 있습니다. 하지만 다른 정부와 국가 출신인 반역자들도 이 집단에서 활동 중이며, 여기에는 개척연맹의 전 국무차관 타이슨 오캄포, 아이어 행성의 아케 바이, 엘프리 행성의 우터르 노베, 지구의 파울라 가디스가 포함되어 있습니다. 그들이 세운 계획 중에 특히 주목할 것은 가우 장군님의 암살입니다."

순식간에 대의회장이 아수라장으로 변했다.

나는 운리 하도가 앉아 있는 곳을 재빨리 살펴보았다. 그는 자리에서 일어나 고래고래 악을 쓰고 있었다. 하도 주위의 다른 대사들도 고함을 지르며 그에게 삿대질을 해댔다. 나는 이번에는 아이어 행성 대사인 온 스카를 관찰했다. 스카는 여러 대사들을 밀치며 대의회장을 빠져나가려 했다. 하지만 다른 대사들이 스카를 밀어 원래 자리로 돌려보내려 하고 있었다. 나는 인간들 쪽을 둘러보았다. 지구 외교관 두 명이 개척연맹 외교관들을 향해 고함을 질러대고 있었다. 그 와중에 세 명은 서로에게 몸을 기울이고 뭔가를 상의하는 눈치였다. 내가 아는 이들이었다. 대니얼 로언과 해리 윌슨, 하트 슈미트였다.

소란스러운 가운데 내가 오이를 불렀다.

"국장님."

오이는 여전히 화면에서 눈을 떼지 않고 대꾸했다.

"저 여자의 말은 거짓이 아닙니다. 이 자료 말입니다. 어마어마합니다. 이걸 보세요."

"전송하세요."

오이가 나를 쳐다보았다.

"뭘요?"

나는 같은 말을 되풀이했다.

"전송하세요. 전부 다."

"아직 제대로 살펴볼 시간도 없었습니다."

"오캄포 데이터도 그랬잖습니까."

"그게 이 자료를 전송할 이유는 못 됩니다."

"그걸 국장님 혼자 오래 갖고 있을수록, 방금 지목당한 자들이 우리가 개척연맹과 결탁해 데이터를 조작했다고 반박할 여지만 더 커집니다. 전송하세요. 당장."

"누구한테 말입니까?"

"모두에게."

오이의 촉수들이 화면 위에서 춤을 추듯 움직였다.

"이것도 좋은 생각이 아닌 것 같습니다."

나는 연단 위에서 묵묵히 기다리고 있는 아붐웨 쪽으로 눈을 돌렸다. 그녀에게 경호대를 붙여줘야 할지 모른다는 생각이 들기 시작했다. 그녀가 언제 다시 입을 열지도 궁금했다.

마침내 아붐웨가 힘주어 말했다.

"우리 중 어느 누구도 결백하지 않습니다."

혼돈이 가라앉기 시작하자 그녀가 같은 말을 되풀이했다.

"우리 중 어느 누구도 결백하지 않습니다. 개척연맹과 콘클라베, 지구, 그리고 어디에도 속하지 않은 자들 모두 말입니다. 우리의 약점과 불안한 상황을 간파하고 우리 자신의 방식과 아집을 이용해 우리를 배신한 자들이 우리 모두에게 있습니다. 이것은 진정한 위협입니다. 명백하고 실질적인 위협입니다. 우리 모두가 이 위협에 맞서지 않으면, 우리 모두 파멸의 길로 접어들게 될 겁니다."

누군가가 아붐웨를 향해 소리쳤다.

"너희가 적이야!"

아붐웨가 대꾸했다.

"그럴지도 모르죠. 하지만 지금 당장 여러분이 걱정해야 할 적은 제가 아닙니다."

그녀는 연단을 내려갔다. 분노의 함성은 점점 더 커져갔다.

"감히 그런 소리를 지껄이다니!"

윤리 하도가 아붐웨에게 으르렁거렸다.

우리는 가우 장군이 공식 행사에 사용하는 화려한 집무실에 인접한 회의실 안에 있었다. 방 안에는 가우 장군과 나, 오이, 라우스, 아붐웨, 하도, 스카, 번, 로언, 해리 윌슨이 있었다. 아붐웨의 연설에서 지목된 종족의 대표들은 모두 와 있었다. 가우 장군은 연설이 끝나자마자 우리 모두를 이 회의실로 소집했다.

하도가 다시 소리쳤다.

"어떻게 감히! 어떻게 감히 콘클라베에 대한 나의 충성심을, 내 조국의 충성심을 의심한단 말이오! 감히 내 종족의 일원이 인간 따위와 함께 콘클라베에 대한 반역 음모를 꾸민다고 주장하다니!"

아붐웨는 회의실 테이블에 앉은 채로 무표정하게 대꾸했다.

"근거 없는 모함이 아닙니다, 하도 대사님. 진실을 말씀드렸을 뿐입니다."

"진실? 개척연맹이 진실이라는 고귀한 개념을 진지하게 고민해본 적이 있기라도 하다는 듯 지껄이는군."

"우터르 노베는 지금 어디 있습니까, 하도 대사님? 저희가 가진 정보에 따르면 그는 엘프리 사회에서 꽤 유명한 외교관이었습니다. 저희가 입수한 정보가 의심스럽다면 그에게 직접 물어보시지 그럽니까?"

"엘프리 외교단의 모든 관료가 어디 있는지 내가 늘 알 수는 없소."

오이가 끼어들었다.

"그럴지도 모르죠. 하지만 제가 개인적으로 궁금해서 우터르 노베에 관한 정보를 방금 검색해보니, 그는 엘프리 기준으로 수년 전에 좌천되어 어느 연구 재단의 한직으로 발령받았다고 합니다. 그 재단에서 노베의 정보를 찾아보았지만, '안식 기간' 이라는 짤막한 설명 말고는 아무 정보도 없습니다."

하도가 어이없다는 듯 물었다.

"지금 장난합니까, 오이 국장? 정보가 없다는 것이 반역의 증거라도 된다는 말입니까? 나는 우터르 노베를 잘 압니다. 그의 과거 행적 중에 엘프리나 콘클라베를 배신할 가능성이 엿보이는 것은 전혀 없습니다."

"물론 엘프리는 배신하지 않겠죠. 하지만 콘클라베는 어떨까요?"

"무슨 뜻으로 하는 말입니까?"

"최근에 대사님이 콘클라베에 엄청나게 비판적이었다는 뜻입니다. 대사님의 태도가 엘프리 정부의 전반적인 기조를 반영한다고 충분히 짐작할 수 있죠."

"나는 줄곧 저들을 비판했단 말이오!"

하도는 여전히 무표정하게 앉아 있는 아붐웨 쪽으로 삿대질을 하며 말을 이었다.

"콘클라베 역사상 가장 크고 실질적인 위협을 가하는 이 인

256

간들 말입니다. 로아노크 사건을 잊었습니까, 오이 국장?"

하도는 가우 장군을 보고 물었다.

"잊으셨습니까, 장군님?"

오이가 대답했다.

"적어도 개척연맹이 동지인 척한 적은 없다고 기억합니다, 대사님."

하도가 다시 오이를 돌아보고 으르렁거렸다.

"다시 해보시오. 한 번 더 나를 반역자 취급해보란 말이오, 오이 국장."

"그만들 하시오, 둘 다."

결국 가우 장군이 나섰다. 하도와 오이는 입을 다물었다.

"이 자리에서는 어느 누구에게도 반역이나 콘클라베에 대한 불충을 의심하지 않겠소."

"그러기엔 너무 늦었습니다, 장군님."

스카가 처음으로 입을 열었다. 그는 이글거리는 눈으로 아붐웨를 노려보았다.

가우 장군이 대꾸했다.

"그렇다면 분명히 말하겠소. 나는 당신이나 윤리 하도 대사에게 반역이나 불충의 죄를 묻지 않았으며, 앞으로도 그럴 것이오. 지금 이 특수한 상황에서 이 말은 중대한 의미가 있소."

잠시 후 스카가 말했다.

"감사합니다, 장군님."

하도는 아무 말도 하지 않았다.

가우 장군이 아붐웨 쪽으로 고개를 돌렸다.

"당신이 우리에게 폭탄을 떨어뜨렸군. 안 그렇소?"

아붐웨가 대답했다.

"저는 이 정보를 장군님께만 알려드리겠다고 했습니다."

"그랬지. 하지만 지금 그건 중요하지 않소. 중요한 건 당신이 우리 중에 배신자들이 있다고 주장했다는 점이오."

"네, 맞습니다. 배신자가 있죠. 첩자도 있고 기회주의자도 있습니다. 그리고 세 가지 모두에 해당되는 자도 있습니다. 저희 개척연맹이 그렇습니다."

아붐웨는 고갯짓으로 번과 로언을 가리키고 말을 이었다.

"지구도 마찬가지입니다. 하지만 진짜 문제는 그게 아닙니다, 장군님. 배신자와 첩자와 기회주의자는 늘 있었습니다. 지금 우리의 문제는 그런 배신자와 첩자와 기회주의자 들이 작당해서 자신들의 목적을 위해 우리를 공격하기로 했다는 점입니다."

오이가 아붐웨에게 물었다.

"그럼 우리가 어떻게 해야 한다는 겁니까?"

"뭔가를 하자고 말씀드리는 게 아닙니다."

아붐웨는 가우 장군을 돌아보며 물었다.

"솔직히 말씀드려도 되겠습니까, 장군님?"

"물론이오."

아붐웨는 다시 오이에게로 눈을 돌리고 말했다.

"제가 여기 있는 이유를 분명히 아셔야 합니다. 제가 이 자리에 선 것은 개척연맹이 콘클라베의 환심을 사기 위해서가 아니며, 이 정보를 알려주면 두 집단이 한결 우호적인 방향으로 나아가리라 믿어서도 아닙니다."

그녀가 하도를 손짓으로 가리키자, 하도는 인간 따위가 감히 자신을 지목한다는 사실에 언짢아하는 기색이 역력했다.

"이 정보에 대한 하도 대사님의 의심은 잘못된 것일지 몰라도, 개척연맹이 줄곧 여러분에게 실질적인 위협이었다는 주장은 틀린 말이 아닙니다. 실제로 그랬으니까요."

하도가 대꾸했다.

"고맙소이다."

하지만 부적절한 말이라는 것을 곧 깨달은 눈치였다.

"고마워해주실 필요는 없습니다."

아붐웨의 응수에 하도가 당황했다. 나는 그녀의 교묘한 조롱이 마음에 들었다.

"저는 명백한 사실을 말씀드리고 있을 뿐입니다. 관계를 개선하거나 새로운 관계를 맺으려는 게 아닙니다. 제가 여기 온 것은 이 정보를 여러분과 공유하는 수밖에 없기 때문입니다. 만약 개척연맹의 의도에 대한 이퀄리브리엄의 거짓말이 멋대로 퍼지도록 방치한다면, 십중팔구 두 가지 일이 벌어질 겁니다."

아붐웨가 또 하도를 가리키고 말을 이었다.

"저분이나 혹은 저분 같은 자들이 개척연맹을 공격해 파멸시키라고 콘클라베에 요구할 것입니다."

스카가 한마디 했다.

"콘클라베는 개척연맹을 파멸시킬 능력이 있소."

"아니라고는 하지 않겠습니다. 하지만 그 대가는 엄청날 것이며, 지구와의 불화로 개척연맹의 군사력에 허점이 생겼다고는 해도 전쟁 옹호자들의 기대처럼 그렇게 손쉽게 이길 수는 없을 겁니다."

아붐웨는 가우 장군을 똑바로 보았다.

"인간들이 하는 말 중에 '피루스의 승리'라는 표현이 있습니다."

장군이 대꾸했다.

"너무나 큰 희생을 치르고 얻은 승리."

"잘 아시는군요."

"적을 알아야 이길 수 있는 법이지."

"옳은 말씀입니다. 물론 여러분이 저희를 아는 만큼 저희도 여러분을 안다는 점은 모르시지 않을 겁니다. 여러분은 저희를 파멸시킬 수 있습니다. 하지만 저희도 여러분을 파멸로 이끌 겁니다."

하도가 반발했다.

"우리 모두를 그럴 수는 없소."

아붐웨는 다시 하도를 뚫어져라 보며 대꾸했다.

"저희는 콘클라베를 파멸로 이끌 겁니다. 저희에게 중요한 적은 콘클라베뿐이니까요, 하도 대사님. 하지만 파멸의 본질은 따로 있습니다. 개척연맹과의 전쟁으로 콘클라베가 피를 흘리면 난공불락의 거대 집단이라는 오만한 명성에 금이 갈 테고, 콘클라베에 대한 두려움은 우주 공간에 흩어져버릴 겁니다. 결국 콘클라베 스스로 균열이 생기겠죠."

그녀는 이제 손짓이 아니라 손가락으로 하도를 가리켰다.

"저분이나 혹은 저분 같은 자들이 그럴 겁니다. 특히 개척연맹과 대치 중인 이 시기에 콘클라베가 지구를 끌어들이려 한다면 말입니다."

로언이 한마디 했다.

"현재 지구는 콘클라베 가입에 관심이 없습니다."

아붐웨가 그녀에게 말했다.

"물론 그렇겠죠. 당장은 그럴 필요가 없으니까요. 현재 지구는 콘클라베와의 관계에서 아무런 부담 없이 이득을 챙기고 있습니다. 하지만 콘클라베와 개척연맹 사이에 전쟁이 일어나면, 지구는 과거처럼 개척연맹의 병력 보급소 신세로 다시 전락할까 봐 걱정하게 될 겁니다. 결국 콘클라베 가입을 요청하겠죠. 하도 대사님 같은 이들이 원하는 빌미를 제공하게 되는 겁니다."

하도가 발끈했다.

"또 나를 반역자로 몰 셈이오?"

"아뇨. 반역은 아닙니다. 하도 대사님처럼 영민한 분이 노골적인 반역을 시도하실 리 없죠. 대사님이나 혹은 대사님 같은 이들은 콘클라베의 구원자로 나서려 할 겁니다. 암울한 집단으로 바뀐 콘클라베를 그 어둠에서 구해내려는 자 말입니다. 그리고 만약 함께할 동지들을 충분히 규합하지 못하면, 비슷한 생각을 가진 일부 회원국들과 함께 콘클라베를 뛰쳐나가 신(新) 콘클라베 같은 이름으로 새로운 조직을 만들 겁니다. 물론 오래가지는 못하겠지만요. 왜냐하면 워낙 영민하셔서 비록 대놓고 반란을 일으키지는 않으시겠지만, 제가 보기에 대사님은 야심만 클 뿐 자신이 400개 종족을 다스릴 능력은 없다는 사실을 깨달을 만큼 영민하진 못하신 것 같기 때문입니다. 한 번 더 솔직히 말씀드리죠. 대사님은 역부족입니다. 이 방에서 콘클라베 지도자 자격이 있는 분은 한 명뿐입니다."

나는 오이를 힐긋 보았다. 그도 곁눈질로 나를 보았다. 오이는 하도가 가장 증오하는 종족의 외교관이 그를 깎아내리는 광경을 즐겁게 구경하는 눈치였다.

하도의 얼굴이 일그러졌다.

"불과 몇 디투 만에 나를 다 아는 것처럼 굴다니 오만하기 짝이 없군."

"아는 척하는 게 아닙니다. 대사님에 대한 저희 자료를 보고 아는 거죠."

아붐웨는 스카를 보고 말을 이었다.

"대사님 자료도 있습니다. 저희가 알기로 이퀄리브리엄에 가담한 자가 있는 모든 국가의 모든 외교관에 대한 자료가 있습

니다. 물론 개척연맹 외교관들의 자료도 있죠. 저희 보고서에
다 들어 있습니다."

가우 장군이 입을 열었다.

"보고서 이야기를 다시 해봅시다."

"좋습니다."

"그런 보고서가 존재한다는 건 이퀄리브리엄에 당신네 첩자
가 있다는 뜻이오. 그것도 꽤 오랫동안. 이 집단이 콘클라베와
개척연맹 모두에 위협적인 존재라면, 어째서 개척연맹이 지금
이 정보를 우리에게 주기로 했는지 궁금하군."

"한 번 더 솔직히 말씀드려도 되겠습니까?"

"아붐웨 대사, 지금은 솔직히 말하는 게 최선인 상황이오."

"만약 이퀄리브리엄 쪽에서 정보를 퍼뜨리지 않았다면, 저희
도 이 보고서를 결코 공개하지 않았을 겁니다. 그 정보를 바탕
으로 저희에게 유리한 방향으로 이퀄리브리엄을 이용했겠죠.
재차 말씀드리지만, 콘클라베의 환심을 사려고 이 정보를 공개
하는 것이 아닙니다, 장군님."

"알겠소."

"하지만 첩자 문제는 오해이십니다. 이퀄리브리엄에는 저희
첩자가 없습니다. 이퀄리브리엄이 인질 한 명을 제대로 통제하
지 못하는 실수를 저지른 겁니다. 그 인질은 자신을 납치한 자
들보다 영리했습니다. 그들의 데이터와 우주선 한 척을 훔쳐
개척연맹에 가져왔죠."

"개척연맹에 대한 충성심 때문에?"

이번에는 해리 윌슨이 나섰다.

"아닙니다. 이퀼리브리엄한테 악이 올랐던 겁니다."

하도가 끼어들었다.

"개척연맹이 제공한 정보를 신뢰하려면, 그전에 먼저 정보 제공자를 확인해야 할 거요. 지금 그자는 어디 있소?"

아붐웨가 대답했다.

"실은 그는 챈들러 호의 조종사입니다."

하도가 가우 장군에게 말했다.

"그자를 여기로 데려와 심문해야 합니다."

윌슨이 대꾸했다.

"그게 썩 간단하지가 않습니다."

하도가 윌슨에게 물었다.

"어째서? 셔틀을 타지 못할 사정이라도 있는 거요?"

윌슨은 빙그레 웃기만 했다. 그럴 만한 이유가 있었다.

"가우 장군님, 소르발 고문님, 하도 대사님, 그리고 미스 로언. 챈들러 호의 조종사 레이프 다킨을 소개하겠습니다."

윌슨은 챈들러 호의 선교에 놓인 상자를 가리켰다. 그 안에는 사람의 뇌가 담겨 있었다.

나는 상자 안을 들여다보며 윌슨에게 말했다.

"낯익은 광경 같군요."

"그러실 줄 알았습니다."

하도가 물었다.

"누가 이런 짓을 한 거요?"

윌슨은 어리둥절한 표정을 지었다.

"무슨 말씀이시죠?"

"두개골에서 뇌를 꺼내는 짓은 개척연맹 전문이잖소. 악명이 자자하지."

"개척연맹이 한 짓이냐고 물으시는 겁니까?"

"그렇소. 물론 정말로 개척연맹의 짓이라면 당신이 곧이곧대로 실토할 리는 없겠지만."

"직접 물어보십시오."

"뭐라고요?"

"레이프에게 물어보시란 말입니다."

그때 스피커에서 목소리가 흘러나왔다.

"얼마든지 물어보십시오. 저는 바로 여기 있으니까요."

로언이 먼저 물었다.

"좋아요, 다킨 씨. 누가 당신한테 이런 짓을 했죠?"

"제 뇌를 상자에 넣은 것 말입니까? 자칭 이퀄리브리엄이라는 집단이 했을 겁니다, 미스 로언."

이번에는 가우 장군이 물었다.

"어째서 그런 짓을 한 거요?"

"우주선 조종에 필요한 일손을 줄이고, 저를 마음대로 통제하기 위해서였습니다. 그들은 저한테 몸을 돌려주겠다고 약속하면 제가 뭐든 시키는 대로 할 거라고 생각했습니다."

"그럼 왜 시킨 대로 하지 않았소?"

"그자들이 제 몸을 돌려줄 뜻이 전혀 없다고 판단했거든요."

하도가 한마디 했다.

"하지만 개척연맹은 당신에게 새로운 몸을 줄 수 있는데도 그러지 않았소. 이퀄리브리엄이라는 무리처럼 그들도 당신을 이용하고 있는 거요."

다킨이 대꾸했다.

"우리가 이야기를 나누는 지금도 저의 새 몸이 자라고 있습니다. 곧 준비될 겁니다. 하지만 여기 있는 해리가 제게 한동안 챈들러 호의 일원이 되어주지 않겠냐고 부탁했습니다. 이퀄리브리엄이라는 집단은 개척연맹의 행위를 손쉽게 감추려고 지어낸 가상의 무리가 아니라 실재라는 것을 여러 종족에게 납득시켜달라는 거였죠. 특히 이번 여행처럼 말입니다."

"당신도 가짜일 수 있소."

"필요하다면 과학자들을 여기로 데려와 저를 검사하세요. 저는 옆에 누가 있는 걸 좋아합니다."

하도는 가우 장군을 보고 말했다.

"여전히 아무것도 입증되지 않았습니다. 이 불운한 생물이 이퀄리브리엄에서 정보를 빼내 왔다고 믿으라는 건데, 이런 상황에 처한 자라면 납치범들이 시키는 대로 말할 수밖에 없습니다. 그런 말을 어떻게 믿겠습니까?"

다킨은 조롱 섞인 말투로 대꾸했다.

"납치범들이라. 실례지만 댁은 뉘슈?"

내가 나섰다.

"하도 대사님의 말씀도 일리가 있습니다. 당신은 상자 속의 뇌입니다, 다킨 씨. 개척연맹에 이용당하고 있을 가능성을 배제할 수는 없어요."

다킨이 윌슨에게 물었다.

"당신이 설명할래요? 아니면 내가 할까요?"

"물론 직접 하는 편이 낫겠죠."

"가우 장군님과 소르발 고문님은 저희가 도착했을 때 콘클라베 정보국장님이 챈들러 호의 시스템을 해킹하려 한 걸 아시죠, 그렇죠?"

내가 대답했다.

"우리는 알고 있었습니다."

"당연히 그러셨을 겁니다. 오이 국장님이 뭘 발견했는지도 아시나요?"

"국장님 말로는 누가 엉덩이를 드러낸 사진이었다더군요."

"네, 일명 '궁둥이 까기'라는 거죠. 제가 한 짓입니다, 고문님. 물론 제 궁둥이는 아닙니다. 하지만 오이 국장님이 발견하시라고 넣어둔 사진입니다. 단순히 조종만 하는 게 아니라 제가 이우주선이기에 가능한 일이었죠. 저는 지금 챈들러 호 전체를 완전히 제어하고 있습니다. 물론 선원들도 여러 가지 일을 하지만—발라 선장님께 확인해보셔도 됩니다—기본적으로 제가 허가하는 범위 안에서만 제어 권한이 있습니다. 왜냐하면 이 우주선이 저이기 때문입니다. 그리고 저는 개척연맹을 돕기로 했습니다. 제 협조가 없다면 개척연맹이 이 배를 통제할 방법은 파괴하는 것뿐입니다. 그런 일이 벌어지기 전에 제가 스스로를 파괴하겠지만요."

가우 장군이 말했다.

"그래도 양분이 있어야 생명을 유지할 텐데. 당신 우주선도 에너지가 필요하고. 따라서 개척연맹에 의지하는 수밖에 없잖소."

"장군님, 만약 제가 이 자리에서 망명을 요청하면 받아주시겠습니까?"

"물론이오."

"설마 저를 굶기시지는 않겠죠?"

"그렇소."

"그럼 방금 하신 말씀이 틀렸음을 입증하신 셈입니다."

로언이 한마디 했다.

"하지만 몸을 돌려받으려면 여전히 개척연맹이 필요하잖아요."

"새로운 몸을 성장시키는 것 말씀이로군요."

"네."

"미스 로언, 당신 왼쪽에 문이 하나 있습니다. 이 우주선이 건

조될 당시에는 선장 대기실이었죠. 가서 문을 열어보세요."

로언이 문으로 다가가서 열었다.

"오, 맙소사."

그녀는 모두가 볼 수 있도록 문을 활짝 열었다.

방 안에는 사람 몸이 담긴 통이 있었다.

"그게 접니다. 혹은 제가 될 몸뚱이죠. 성장이 끝나고 제가 들어가기로 결심하면 말입니다. 과학자들을 데려와 저 몸의 DNA와 여기 있는 뇌의 DNA를 비교하셔도 됩니다, 하도 대사님. 일치할 테니까요. 하지만 요점은 개척연맹이 제 몸을 인질로 삼고 있지 않다는 겁니다. 제가 그들의 인질이 아니란 뜻이죠. 강제로 여기 끌려온 것도 아니고요. 이제 믿건 말건 좋을 대로 하십시오. 하지만 지금도 제 말을 못 믿으신다면, 그건 저희가 여러분의 이해를 도우려고 노력하지 않았기 때문은 아닙니다."

내가 말했다.

"다킨 씨."

"네, 소르발 고문님."

"지구 외교단을 구조하는 동안 당신이 챈들러 호를 조종하고 있었죠?"

"네, 맞습니다. 다른 조종사 두 명이 있긴 했지만, 키는 제가 잡고 있었습니다."

"내가 아는 어떤 조종사가 그걸 보고 기막힌 조종이었다면서, 기념하는 의미로 당신이 원하는 만큼 술을 사겠다고 합니다."

"일단 제의는 받아들인다고 그 조종사 분께 전해주십시오. 실제로 마시는 건 좀 기다려야 하겠지만 말입니다."

"만족하십니까?"
장군의 개인 집무실로 돌아와 둘만 있게 되자 내가 물었다.
"만족? 그 무슨 요상한 질문인가?"
"오늘 계획하신 모든 일이 뜻대로 됐냐는 말입니다."
"내 계획은 아붐웨를 연단에 올리는 것뿐이었고, 그마저도 내 계획이 아니었어. 자네 계획이었지. 그러니 자네가 만족했는지 내가 물어봐야겠는걸."
"아직은 아닙니다."
"어째서? 아붐웨의 연설로 인해 윤리 하도 일당이 불신임 투표를 밀어붙이려던 동력이 완전히 사라져버렸어. 비록 내가 하도와 스카를 반역자로 여기지 않겠다고 공언했지만, 어차피 그들의 평판은 돌이킬 수 없게 추락했지. 설령 여기 계속 대사로 남아 있어도 말이야."
"저도 오늘 하도가 뭉개지는 걸 보면서 즐겁지 않았다고는 할 수 없습니다. 그 거만하고 고지식한 놈은 그런 꼴을 당해도 쌉니다. 하지만 이제 우리는 좀 더 큰 문제에 봉착했습니다. 엘프리 종족과 아이어 종족 모두 역모까지는 아니더라도 가장 악질적인 배신 혐의로 망신을 당했죠. 그리고 장군님도 아시다시피 이퀼리브리엄 가담자가 있는 회원국은 그들 둘만이 아닐 겁니다. 지금 오이 국장이 데이터를 면밀히 조사하는 중입니다."

"자네는 그 조사에서 어떤 결과가 나올지 걱정하는 게로군."

"아닙니다. 저는 장군님이 그 결과를 이용해 전체 회원국 중에서 정적을 솎아내려 한다고 비난받으실까 봐 걱정입니다. 물론 하도의 몰락을 지켜보는 것은 즐거웠지만, 모든 종족 중에서 하필 엘프리가 아붐웨의 보고서에서 지목된 두 종족 중 하나인 점은 골칫거리입니다. 설령 오이 국장이 아붐웨의 보고서를 샅샅이 조사해 모든 정보가 흠잡을 데 없는 진실임을 밝힌다 해도, 진퇴양난에 빠진 장군님이 그 보고서를 위기 탈출의 기회로 삼았다고 의심할 자들은 여전히 있을 겁니다."

"그걸 피하려고 자네가 오이더러 모두에게 데이터를 전송하라고 했잖아?"

"장군님이 개척연맹과 결탁한 걸로 보이지 않게 하려고 그랬습니다. 그 문제는 해결됐습니다. 다른 문제가 남아 있죠."

"어찌 하면 좋겠나?"

"이번 일에 대해 장군님이 대의회에서 개인적으로 연설을 하셔야 할 겁니다. 정면돌파하는 거죠."

"거기서 무슨 말을 하라는 건가?"

"하도와 스카에게 하셨던 말씀을 하십시오. 다만 더 뚜렷하게. 외교관들이 아니라 회원국들을 아우르면서."

"우리는 반역자들을 찾아내야 해."

"네. 하지만 모두 개인적으로 행동한 자들입니다."

"콘클라베를 탈퇴하라고 자기 정부를 설득할 수도 있는 자들이지."

"그러니까 몇몇 배신자들의 행위로 종족 전체를 비난하지 않는다는 점을 더욱 분명히 해야 합니다."

"이게 통할 거라고 생각하는군."

"콘클라베를 위태롭게 한다고 회원국 서로가 비난하도록 부추기는 것보다는 낫다고 생각합니다. 그쪽 길로는 가망이 없으니까요."

"자네는 이 계획을 얼마나 확신하나? 자네가 나더러 고려해보라고 간청해서 그럴 생각이네만, 개척연맹이 우리에게 장기적인 술수를 쓰는 게 아니라고 가정하면, 어쩌면 전체 회원국 정부들이 콘클라베를 끝장낼 궁리를 하고 있는지도 몰라. 전에도 그런 시도가 여러 번 있었지. 우리가 그 기회를 제공하는 꼴이 될 수도 있네."

"아뇨. 깊은 구렁에 빠지기 전에 뒤로 물러설 방법을 제공하는 겁니다."

"매우 긍정적인 시각이로군."

"전혀 긍정적이지 않습니다. 문제를 해결할 시간을 벌려는 것뿐입니다."

"만약 우리에게 더 이상 시간이 없다면?"

"그렇다면 당장 문제를 해결해야죠. 하지만 지금 우리가 그 구렁에 바짝 다가섰다는 건 모두가 깨닫기 시작했을 겁니다.

정말로 구렁에 빠지고 싶은 자는 없습니다."

　가우 장군이 빙그레 웃었다.

　"역시 자넨 긍정적이야. 왜냐하면 내가 보기에는 여전히 그
구렁을 몹시 반기는 자들이 여전히 있거든."

　"그래서 제가 장군님이 그들의 생각을 바꿔주시길 바라는 겁
니다."

　"내 능력을 믿어주니 고맙군."

　"막연한 믿음이 아닙니다. 현실적인 신뢰죠."

PART FOUR

"어떤 소식을 먼저 들려드릴까요?"

브낙 오이가 내게 물었다. 나는 또 그의 집무실에 와 있었다. 이날의 첫 미팅이었다.

"좋은 소식 있습니까?"

"아뇨. 하지만 나머지보다 객관적으로 덜 나쁜 소식은 좀 있습니다.

"그렇다면 당연히 그것부터 들어야죠."

"아붐웨 보고서의 일차 의미 분석과 데이터 분석이 끝났습니다. 그리고 우리 데이터베이스에 있는 정보와 비교 대조했습니다. 아주 간단히 말하자면, 오캄포 보고서의 데이터보다는 문제가 적습니다."

"문제가 적다?"

"우리가 가진 데이터와 상반되는 명백한 모순과 거짓이 적다

274

는 뜻입니다."

"개척연맹이 다급한 상황에 몰리자 정말로 진실을 말하고 있다는 거로군요."

"저는 '진실'이란 말은 하지 않았습니다. 당장 눈에 띄는 거짓이 적다고만 했죠. 그리고 설령 그들의 정보가 대체로 진실이라 해도, 물론 여전히 확인해봐야 할 문제지만, 본래 진실이 꼭 긍정적인 것만은 아닙니다. 저들이 무엇에 관한 진실을 말하는지, 과연 어떤 정보를 우리와 공유하는지가 중요하죠. 아붐웨가 우리에게 이 정보를 줄 때, 제가 정말로 궁금했던 건 그녀가 알려주지 않는 정보였습니다."

"나는 국장님이 이퀼리브리엄이라는 집단이 실재한다고 생각하시는지 궁금합니다. 그리고 아붐웨가 말한 대로 정말로 위협적인 존재인지."

"첫 번째는 '예'이고, 두 번째는 확실치 않습니다. 결론이 나려면 데이터 분석기를 몇 차례 더 돌려야 합니다. 하지만 한 가지 사실은 분명합니다, 고문님."

"덜 좋은 소식이 끝나고 나쁜 소식이 등장할 차례군요."

"맞습니다. 왜냐하면 이제부터는 아붐웨가 가져온 정보의 진위 여부가 중요하지 않기 때문입니다. 장군님 말씀대로 개척연맹과 아붐웨는 우리 무릎에 폭탄을 떨어뜨렸습니다. 물론 고문님의 권유로 벌어진 일이란 점은 잊지 않으셨겠죠? 지금 제 귀에는 우리 회원국들이 그 사건으로 삼삼오오 패가 갈리고 있다는 이야기만 들려옵니다. 안 그래도 야욕과 매수로 얼룩진 우리의 사랑스러운 콘클라베가 혼돈에 빠진 겁니다. 전에는 크게 두 부류로 나뉘어 있었습니다. 대체로 콘클라베와 거리를 두는 무리와 대체로 콘클라베를 지지하는 무리. 제 분석에 따르면 이제는 각기 다른 생각을 품은 여섯 파벌로 확연히 나뉘었습니다. 일부는 오캄포의 정보를 믿고 일부는 아붐웨의 보고서를 믿으며, 두 자료의 진위 여부와 상관없이 정치적 보복의 도구로 써먹을 궁리만 하는 자들도 있습니다. 특히 현재 가장 염려스러운 무리는 제 분석에서 '숙청파'라고 명명한 자들입니다. 숙청파가 뭘 원하는지는 고문님도 짐작하실 겁니다."

"바로 이 문제에 대해 장군님이 대의회에서 연설하실 겁니다."

"보나마나 고문님이 조언하셨겠죠."

"평소보다 심하게 비난하는 투로 들리는군요, 국장님."

"죄송합니다. 나쁜 조언이라는 뜻으로 한 말은 아닙니다. 최근에 고문님이 전보다 더 장군님께 영향을 끼치시는 것 같다는 뜻일 뿐입니다."

"그렇지 않습니다."

"알겠습니다. 어쨌든 워낙 상황이 정신없게 돌아가서 저 말고는 아무도 눈치채지 못하고 있습니다."

나는 화제를 바꿔 물었다.

"장군님의 정치적 상황이 전보다 더 나빠졌다고 보십니까?"

"아뇨. 아붐웨가 대의회장에서 연설하기 전에는 하나의 거대한 파벌이 자신들의 일원을 권좌로 밀어 올리려고 장군님을 노렸습니다. 이제 그 파벌은 와해되었고, 온갖 당파들이 서로 싸우는 형국입니다. 따라서 장군님께 쏠린 관심을 돌리려는 고문님의 계책은 통했습니다. 물론 이제 다른 문제들이 생겼죠. 단기적으로 장군님께 최선인 것이 장기적으로 콘클라베에 최선은 아닐 수도 있습니다. 그건 고문님도 아실 겁니다."

"알다마다요. 최대한 시간을 버는 겁니다."

오이는 고개를 끄덕였다.

"시간을 번 건 맞습니다. 다만 썩 좋은 시간이 아니라는 게 문제죠."

가우 장군의 연설이 시작되기 직전에, 내 집무실에서 아붐웨와 나는 한동안 서로를 물끄러미 바라보았다. 결국 내가 먼저 운을 뗐다.

"나는 우리 둘이 같다고 생각합니다. 비록 처한 입장은 서로 달라도, 둘 다 진실의 유용성을 믿는다고 말입니다."

"그렇게 생각해주시니 고맙습니다, 고문님."

아붐웨는 내가 계속 이야기하기를 기다렸다.

"어제 연설이 끝나고 모인 자리에서 당신은 솔직하게 말해주셨죠. 한 번 더 그래주시면 좋겠습니다."

"원하신다면 그러겠습니다."

"개척연맹이 당신을 통해 우리에게 그 정보를 준 목적이 뭡니까?"

"콘클라베와의 전쟁을 피하려는 겁니다."

"네. 하지만 다른 뜻이 더 있지 않나요?"

"다른 지시는 받지 못했습니다. 공개적으로도, 사적으로도 말입니다. 저희는 오캄포와 이퀼리브리엄이 우리가 서로를 오해하고 싸우도록 음모를 꾸몄다고 봅니다. 물론 그 전쟁은 개척연맹의 패배로 끝나겠지만, 콘클라베도 엄청난 희생을 치를 수밖에 없을 겁니다."

"이 정보를 우리에게 준다고 콘클라베와 개척연맹의 충돌 가능성이 사라지지는 않을 텐데요."

"네, 맞는 말씀입니다. 하지만 만약 충돌이 일어난다면, 그건 저희의 어리석음 때문이지 어느 누구의 탓도 아닐 겁니다."

이 말에 나는 빙그레 웃었다. 노련한 외교관답게 아붐웨는 전혀 움찔하지 않았다. 내가 말했다.

"하지만 당신이 받은 지시가 우리에게 이 정보를 주는 이유의 전부는 아니라고 생각하겠죠?"

"제 의견을 물어보시는 건가요, 고문님?"

"그렇습니다."

"네, 아니라고 생각합니다."

"당신 생각에 다른 이유들은 무엇일지 말씀해주시겠습니까?"

"그건 저로서는 무책임한 발언입니다."

"부탁합니다."

"짐작하건대 아마도 개척연맹은 이번에 벌어진 사태를 예상했을 겁니다. 그 정보를 이용해 콘클라베의 결속을 무너뜨리고, 이미 끓어오르던 화산을 아예 터뜨리려 했던 거죠. 콘클라베는 언제든 개척연맹을 파멸시킬 수 있습니다. 설령 그 와중에 저희가 막대한 피해를 입힌다 해도 어차피 결과는 마찬가지입니다. 따라서 콘클라베가 개척연맹을 먼저 손보기 전에 스스로 무너지게 하는 편이 바람직하죠."

"그렇다면 당신은 정말로 그런 일이 벌어질 거라 믿습니까? 설령 우리 회원국들이 개별적으로나 집단적으로 콘클라베를 이탈한다 해도, 당신이 가져온 보고서 때문에 우리가 파멸의 길로 들어섰다는 사실을 쉽게 잊을까요? 로아노크 사건을 잊겠습니까? 우리가 개척연맹을 증오할 수밖에 없는 다른 모든 이유를 망각할 거라고 봅니까?"

"제 생각과 개척연맹에 대한 저의 의무는 별개입니다."

"이해합니다. 하지만 내 질문은 그게 아니에요."

"저는 현재 양쪽 정부 모두 곤경에 직면했다고 생각합니다. 물론 이퀼리브리엄 때문에 우리가 이 지경에 이른 것은 맞습니다. 하지만 이퀼리브리엄 혼자서 양쪽 모두를 이런 상황으로 내몰지는 못합니다. 우리는 이 상황을 이퀼리브리엄 탓으로 돌리거나 서로를 힐난할 수도 있습니다. 하지만 결국 우리 스스로 자초한 일입니다. 과연 앞으로 닥칠 위기를 모면할 길이 있을지 저로서는 모르겠습니다. 어떻게든 시간을 벌면서 그 사이에 우리 자신을 구원해줄 변화가 생기길 바라는 수밖에 없다고 생각합니다."

"우리에게 공통점이 또 하나 있군요, 대사님."

"저도 같은 생각입니다, 고문님. 그나저나 오늘 대의회에서 장군님이 연설하실 거라는 소문이 있던데요."

"사실입니다."

"제 보고서가 초래한 혼란을 수습하시려는 거군요."

"그렇다고 볼 수도 있죠."

"만약 제가 장군님이나 고문님이었다면, 대의회에서 제가 연설하게 하지는 않았을 겁니다."

"우리가 그러지 않았다면 다른 문제들이 생겼을 겁니다."

"덜 까다로운 문제였을지도 모릅니다."

"그야 모르는 일이죠."

"오늘 장군님의 연설이 문제 해결에 도움이 될 거라고 보십니까?"

"그러길 기대해야죠. 우리 모두를 위해서."

"지금 우리는 콘클라베 역사상 가장 중대한 위기에 봉착했습니다."

대의회장에 모인 수많은 종족의 눈이 연단 한가운데 선 가우 장군에게로 쏠려 있었다. 곧이어 장군의 연설이 계속되었다.

나는 장군이 하는 말에 집중하고 있지 않았다. 그의 옆으로 뒤쪽에 있는 자리에 앉아서 내가 가장 잘하는 일을 하는 중이었다. 머릿수를 세고 있었다. 장군의 연설을 경청하며 고개를 끄덕이는 자들이 누군지 살펴보았다. 회의나 분노, 두려움을 내비치는 자들이 누군지 관찰했다.

400개 종족을 대상으로 이런 일을 하는 건 결코 쉽지 않다. 개중에는 머리가 없어 표정 변화를 읽을 수 없는 자들도 있고, '머리'라고 부르기 어려운 것이 달린 자들도 있었다. 이게 얼마나 까다로운 일인지는 직접 해보면 안다.

연설이 시작되기 직전에 내가 장군에게 말했다.

"프룰린 호르틴을 특히 주의 깊게 보셔야 합니다. 오이 국장이 요즘 두각을 드러내는 '숙청파'의 우두머리로 지목한 자입니다. 규모가 더 커지기 전에 솎아내야 합니다."

장군이 대꾸했다.

"그녀의 꿍꿍이가 뭔지는 나도 알아. 국장에게 들었거든."

"언제요?"

"여기 오기 바로 전에. 자네가 아붐웨 대사와 밀담을 나누는 동안 말이야. 내가 누굴 만날 때 늘 자네를 데리고 다니는 건 아니라네."

"그러지 않으시길 권합니다."

가우 장군은 씩 웃었다.

"그렇게 말할 줄 알았지. 걱정 말게나, 하프테. 이번 연설로 많은 문제가 해결될 테니까. 틀림없어."

"적어도 시작일 수는 있겠죠."

"지금껏 우린 훌륭한 일을 해냈어. 콘클라베 말이야. 자네와 나, 모든 회원국이 힘을 합쳐 필생의 역작을 이룩한 거라네."

"물론 멋진 작품이죠. 계속 이어나갈 수 있다면 말입니다."

"그렇게 될 걸세."

"우선 프룰린 호르틴부터 밟아버려야 합니다. 더불어 윤리 하도까지."

나는 하도가 있을 곳으로 눈을 돌렸다. 그의 주변 자리는 텅 비어 있었다. 아붐웨가 엘프리 종족이 이퀼리브리엄에 가담했다고 지목한 이후, 하도에게서 악취라도 풍기는지 다들 그를 멀리했다. 하지만 그에게서 썩 멀지 않은 곳에 프룰린 호르틴이 앉아 있었다. 가우 장군을 도와 콘클라베의 모든 종족을 단두대에 올리려는 속셈이 분명했다. 나는 장군 쪽으로 눈을 돌렸다. 때마침 가장 중요한 이야기가 시작되고 있었다.

"지금도 오이 국장은 대조적인 두 보고서의 데이터를 분석하고 있습니다. 어떤 정보가 사실이고 어떤 정보가 거짓이며, 특히 우리에게 알리지 않은 정보가 무엇인지 밝혀내기 위함입니다. 정보국에서 분석을 마치고 결과를 보고할 때까지, 나는 그 어떤 회원국의 충성심도 의심하지 않을 것입니다. 하지만 콘클라베에 악의를 품은 자들이 우리 중에 있을까요? 네, 당연히 있습니다. 반드시 그들을 색출하여 처단할 것입니다.

그러나 배신자 한 명이 그의 국가 전체를 반영하는 것은 아닙니다. 그리고 지금 여러분이 오캄포 보고서와 아붐웨 보고서 중 어느 것을 믿건 간에, 양쪽 모두 그 진짜 의도는 동일합니다. 콘클라베의 와해와 파멸. 우리 모두가 여전히 기억하는 서로 죽고 죽이는 폭력과 야만으로의 회귀입니다. 그런 사태가 벌어지게 해서는 안 됩니다. 나는 그런 일을 용납하지 않을 것입니다. 우리의 결속은 굳건합니다. 콘클라베는 우리 모두가 평화를 위해 선택한 최선의 기회입니다.

다시 말하겠습니다. 우리는 야만의 시대로 후퇴해서는 안 됩니다. 우리의 결속은 굳건하며……."

그때 장군 앞의 강대가 폭발했다.

나는 처음에는 상황을 인지하지 못했다. 폭발의 충격으로 뒤로 밀려나 바닥에 나동그라졌다. 랄라 종족은 신체 특성상 넘어지기가 어렵다. 그런데도 나는 쓰러졌다. 얼떨떨하고 귀가 먹먹했다. 내가 바닥에 누워 있다는 사실에 어리둥절했다.

하지만 곧 정신이 제 기능을 되찾자, 고래고래 악을 쓰며 가우 장군에게로 기어갔다.

장군은 갈가리 찢겼지만 아직 죽지는 않았다. 나는 그를 잡고 두 팔로 안았다. 그는 초점을 맞출 것을 찾으려는 듯 두 눈을 이리저리 움직였다. 마침내 장군이 나를 보았다.

그는 아무 말도 하지 않고—말할 수 있는 상황도 아니었지만—나를 쳐다보기만 했다. 나는 장군을 안고 바라보면서, 그의 삶이 저물어가는 순간을 지켰다.

이윽고 장군은 눈을 감고 내 곁을 떠났다.

그 사이 내 주위에서 광란의 소동이 벌어졌다. 수많은 대사와 보좌관 들이 서로 뒤엉킨 채 대의회장을 탈출하느라 온통 아수라장이었다. 곧이어 가우 장군의 경호대가 몰려와 나와 장군을 에워싸더니, 내게서 장군을 떼어내고 우리를 사고 현장 밖으로 질질 끌고 갔다. 아마도 나는 안전한 곳으로, 가우 장군은 망각 속으로 데려갔으리라.

"의사에게 검사받으셔야 합니다."

오이가 내게 말했다.

"난 멀쩡해요."

"멀쩡하지 않습니다. 충격을 받으신 데다 귀까지 먹어 계속 소리치시잖아요. 게다가 지금 피범벅입니다. 고문님 피도 있을지 모릅니다."

우리는 대의회장에서 그리 멀지 않은 안전한 방에 있었다. 나를 에워싼 경호대는 더 이상 가우 장군의 경호대가 아니었다. 본연의 임무를 전혀 수행하지 못했기 때문이다. 그 사실을 생각할수록 내 안에 분노가 차올랐다. 하지만 애써 마음을 가라앉히고 가장 가까이 있는 경호대 장교에게 말했다.

"가서 의사를 데려와. 랄라 종족을 잘 아는 의사면 더 좋고."

경호대 장교는 나를 쳐다보았다.

"이곳 상황이 정리되는 대로 곧장 병원에 가시는 편이 낫지 않겠습니까, 고문님?"

나는 싸늘하게 대답했다.

"자네 의견은 물어본 적 없어. 시킨 대로 해. 당장."

경호대 장교는 허둥지둥 밖으로 나갔다. 나는 다시 오이를 바라보고 물었다.

"어째서 이 일을 눈치채지 못했습니까?"

"현재로서는 딱히 드릴 말씀이 없습니다, 고문님."

"아, 그러세요? 가우 장군 암살 음모를 눈치채지 못한 까닭을 정보국장이 모르시는군요?"

나는 남아 있는 경호대원들을 피 묻은 손으로 가리켰다.

"어떤 놈이 경호대를 지나쳐 강대에 폭탄을 설치했는데, 경호대는 두 눈 멀쩡히 뜨고도 몰랐습니다. 이제 콘클라베를 누가 책임질지 아무도 모릅니다. 지금 이 순간 정말로 중요한 사안들에 대해 아무도 답을 내놓지 못한단 말입니다."

오이가 물었다.

"제가 뭘 하면 좋을까요, 고문님?"

"과거로 돌아가 당신 본연의 임무를 다하세요, 제기랄!"

이번에는 귀가 안 들려서 소리 지른 게 아니었다.

"이번 일이 정리된 뒤, 고문님이 원하신다면 고문님 책상에 사직서를 가져다 놓겠습니다."

나는 씁쓸하게 웃었다.

"내 책상이라."

오이는 힘주어 말했다.

"네, 고문님 책상입니다. 그리고 고문님의 생각은 틀렸습니다. 누가 가우 장군님을 죽였는지에 대해서는 답을 드릴 수 없지만, 지금 콘클라베의 책임자가 누군지는 말씀드릴 수 있습니다. 바로 고문님입니다."

"그건 가우 장군님이 하던 일입니다, 국장님. 내 일이 아니에요."

"지금 고문님의 괴로운 심정은 충분히 이해합니다만, 장군님은 서거하셨습니다. 그분의 자리는 비었습니다. 당장 그 자리를 채워야 합니다."

"수십 명의 대사들도 이미 같은 생각을 하고 있다는 생각은 안 하십니까?"

"압니다. 제 분석 자료를 보지 않아도 알 수 있죠. 그리고 그 자리를 차지하려는 차기 가우 장군들의 암투가 길어지면 콘클라베가 위태로워진다는 것도 압니다."

"그럼 국장님이 하세요. 나보다는 국장님이 그 자리에 더 어울립니다."

"저는 그 자리에 앉을 자격이 없습니다. 아무도 저를 따르지 않을 테니까요."

"당신을 따르는 수많은 관료들이 있지 않습니까?"

"상관이라서 따르는 것뿐입니다, 고문님. 순수한 충성심과는 거리가 멀죠."

"그럼 그들이 나한테는 충성할 거란 말입니까?"

나는 또 경호대를 가리키며 물었다.

"저들이 충성한다고요? 대체 누가 충성하겠습니까?"

"고문님, 경호대가 지금 왜 여기 있다고 생각하십니까? 이들은 가우 장군님의 경호대였습니다. 이제 고문님의 경호대입니다."

"나는 그 자리 원치 않습니다."

"누가 원할지 생각해보십시오. 먼저 차지하는 놈이 임자라는 생각이 들면 과연 누가 원할지."

"결국 더 나쁜 상황을 피하려고 나를 그 자리에 앉히려는 거 군요."

"네. 물론 그게 진짜 이유는 아닙니다만."

"그럼 진짜 이유는 뭡니까?"

"콘클라베를 지키기 위해서입니다."

오이는 대의회장 쪽을 가리키며 말을 이었다.

"운리 하도 같은 대사 십여 명이 사적인 야욕을 위해 그 자리를 탐내고 있습니다. 프룰린 호르틴처럼 정치적 보복을 목적으로 그 자리를 노리는 대사도 십여 명에 이르죠. 리스틴 라우스는 만약 그 자리를 제안받으면—물론 그럴 일은 없겠지만—현상 유지를 바라는 관료적 본능 때문에 응낙할 겁니다. 이 중 어느 누구도 콘클라베가 그들 자신이나 당장 눈앞의 목표보다 중요한 까닭을 이해하지 못합니다. 세 경우 모두, 그리고 다른 어떤 경우도 결국 몰락으로 끝날 겁니다."

"시간은 벌 수 있겠죠."

"우리가 벌 수 있는 시간은 이미 다 벌었습니다, 고문님. 장군님이 그 대가를 치르신 겁니다. 더 이상 시간이 없습니다. 이제 우리 앞에는 선택만이 남아 있습니다. 고문님이 콘클라베를 장악하거나, 다른 자에게 맡기거나 둘 중 하나입니다. 전자는 콘클라베를 보전할 테고, 후자는 파멸시킬 겁니다."

"나에 대한 신뢰가 대단하시군요."

"고문님을 신뢰하는 게 아닙니다. 저의 분석 자료를 신뢰하죠. 장군님이 권좌에서 물러나면 어떤 일이 벌어질지 제가 예측해보지 않았겠습니까? 누가 그분의 자리를 차지하고, 이후 콘클라베가 어찌 될지 말입니다."

"물론 그게 국장님이 할 일이겠죠. 하지만 그 계산에 내가 포함되어 있을 줄은 몰랐습니다."

"다른 사람이 그런 말을 했다면 가식적인 겸손으로 보였을 겁니다. 하지만 고문님은 그런 분이 아니죠. 지금껏 고문님은 늘 누군가의 뒤에서 걸으셨습니다. 하지만 이제 아무도 고문님 앞에서 걷지 않습니다. 콘클라베를 위해 앞으로 나서셔야 합니다."

나는 경호대를 돌아보았다. 다들 지시를 기다리는 눈치였다.

"이건 내가 원하는 자리가 아닙니다."

오이가 대꾸했다.

"압니다. 그리고 대단히 죄송한 말씀이지만, 지금 저는 고문

님이 뭘 원하시는지 관심 없습니다. 고문임이 뭘 하실지 궁금
할 따름입니다."

경호대 장교가 랄라 종족 한 명을 데리고 돌아왔다.

내가 말했다.

"당신이 의사인가 보군."

"네. 오메드 무어 박사입니다."

나는 두 팔을 내밀고 물었다.

"하나만 묻겠소. 내가 죽은 거요?"

"아닙니다."

나는 팔을 내리고 말했다.

"그렇다면 오늘 진료는 이만 끝내야겠소."

그러고는 당황한 의사에게 등을 돌리고 오이에게 물었다.

"그 예측에서 국장님이 나를 위해 일하는 걸로 나옵니까?"

"저는 콘클라베의 지도자를 기꺼이 모십니다."

"맞다는 뜻이군요."

"장군님이 운명하신 순간부터 콘클라베 수장은 고문님이셨
습니다. 이제 우리가 할 일은 그걸 알리는 것뿐입니다."

"내가 만나야 할 이들이 있습니다. 국장님이 만나야 할 이들
도 있고요."

"누굴 만나시려는 건지 짐작이 갑니다."

"당연히 그러시겠죠."

"아직도 제 사직서를 원하십니까?"

"오늘 하루가 끝날 때 내가 여전히 사직서를 수렴할 자리에 있다면, 반려하겠습니다. 만약 그럴 입장이 아니라면, 국장님과 내가 같은 에어록 안에 서서 누가 뒤에서 우릴 우주 공간으로 밀어버리길 기다리는 신세이기 때문이겠죠."

"난 당신이 우리를 여기로 부를 권한이 없다고 봅니다. 당신은 가우 장군이 아니니까요. 그리고 장군님은 콘클라베 수장 자리를 당신한테 넘긴다는 유언도 남기지 않으셨습니다. 지금 콘클라베의 지도자가 되어야 할 분은 라우스 의장님입니다."

하도가 주장했다. 그는 가우 장군의 집무실 옆에 있는 회의실에서 라우스, 프룰린 호르틴, 온 스카, 오이 국장과 함께 앉아 있었다.

"타당한 지적입니다."

나는 라우스를 보고 물었다.

"의장님 생각은 어떠신지요?"

그녀가 대답했다.

"저는 대의회의 의장일 뿐, 콘클라베의 지도자가 아닙니다. 그런 자리는 원하지도 않고 받을 수도 없습니다."

하도가 중얼거렸다.

"겁쟁이시로군."

라우스가 대꾸했다.

"아닙니다. 그리고 바보도 아닙니다. 콘클라베는 방금 지도자

를 잃었습니다, 하도 대사님. 그것도 암살로 말입니다. 지금 장
군님의 자리를 차지하려는 자는 누구든 암살범을 사주한 자로
비칠 겁니다. 대사님은 야망에 눈이 멀어 그런 뻔한 사실조차
깨닫지 못하셨나 보군요."

하도는 한 팔로 나를 가리켰다.

"그건 소르발 고문도 마찬가지잖소?"

내가 대꾸했다.

"나는 아닙니다. 이 자리에서 우리가 합의한다면 말이죠."

"다시 말하죠. 난 당신이 우리를 여기로 부를 권한이 없다고
봅니다."

나는 오이를 바라보았다.

"국장님이 말씀해주시죠."

"하도 대사님, 지금 제게는 당신이 가우 장군의 암살을 사주
한 자라는 아주 믿을 만한 정보가 있습니다. 아붐웨 보고서와
저의 첩보요원들이 수집한 정보를 조합한 결과, 당신의 범행이
명백하게 입증되었습니다. 오늘 안으로 당신은 반역죄로 체포
될 것이며, 엘프리 정부가 이번 암살뿐만 아니라 이퀼리브리엄
전반에 무기와 물자를 제공해왔다는 종합적인 발표가 있을 겁
니다."

하도는 믿을 수 없다는 듯 눈이 휘둥그레졌다.

"그건 거짓말이야!"

호르틴이 한마디 했다.

"부인해봐야 소용없소."

오이가 그녀를 보고 말했다.

"프룰린 호르틴 님은 하도 대사님에게 물자를 지원하여 이번 암살을 도왔다는 증거가 있습니다. 그리고 최근 콘클라베에 배신행위를 한 국가들을 처단하자고 주장한 것이 암살 가담자로 몰리지 않기 위한 눈속임이었다는 증거도 있습니다."

호르틴의 낯빛이 바뀌었다.

"뭐라고요?"

"스카 대사님의 정부가 하도와 공모하여 장군님을 암살했고, 이퀼리브리엄과도 결탁했다는 정보 역시 상세하게 기술되어 있습니다."

스카가 반발했다.

"대체 무슨 뚱딴지같은 소릴 하는 겁니까?"

하도가 나를 노려보며 말했다.

"알겠어. 당신에게 반대하는 자들을 모조리 처단하려는 속셈이야."

내가 대꾸했다.

"아닙니다. 콘클라베가 최대 위기에 처한 지금, 우리의 결속을 실질적으로 위협하는 세 대사님들에 대한 예방 조치입니다. 세 분 모두 사적인 야심이나 탐욕, 어리석음으로 콘클라베를 분열시킬 가능성이 있기 때문입니다. 불과 4세르티 전에 우리의 지도자가 암살당했습니다. 대의회는 혼란에 빠져 있죠. 각국 대사님들은 공포에 질려 있습니다. 그리고 만약 브낙 오이 국장님이 세 분을 암살 모의 혐의로 체포한다면, 나는 오늘 하루가 끝날 때 세 분 모두를 에어록 밖으로 내던지게 할 수 있습니다. 그러면 다들 나의 결단을 치하할 테고, 심지어 의장님은 내게 훈장을 수여하실지도 모릅니다."

라우스가 맞장구 쳤다.

"훈장 받아 마땅한 일이죠."

이 말에 하도와 스카, 호르틴은 긴장된 반응을 보였다.

하도가 물었다.

"우리에게 씌운 혐의가 새빨간 거짓이라는 증거가 나오면 어쩔 거요? 어차피 결국 그렇게 될 테니 말이오. 오캄포와 아붐웨의 보고서 둘 다 누구나 보고 비교할 수 있으니까."

오이가 한마디 했다.

"하도 대사님, 제게 굉장한 모욕감을 주시는군요. 데이터를 교묘하게 조작해서 제 입맛에 맞게 정보를 바꾸는 저의 능력을 너무 과소평가하시네요."

스카가 따졌다.

"그 이야기를 왜 우리한테 하는 겁니까? 어차피 그럴 계획이라면 그냥 우리를 체포하지 그랬습니까?"

내가 대답했다.

"그럴 계획이라고는 안 했습니다. 내가 여러분 모두를 여기로 부를 권한이 없다는 하도 대사님의 주장에 대한 항변이었

죠. 지금은 옳으냐 아니냐를 따질 때가 아니라는 점을 분명히
아셨으리라 믿습니다. 나는 여러분을 여기로 부를 힘이 있습니
다. 여러분에게 사형을 언도할 힘이 있습니다. 이제 우리가 서
로를 이해했으리라 생각합니다."

하도가 꿍얼거렸다.

"결국 우리를 본보기로 삼으려는 속셈이군."

"콘클라베를 구하려는 겁니다, 하도 대사님. 그리고 그 과정
에서 세 분의 힘과 영향력을 증대시킬 기회를 드릴 생각이죠."

호르틴이 물었다.

"에어록 밖으로 내던진다면서요?"

"더 좋은 수가 있습니다. 사실 아주 간단한 방법이죠. 호르틴
대사님과 하도 대사님은 대의회 안에서 상당한 권력 기반을 갖
고 계십니다. 서로 겹치지도 않습니다. 두 분이 함께 라우스 의
장님을 찾아가 콘클라베의 안녕을 위해 나를 콘클라베 지도자
로 추대하자고 요청하세요. 그리고 스카 대사님은 재청하십시
오. 표결이 시작되면 호르틴 님과 하도 님은 각자 자신이 이끄
는 대사들과 함께 찬성표를 던지시고, 나머지 파벌들은 라우스
의장님이 구슬리실 겁니다. 어디에도 속하지 않는 자들은 오이
국장님이 알아서 하실 테고요. 표결은 내일 정오에 치러질 겁
니다."

하도가 물었다.

"그렇게 못 하겠다면 어쩔 거요?"

오이가 대답했다.

"그럼 세 분은 에어록에서 만나시게 될 겁니다."

하도는 오이를 힐긋 보고 다시 나에게 말했다.

"우릴 위협할 필요는 없었소이다. 그냥 부탁하면 됐을 텐데 말이오."

"하도 대사님, 여태 우린 기분 좋게 서로 솔직한 태도로 임했습니다. 이제 와서 좋은 분위기 망치지 맙시다."

호르틴이 한마디 했다.

"가우 장군님이라면 절대 이런 식으로 우리와 협상하지 않았을 겁니다."

나는 하도를 힐긋 보았다. 그가 호르틴에게 말했다.

"아니, 장군님도 그랬을 거요. 대신 여기 있는 소르발 고문한테 시키셨겠지."

내가 말했다.

"장군님은 더 이상 우리 곁에 없습니다."

하도가 대꾸했다.

"안타까운 일입니다."

"그렇습니다. 참으로 아이러니군요. 이제야 하도 대사님도 그분의 가치를 인정하시니 말입니다."

오이가 물었다.

"그럼 다들 합의하신 겁니까?"

하도가 빈정거렸다.

"우리한테 선택의 여지가 있소?"

호르틴이 나에게 말했다.

"아까 우리의 힘이 커질 거라고 하셨는데, 언제 그렇게 되는지는 아직 못 들었습니다."

"말씀드리죠. 작금의 위기 상황이 끝나고 콘클라베의 안정성을 걱정할 필요가 없어지면, 콘클라베 지도자 승계 원칙을 구상하고 수립할 특별 위원회를 구성할 예정입니다. 또 이런 위기가 찾아와 오늘 우리처럼 은밀히 모의하는 일이 다시는 없도록 말입니다. 나는 라우스 의장님과 더불어 세 분에게 특별 위원회를 맡기고, 여러분의 뜻대로 승계 원칙을 세우게 할 겁니다. 다만 조건이 하나 있습니다. 콘클라베의 차기 지도자는 반드시 대의회에서 선출되어야 합니다."

"흥미롭군요."

"그렇게 생각하실 줄 알았습니다."

벌써부터 호르틴과 하도는 그 특별 위원회를 자신들에게 유리하게 이용할 방법을 궁리하는 눈치였다. 내가 한마디 덧붙였다.

"물론 그 원칙은 내가 은퇴한 뒤부터 적용된다는 점을 명심해주십시오."

하도가 물었다.

"은퇴할 생각이 있긴 한 거요?"

"네. 물론 금방은 아니죠. 하지만 머지않아 그럴 겁니다."

스카가 투덜거렸다.

"그럼 그때까지는 우리에 대한 위협이 끝나지 않겠군요."

"아닙니다. 내일 대의회에서 내가 지도자로 선출되면 위협은 끝납니다."

오이가 한마디 거들었다.

"하지만 그때까지는 유효하죠."

하도가 다시 물었다.

"그렇다면 장군의 죽음에 대한 죄는 누구한테 물을 겁니까?"

그 순간 나는 친구를 위해 내 양심을 거스르면서 그의 죽음을 기회주의적으로 이용했다는 사실에 아픔을 느꼈다.

"일단 그 문제는 내게 맡겨주십시오, 하도 대사님."

"좋을 대로 하시오, 소르발 고문."

하도가 일어서자 다른 이들도 모두 일어났다. 하도가 한마디 덧붙였다.

"생각해보니 더 이상 '고문'이 아니군. 이제 뭐라고 부르면 좋겠소?"

"내일 알게 되실 겁니다."

잠시 후 모두 떠나고 오이만 남았다. 나는 기진맥진해 축 늘어졌다.

오이가 내게 말했다.

"잘 하셨습니다."

"기본적인 위협 방법이니까요. 전에 안 해본 것도 아니고."

"이번에는 위험도가 더 컸습니다."

"네, 그랬을 수도 있죠. 날 위해 라우스를 코치해줘서 고마워요."

"재미있는 점은, 실은 제가 아무것도 안 했다는 겁니다. 의장을 만났을 때 그냥 고문님을 따르겠냐고만 물었거든요. 그녀가 뭐라고 했는지 아십니까?"

"글쎄요."

"'콘클라베를 위해 따르겠습니다'라더군요. 결국 오늘 이렇게 된 겁니다."

"당신은 그녀를 믿습니까?"

"계속 의장 노릇 하려면 콘클라베가 안정돼야 한다고 생각하겠죠."

"나머지 셋은요? 그들이 약속을 지키리라 보세요?"

"믿어 의심치 않습니다. 제가 하는 일의 장점 중 하나는 그 일에 대해 잘 모르는 사람들이 제가 무슨 짓이든 할 수 있다고 막연히 믿는다는 겁니다. 심지어 있지도 않은 범죄 증거까지 만들어낸다고 말이죠."

"아닌가요?"

"그럼요. 꼭 필요할 때만 빼고."

그 말에 나는 싱긋 웃었다. 오이가 한마디 덧붙였다.

"어쨌든 우리가 터무니없는 허풍을 쳤다는 걸 그들이 알 필요는 없습니다. 나중에 알아차릴 때쯤이면 너무 늦겠죠. 그건 제가 장담합니다, 고문님."

"고맙습니다, 국장님. 이제 다음 두 손님을 들여보내 주세요."

오이가 고개를 끄덕이고는 나를 만나러 온 이들이 기다리는 대기실로 갔다.

잠시 후 두 인간이 들어왔다.

"반갑습니다. 아붐웨 대사님, 로언 대사님. 이렇게 급히 오시라고 해서 두 분께 죄송할 따름입니다."

로언이 먼저 말했다.

"심심한 애도의 뜻을 표합니다, 소르발 고문님. 제가 대표하는 정부들의 조의도 전하는 바입니다. 실로 참담한 날입니다."

이어서 아붐웨도 말했다.

"저와 개척연맹도 애도의 뜻을 표합니다."

"두 분 모두 감사합니다."

나는 손짓으로 테이블을 가리켰다.

"앉으십시오."

그들은 의자에 앉았다. 오이는 한쪽 구석에 자리 잡고 지켜보았다. 나는 잠시 서서 두 손님을 물끄러미 보았다.

로언이 물었다.

"괜찮으세요, 고문님?"

나는 살짝 미소 지으며 대답했다.

"네. 죄송합니다, 대사님들. 이제부터 어떻게 말하면 좋을지 생각 좀 하고 있었거든요."

아붐웨가 말했다.

"일전에 고문님은 우리가 처한 입장은 서로 달라도 진실성이 중요하다고 말씀하셨죠. 아마도 지금은 전보다 훨씬 더 진실이 유용할 겁니다."

"알겠습니다. 솔직히 말씀드리죠. 내일 이맘때면 나는 콘클라베의 통치자가 되어 있을 겁니다. 이미 합의된 일입니다. 내가 원해서 맡는 자리는 아니지만, 콘클라베의 안정을 위해 받아들여야만 합니다."

"이해합니다."

아붐웨 옆에서 로언이 고개를 끄덕였다. 나는 계속 이야기했다.

"오늘 벌어진 사건으로 인해 콘클라베 회원국들은 누군가에게 가우 장군 암살의 책임을 물으려 할 겁니다. 시간이 지나면 결국 진범이 밝혀지겠지만, 한동안은 비난을 쏟아 부을 표적을 찾으려고 혈안이 되겠죠. 이런 상황에서 기본적으로 둘 중 한 가지 선택이 가능합니다. 콘클라베 소속 국가 또는 국가들, 즉 내부로 화살을 겨냥하거나, 콘클라베 밖으로 화살을 돌리는 겁니다."

아붐웨가 말했다.

"무슨 말씀을 하시려는지 알겠습니다."

"그 짐작이 맞을 겁니다. 하지만 끝까지 들어주세요. 두 분 모두 이해해주시길 바랍니다. 지금 내게 중요한 것은 단 하나, 콘클라베의 보전입니다. 그보다 더 중요한 목표는 없습니다. 즉,

이 시기에 내부의 의심이나 비난, 또는 내부의 혼란이 생겨서는 안 된다는 뜻입니다. 설령 진범이 내부에 있다고 해도 말입니다."

로언이 한마디 했다.

"결국 저희에게 화살을 돌리시겠군요. 인류 말입니다."

"네. 공식적으로는 그렇습니다."

아붐웨가 물었다.

"무슨 뜻이죠?"

"당장은 개척연맹 보고서보다 오캄포 보고서를 신뢰하는 것이 콘클라베의 공식 입장일 거란 뜻입니다. 공식적으로는 개척연맹이 콘클라베에 대한 악의적인 계략을 꾸미는 걸로 간주한다는 뜻이죠. 타르셈 가우 장군의 암살 역시 개척연맹의 소행으로 의심할 겁니다. 비록 이번 일로 콘클라베가 개척연맹에 전쟁을 선포하지는 않겠지만, 향후 개척연맹이 어떠한 도발이라도 할 경우 그에 상응하는 처절한 보복이 따를 거란 뜻입니다."

아붐웨가 고개를 끄덕였다.

"저희를 희생양으로 삼겠다는 말씀이로군요."

"그 말은 내겐 몹시 생소한 표현이지만, 무슨 뜻인지는 짐작이 갑니다. 네, 맞습니다."

"그렇게 되면 이퀼리브리엄이 개척연맹의 짓으로 보이는 공격을 해 올 겁니다."

"네, 물론입니다."

"그렇다면 제가 무얼 걱정하는지 이해하시겠군요."

나는 고갯짓으로 로언을 가리켰다.

"이 문제는 둘이 따로 논의하는 편이 나을 듯싶습니다. 로언 대사님이 들을 필요는 없는 이야기니까요."

"그러기에는 이미 늦었다고 생각하지 않으십니까?"

"알겠습니다. 내가 개척연맹에 뒷문을 열어두고 있다는 건 대사님도 아실 겁니다."

나는 고갯짓으로 브낙 오이를 가리키고 말을 이었다.

"정보국장님이 그 문을 지키고 계시죠. 만약 개척연맹이 진심으로 우리와의 전쟁을 바라지 않는다면, 둘 사이의 자유로운 정보 공유를 앞으로도 지속해야 합니다. 물론 그래도 개척연맹에 대한 콘클라베의 공식 입장은 당분간 바뀌지 않을 겁니다. 하지만 비공식적으로는 그런 정보 공유를 바탕으로 대의회에 소속된 전쟁광들의 준동을 억제할 수 있겠죠. 이제 우리가 서로를 이해했으리라 믿습니다."

로언이 물었다.

"지구는 어쩌실 셈입니까?"

나는 그녀에게 고개를 돌리고 대답했다.

"지금으로서는 개척연맹이나 혹은 또 다른 무리가 콘클라베를 공격할 그 어떤 빌미도 생겨서는 안 됩니다. 아주 사소한 도발도 금물이죠. 따라서 지구에 보낸 우리 외교단을 철수시키고, 콘클라베 본부에 있는 지구 외교관들도 추방할 생각입니다. 기존의 무역 협정과 우주선 임대는 계약 만료 기간까지만 유효하고 이후로는 중단될 겁니다. 한동안은 어쩔 수 없습니다."

"그러면 콘클라베의 입장이 곤란해집니다. 콘클라베와의 교역과 물자 지원이 없으면 지구의 수많은 정부들이 다시 개척연맹을 호의적으로 보기 시작할 테니까요."

"그 문제는 딱히 묘안이 없습니다. 콘클라베가 안정될 때까지는 인류 문제로 집중력이 흐트러져서는 안 되니까요."

나는 다시 아붐웨를 보고 말했다.

"이 문제에 관해 한 가지 분명히 해두겠습니다. 만약 개척연맹이 지구에게 그 어떤 적대행위라도 할 경우, 우리는 개척연맹이 병력과 개척 인력을 확충하여 콘클라베를 공격하고 새로운 행성 개척에 나설 속셈이라고 간주할 겁니다. 그리고 우리가 어떻게 대응할지는 굳이 말씀드리지 않아도 아시겠죠."

"우리는 지구를 공격할 뜻이 전혀 없습니다."

"지구를 '또' 공격할 뜻이겠죠. 우리의 공식적인 관점으로는 그렇습니다. 현재로서는."

"고문님의 선택에 만족한다는 말씀은 못 드리겠습니다."

"당신이 만족하길 바라는 게 아닙니다, 대사님. 그럴 수밖에 없는 이유를 이해해주길 바랄 따름입니다."

아붐웨는 로언을 보고 물었다.

"그럼 당신 쪽은요? 이퀼리브리엄에 대한 지구의 공식 입장은 뭡니까?"

"저로서는 드릴 말씀이 없어요. 그 존재를 이제 막 알았으니까요. 물론 당신이 준 정보를 지구로 가져가 공개할 생각입니다. 보나마나 엄청난 반발이 일어나겠죠."

"이해합니다. 하지만 실례가 안 된다면 당신 생각을 묻고 싶은데요. 개인적인 생각 말입니다."

로언은 잠시 나를 보다가 다시 말문을 열었다.

"저는 개척연맹이 지구 정거장 파괴와 아무 관련이 없다고 믿고 싶습니다. 우리에게 해를 끼칠 뜻이 없다고 믿고 싶어요. 하지만 우리가 개척연맹을 믿어도 되는지는 모르겠습니다, 대사님. 물론 믿고 싶은 마음은 간절합니다. 그럴 일이 생기지 않아서 문제죠."

"신뢰를 얻을 길이 어딘가 있을 겁니다."

"그 시작이 될 방법은 하나 알아요."

"말씀해보십시오."

"제가 타고 온 우주선은 파괴됐습니다. 그리고 방금 고문님 말씀대로라면, 다른 우주선이 올 때까지 기다릴 수도 없는 처지죠. 누가 지구로 데려다준다면 또 모를까."

"인간들은 떠났습니까?"

내 쪽으로 다가오는 오이에게 물었다. 나는 아주 길게만 느껴졌던 하루의 마지막 몇 분을 랄라 공원에서 평온하게 즐기고 있었다.

"1세르티 전에 떠났습니다. 아마 챈들러 호가 좀 복작거렸을 겁니다. 우선 지구에 들러 로언 일행을 내려주겠죠. 그런 다음 피닉스 정거장으로 돌아갈 겁니다."

"그렇군요."

"그들이 더 오래 함께 있게 한 건 썩 좋은 생각은 아닙니다. 이들 두 인류를 떼어놓으려고 그동안 우리가 꽤나 고생하지 않았습니까."

"선택의 여지가 없었습니다. 둘 다 최대한 빨리 보내야 했으니까요."

"그나저나 오디암보 호를 공격한 무기가 밝혀졌습니다."

"뭐였습니까?"

"아주 흥미로운 새로운 장난감이더군요. 전자기 방사선을 내뿜는 물질로 두껍게 감싼 입자 광선 무기입니다. 우리가 말 그대로 그걸 들이받은 거죠. 안 그랬다면 있는 줄도 몰랐을 겁니다. 제조자를 알려줄 표시는 딱히 없었지만, 제가 분석한 바로는 인류가 제조했을 가능성이 있습니다."

"개척연맹 말입니까?"

"아니면 이퀼리브리엄 놈들이 개척연맹의 설계도를 빌렸을 수도 있죠. 머지않아 밝혀지겠지만, 당장은 고문님의 짐작이 제 짐작과 같습니다. 아마 오디암보 호가 오기 직전에 도약해 왔거나, 한동안 그 자리에서 목표물이 나타나길 기다렸을 겁니다."

"더 있을 거라고 보십니까?"

"네. 지금 찾는 중입니다. 물론 쉽지 않다는 점은 고문님도 이해하실 겁니다. 콘클라베 지도자로 선출되시면 좀 더 많은 자원을 이 수색 작업에 배정해주셔야 합니다."

"물론이죠. 그리고 표결 문제는 어떻게 되어가고 있습니까?"

"순조롭게 진행 중입니다. 불과 몇 디투 후면 콘클라베 지도자로 선출되실 겁니다. 더 앞당길 수도 있었지만, 몇몇 대사들이 표결 전에 발언권을 달라고 고집을 부려서 말이죠."

"그들의 마음을 바꾸려고 국장님이 고생깨나 하셨겠군요."

"고생은요. 이보다 어려운 상황은 얼마든지 있습니다. 장군님의 죽음으로 다들 아직 충격에서 헤어나지 못했습니다. 고문님이 그분께 어떤 존재였는지 다들 압니다. 대부분 장군님의 유지를 받드는 뜻으로 찬성표를 던질 겁니다."

"이 상황을 장군님이 보면 재미있어 하시겠네요."

"그렇겠죠. 물론 몇몇 대사들은 겁박하지 않을 수 없었습니다. 하지만 이 역시 제 예상보다는 훨씬 적은 수였습니다."

"그들의 명단이 필요합니다."

"알려드리겠습니다. 가급적 죽이지는 마시고요."

"난 그렇게 무모하지 않습니다."

"나중에 죽이겠다는 말씀이군요."

"죽이는 일은 없을 겁니다. 정계에서 추방할 뿐이죠."

"투표가 끝나면 대의회장에서 수락 연설을 하셔야 할 겁니다."

"물론이죠. 준비하고 있겠습니다. 고맙습니다, 국장님. 이제가보세요."

"하나 더 있습니다."

오이는 자신의 촉수로 종이봉투 하나를 꺼냈다.

"편지입니다."

"누가 보낸 거죠?"

"장군님입니다. 마지막으로 저와 만나셨을 때 주신 겁니다. 저더러 이걸 갖고 있다 연설이 끝나면 고문님께 드리라고 하시더군요. 언제 드릴지는 알아서 하라고 하셨습니다."

오이가 내게 편지를 건네며 덧붙였다.

"지금이 적당한 때인 듯싶습니다."

나는 편지를 받아 들었다.

"국장님은 읽어보셨겠죠?"

"사실 이 소행성에서 제가 읽어보지 않은 유일한 정보가 그 편지입니다."

나는 봉투를 물끄러미 보며 말했다.

"놀랍군요. 어떻게 그럴 수 있었는지 궁금하네요."

"간단합니다. 장군님이 보지 말라고 하셨거든요."

오이가 목례를 하고 떠났다.

나는 봉투를 뜯고 편지를 꺼내 읽었다.

반갑네, 하프테.

우선 사과부터 하겠네. 이 편지를 읽고 있다면 지금 자네는 콘클라베의 지도자가 되어 있겠지. 자네가 원치 않은 자리라는 건 나도 알아. 자네를 거기 앉힌 나에게 화를 낸다 해도 이해하네. 하지만 나는 콘클라베의 차기 지도자로서 자네 말고는 그 누구도 상상할 수가 없어. 자네는 너무 오랫동안 조언자이자 고문으로서 만족했네. 물론 자네의 충고와 조언을 과소평가하는 건 아니야. 하지만 나는 늘 자네의 능력이 자네 자신이나 콘클라베를 위해 완전히 발휘되지 않았다고 생각했네. 이제 그래야 할 때가 됐어. 그러기 위해 내가 마지막으로 한 일에 대해서는 부디 용서해주게나.

얼마 전 자네와 내가 랄라 공원에 앉아 있을 때, 자네는 룸트 보트가 랄라 종족을 멸종으로 이끌 뻔했던 이야기를 들려줬지. 그리고 자네 종족이 일찌감치 고통을 겪으며 지혜로운 존재로 성장한다는 말도 했어. 나는 콘클라베도 그래야 한다는 결론에 이르렀다네. 우리는 끊임없이 반란에 시달리며 많은 것을 잃었고, 점점 더 큰 고통을 겪었지. 하지만 그런 사건들이 콘클라베의 문제를 바로잡지 못했고, 이질적인 종족들의 집합체를 완벽하게 각성한 단일체로 변모시키지도 못했어. 이제 콘클라베를 변화시킬 기폭제가 필요하다네.

자네가 이 글을 읽고 있다면, 그 기폭제가 무엇이었는지 깨달았을 거야.

나는 편지를 내려놓고 방금 읽은 내용을 이해하려고 기를 썼다. 공원을 둘러보았다. 보이는 거라고는 드넓은 초록빛 풍광과 아무 생각 없이 연못에서 헤엄치는 새끼 랄라 한 마리뿐이었다. 잠시 후 편지를 다시 읽기 시작했다.

자네 생각이 옳았어. 콘클라베가 하나의 이상이었을 때, 그리고 성장하던 시기에, 나는 콘클라베에 걸맞은 지도자였네. 하지만 이제는 그렇지 못하지. 다른 지도자가 필요한 때야. 더욱 영리한 정치 수완을 가진 자. 바로 자네 같은 자 말일세. 하지만 내가 쉽사리 권좌에서 물러나 역사 속으로 사라질 수는 없어. 자네도 알다시피 대의회에는 내 마음대로 후계자를 고르는 걸 용납하지 않으려는 자들이 있으니 말이야. 결국 승계 작업이 지지부진해지면서 혼란에 빠질 테고, 나는 자네가 염려했던 그런 존재로 전락할 걸세. 오래전에 무대에서 내려갔어야 마땅한 일개 정치가.

그래서 나는 다른 것이 되기로 결심했네. 상징적 존재. 전설. 콘클라베의 순교자. 그리고 좀 더 현실적으로는, 콘클라베를 분열시키려는 모든 자들을 앞으로 자네가 꽤 오랫동안 찍어 누를 수 있게 해줄 몽둥이가 되기로 마음먹었네. 자네는 내가 준 도구로 콘클라베의 새로운 건립 신화를 이룩해야 해. 와해가 아니라 지혜의 길로 이끌어야 해. 난 자네가 그 방법을 깨달을 거라 믿네. 나보다는 자네가 그 일을 더 잘 해낼 거야.

이제 내 죽음에 대해 이야기하지. 장담하건대 브낙 오이는 어느 정도 짐작하고 있을 걸세. 뛰어난 정보국장이니까. 또한 그는 이 사건을 너무 깊이 파헤치려 하지 않을 거야. 오히려 입증이 불가능한 상황으로 영리하게 몰고 가겠지. 따라서 내 죽음의 진실은 오직 자네만 아는 거라네. 이 편지에만 그 진실이 담겨 있으니까. 이걸 어떻게 처리할지는 전적으로 자네한테 달려 있어. 어떤 선택을 하건 틀린 답은 아닐 걸세. 하지만 내가 어떤 선택을 권할지 자네는 알 거라 생각하네. 적어도 지금은 말이야.

이제 더는 할 말이 없군. 자네가 앞으로 어떻게 해나갈지 곁에서 보면 좋으련만 그럴 수 없어 아쉽네. 하지만 자네가 우리의 꿈을 이루는 자가 되리라 믿는 것으로 위안을 삼겠어. 부디 콘클라베의 미래를 떠받칠 주 춧돌이 되어주게.

자네의 앞날에 기쁨이 가득하길, 나의 벗 하프테여.

타르셈

나는 편지를 한참 동안 물끄러미 보았다. 글은 읽지 않고 종이만 보았다.

이윽고 천천히 신중하게 편지를 조각조각 잘게 찢어 연못으로 던졌다.

물에 젖은 종이는 서서히 작은 펄프 덩어리로 바뀌었고, 갈가리 찢긴 편지 조각에 묻어 있던 잉크가 번지면서 누가 읽을 수 있는 가능성은 완전히 사라졌다. 한참이 지나자, 이제 편지에는 기억 말고는 아무것도 남지 않았다.

뒤에서 오이의 목소리가 들렸다.

"수상 각하."

돌아서서 보니, 오이와 함께 내 보좌관인 움만도 와 있었다.

"'수상 각하'라. 이제 그게 내 직함이군요."

움만이 고개를 끄덕였다.

"그렇습니다, 수상 각하."

오이가 입을 열었다.

"대의회장으로 오시라는 요청입니다. 그 자리에서 모두가 당신을 콘클라베 지도자로 인정할 겁니다."

"기분 좋은 광경이겠군요."

"수락 연설을 해달라는 요청도 있었습니다."

"원한다면 해야죠."

"어떤 말씀을 해주실지 그들에게 알려도 될까요?"

"네. 이렇게 말할 거라고 전하세요. '우리의 연합은 굳건하다.'"

(2권에 계속)

모든
것의
종말
1

1판 1쇄 인쇄 2016년 9월 12일
1판 1쇄 발행 2016년 9월 23일

지은이 존 스칼지
옮긴이 이원경
펴낸이 김성구

책임편집 김민기
단행본부 박혜란 나성우 김동규
저작권 이은정
디자인 여종욱 문인순
제 작 신태섭
책임마케팅 손기주
마케팅 최윤호 송영호 유지혜
관 리 김현영

펴낸곳 (주)샘터사
등 록 2001년 10월 15일 제1-2923호
주 소 서울시 종로구 동숭동 1-115 (110-809)
전 화 02-763-8965(단행본팀) 02-763-8966(영업마케팅부)
팩 스 02-3672-1873 **이메일** book@isamtoh.com **홈페이지** www.isamtoh.com

ISBN 978-89-464-2036-6 04840
ISBN 978-89-464-2038-0 (세트)

이 도서의 국립중앙도서관 출판시도서목록(CIP)은 e-CIP 홈페이지
(http://www.nl.go.kr/cip.php)에서 이용하실 수 있습니다. (CIP제어번호: CIP2016021865)

값은 뒤표지에 있습니다.
잘못 만들어진 책은 구입처에서 교환해 드립니다.